별을 사랑한 이야기

별을 사랑한 이야기

초 판 1쇄 인쇄 2021년 9월 7일
초 판 3쇄 발행 2021년 10월 3일

지은이 선영 학우들
책임편집 남외경
펴낸이 김용길
펴낸곳 작가교실
등록번호 제2018-000061호 (2018. 11. 17)
주 소 서울시 동작구 양녕로25 라길36, 103호
전 화 (02) 334-9107
팩 스 (02) 334-9108
이메일 book365@hanmail.net
인 쇄 하정문화사

ISBN 979-11-91838-01-5 03810
값 16,000원

이 책의 본문과 표지에는 'KoPub', '아모레퍼시픽의 아리따글꼴'을 사용하여 디자인 되었습니다.

우리가 애정하는 한 가수의 노래는 모두에게 위로와 기쁨이 된다

별을 사랑한 이야기

선영 학우들 지음

고맙소 고맙소 늘 사랑하오!

우리 잡은 손 놓지 맙시다

작가
고실

한 가수의 인생과 노래는
모두에게 위안과 희망의 공통분모가 되어 있었다.
그렇게 얘기가 하나씩 쌓여갔고 식구들도 늘어났다.

목차

나도 카피라이터!

이름	카피
MO K	나, 도른자로 살아갈래 말리지 말아 줘
경윤이	니, 책에 글 실어봤니?
고원	별님 노래와 함께 꿈 꾸는 선영 학우
김미자	베스트셀러 꿈꾸며 휴대폰으로 글 쓴다. 이제는 김작가라 불러다오
김사실	엄마가 가수에게 美치는 거 질투만 하지 마라. 같이 美치면 더 좋고!!!
김선옥	어쩌다 보니 내 글이 책에 실리는 이 기쁨
김순환	별의 꿈에 나도 한 몫
남인순	책 읽어보고 놀라지나 말아라
무지개별	책은 날개를 달고, 사랑을 싣고 세계로 날아갑니다.
바람산들	카피라이터 아무나 하나? 또 베스트셀러 책에 아무나 글 실리나?
박소민	내 생애 최고의 덕질로, 내 생애 최고의 기쁨이!
박옥이	엄마도 별 보며 길을 찾는다
박유자	별님과 애인되고 학우와 친구되고
박인순	저무는 인생에 활기를 담다
박정림	열렸노라~선영대, 도전했노라~할숙녀, 이루었나니~작가의 꿈!
박희정	70대에 처음으로 가수에 빠져 도로 소녀가 되었다네
백화가 만개한 정원	손주들이 사 주면 바로 베스트셀러에 등극합니데이
비치우드	살아있음에 감사하오. 드디어 작가 명찰을 달았소
사마리아M	선영대 학우들의 땀이 연소되면 호중비행기는 이륙한다.
산타곽	세상을 움직인 열정 맘과 열정 할매들의 비밀
서명순	아들 셋에게 당당히 자랑하며 대학생이란 걸 처음 밝히려네
손정혜	엄마의 행복한 날들! 사랑하고 또 사랑하라
승희	이 엄마는 global, 미니 작가야!

신동금 치료는 의사가 치유는 별님이

아림 첨 느껴보는 이 기분, 첨 펼쳐보는 내 책

야생화 생각이 안 난다고 하는 순간, 별빛이 반짝이는 것을 나는 보았네

양옥진 여보, 호중이 노래 틀어놨어? 나, 책도 사줄 거지?

염수연 나의 마지막 사랑은 오직 별님

오경숙 별님 이름 위에 사랑의 이불을 덮습니다.

오순환 우리 함께 별님사랑, 책도 내고 정도 나누고요.

윤나도야 책에 글 실리는 것 아무나 하나, 별을 사랑하니 이런 기회도 오지

윤순덕 엄마가 활짝 폈다. 이 책을 보라구!

윤종순 책 속에서 그댈 봤소!

이동순 설렘은 책을 낳고, 사랑은 기쁨을 안고

이순기 애들아 할미 책이 교보문고에 있다. 한번 가 봐래이

이연옥 엄마가 어디까지 가는지 나도 아직 모른다

이춘옥 김호중을 알고부터 소녀 감성이 되살아났어

이한옥 나도 한 건 했당께!

임현선 책 속에서 엄마 찾아 삼만 리

전상실 엄마는 별 찾아 열공 중, 말리지 마!

정찬숙 딸들에게 남겨줄 한 문장의 글, 벅참과 동시에 환희의 기쁨이~~

조경순 니들 내가 이럴 줄 몰랐지? 나도 글 쓴다구!

조종순 별을 보고 미치면 날마다 새 날이다

찔레꽃 당신 구독은 했나 종로선글, 들어는 봤나 선영대학, 참여는 했나 도서출판!

최정숙 별님 향한 사랑과 그리움에 목마름을 촉촉히 적셔주는 옹달샘

한태희 목이 터져라 웃으면 책이 넝쿨째 온다

제1부

뿌리 깊은 나무는
흔들리지 않아요

뿌리 깊은 나무는 흔들리지 않아요

0뿌나

내 가수를 사랑하는 마음으로 제 닉을 표현해 봅니다. 영원히 내 편인 줄 알았던 남편과 시어머니, 친정어머니를 한 해에 천국으로 보내고, 애들도 다 커서 따뜻했던 보금자리가 빈 둥지가 되었어요.

심한 우울증을 떨쳐내려고 노력하던 중에 우리 가수를 만나 요즘 친구들한테 "미쳤다"는 소리 들으면서 살고 있습니다. 내 마음에 다시 열정의 불씨를 심어 주셔서 감사 감사해요.

비바람 모진 태풍 휘몰아쳐도 우리 가수 향한 뿌리 깊은 나무는 흔들림이 없을 것임을 확신합니다.

고국을 그리워하며

Aira Kim

저도 클래식하고 찬송가를 입에 달고 살다가 지인을 통해 김호중을 알고 난 작년 1월부터 지금까지 노래에 예능에서 빠져나오지 못하고 있답니다.

지금은 미국에서 지내고 있지만, 여름에 한국에 나가면 더 찐팬으로 지내지 않을까 싶습니다.

종로선글도 빠짐없이 시청하고 있어요. 처음엔 세운상가라는 말에 결혼하기 전 세운상가 아파트에서 살았기에 반가운 마음에 듣다 보니 오늘까지 왔네요. 많은 것을 생각나게 하는 방송, 고맙습니다.

캘리포니아에서 띄우는 편지

Angie Ahn

캘리포니아에서 떠나기 전, 옛 애인 만나러 가는 듯한 설렘으로 흥분 상태였어요.

뉴욕 팬을 만나면 보라색 옷을 같이 입고 센트럴파크에서 사진 찍어 선글님께 보낼 거라고 상상도 하면서요. '캘리포니아 팬이 동부 뉴욕 팬이랑 상봉하다!' 뭐, 이런 거요.

근데 떠나기 하루 전날, 뉴욕시장이 뉴스에 경고를 낸 겁니다. 다른 주와 다른 나라에서 들어오는 사람들은 2주간 격리해야 한다고요. 할 수 없이 포기하고. 티켓은 환불 안 되고 대신 1년 이내에 재사용할 수 있다지만, 지금 코로나19가 더 심각한 상황에 어떻게 뉴욕엘 갈 수가 있겠어요. 김호중의 카네기 공연도 내년 후반기나 되어야겠지요? 하여튼 행복한 뉴욕 나들이를 위해 거금을 날렸답니다.

대신 이곳에서 호중 팬들을 한 명씩 사귀고 있답니다. 저의 뉴욕 에피소드 읽어주셔서 감사하고요.

꼭 드리고 싶은 말은 선글님의 사모님이 어떤 분일까 무척이나 궁금하답니다. 올 하반기 백신 맞고 무장해서 한국 가면, 선글님과 사모님 만나러 갈 겁니다. 그때까지 건강히 계셔요. Bye.

별님 사랑으로

br리치

날이 아무리 더워도 별님 사랑하는 우리의 마음은 변함없네요.

날이 많이 더운데 방송하느라 땀 흘리는 모습 보며, 우리는 동지애를 느끼게 됩니다.

뵙게 되어 반가움에 전율이 돕습니다.

여기는 하와이

Byoung Baek

일요일 오후 1시입니다. 오늘 삼일절에 역사와 관련된 대구 삼일운동에 대한 이야기 감명 깊습니다. 100년도 넘은 제일교회와 근대역사의 상징인 계산성당과 선교사들이 세운 신명여학교.

치마 허리를 조끼로 만들어 입고 태극기를 만들어 들고나와 독립만세를 외쳤던 계단, 선교사들의 집, 등을 자세히 설명해 주시는 동생분께 감사 인사를 드립니다.

청라언덕에서 동무 생각 노랫말, 박태준 작곡 이은상 작사인 동무생각 "봄의 고향 ~~ 백합화야 ~~"

동무 생각에 나오는 가사 말로만 알고 좋아했는데 여기에서 보게 되니 넘 감동입니다.

제 나이 칠순이 넘어 눈팅만 하다가 이렇게 감동을 받으니 감사 댓글로 행복한 마음 전합니다.

내가 노래를 잘해서, 높은 성량을 올려 주는 부분이 좋았던 터에 즐겨 불렀던 청라언덕에 꼭 가보고 싶습니다.

페블비치 골프장도 차로 바닷길을 드라이브했었는데 아주 멋있었던 기억이 있습니다.

하와이로 이사 오느라 골프장 안에는 못 들어가 봤지만, 꼭 한번 가보고 싶습니다. 즐거운 추억을 되살리게 해 주셔서 감사합니다.

벽돌 한 장에 동참하고파

Byung Sook

눈팅만 하다 일 년 만에 신고합니다. 날마다 강의 잘 듣고 있습니다. 저는 가수의 열렬한 찐팬으로서 벽돌 한 장의 의미에 동참하고자 문을 두드려 봅니다.

누군가를 사랑하고 응원하는 일은 기쁨입니다. 혼자 걸어가면 외롭고 쓸쓸할 그 길을 수많은 학우들과 함께 걸으니 즐겁고 유쾌합니다.

미국에 사는 까미노입니다

camino love

날마다 방송 들으며 고국에 대한 향수를 달랩니다.

배려심은 살아가는데 중요한 덕목입니다. 우리 김호중 가수의 배려심은 1등입니다. 다른 가수를 생각하고 의견을 존중해주고 자신의 것을 나눌 줄 아는 사람입니다.

TV프로그램을 볼 때마다 자연히 우리 가수에게 눈길이 갑니다. 작은 행동 하나하나 자기를 내세우지 않고 동료 가수들을 배려하는 모습을 보면서 배울 게 많은 청년입니다. 신청 전화 못 받은 동료를 챙겨 같이 노래하고, 또 다른 프로그램에서도 남을 먼저 챙기는 행동을 보고 더 응원하게 되었습니다. 기부하는 마음도 남을 생각하는 감사와 사랑이 없으면 못 하지요.

아들 나이의 가수에게 저도 배웁니다. 그의 미래를 축복하고 기도를 보냅니다.

밸런타인데이의 추억

학교 졸업 앞두고 첫선을 보고 명보극장에 영화 보러 갔던 날의 이야기입니다.

찻집에서 "오늘 무슨 날이지 아세요? 알아 맞춰 보세요!" 하며 생글거렸더니 상대 남자분, 쩔쩔대며 모르더라고요. '밸런타인데이'라고 유래와 내용을 설명해 줬더니 이 남자분, 좋다는 표현을 우회적으로 말했다 생각하는지, 그 뒤 얼마나 적극적으로 대시를 하는지 혼났습니다.

지금도 '밸런타인데이' 하면 첫선 본 그 남자가 생각나며, 그 남자도 항상 날 기억하리라 싶어 방긋 웃음이 나는군요. 그 시절에는 알려지지 않던 날들이 어느 때부턴가 상업적으로 이용하다 보니 초콜릿이 동이 나는 사태도 벌어지나 봅니다. 추억소환 잠깐 해 봤습니다. ㅎ~

아기를 낳으려면 댓글을?

Chong Wu

미국에서 오래 사니까 한국말 이해에 조금 시간이 걸리는데, 총장님께서 재미있게 말씀해 주셔서 너무 좋습니다.

오늘 타이틀 보고 많이 놀랐습니다. '아기를 낳으려면 댓글로 써 주세요!' 도대체 무슨 말인가 싶어 귀를 쫑긋 세우고 들었더니, 총장님 말씀에 편집국장의 오타였다고 하여 많이 웃었습니다.

'출산(간) 하려면 댓글로 써 주세요!' 그래도 우리 선영대 학우들은 찰떡같이 알아듣습니다.

저는 김호중을 스타킹에서 처음 봤고, 〈찔레꽃〉 부를 때 울었고, 〈천상재회〉 부를 때 정말 놀랐고, 나도 모르게 흐느끼고 있었어요. 그때부터 가수의 팬이 되었고 안티들이 괴롭힐 때 많이 속상했습니다.

자서전과 CD는 샀어요. 가수에 관한 것 다 사고 싶지만, 미국에서는 쉽지가 않습니다. 날마다 김호중의 노래 들으면서 고국의 그리움을 달래며 행복합니다.

절대 거꾸로 신지 않을 고무신

coffee tree

종로선글 대표님, 오늘 방송의 주제는 '삼성과 아리스 문화' 군요.

삼성맨이셨군요. 삼성의 배지를 아직도 가슴에 품고 계시다는 말씀에 고개가 끄덕여집니다.

거대한 기업과 작은 아리스 문화에 대한 분석 너무너무 공감합니다. 역시 브레인이셨군요.

아리스 팬덤의 분석에 대해서 정리 잘하셨고, 남은 숙제까지 인내와 지속적인 팬 문화 공감합니다.

어떤 특정한 노래가 좋아서 들으며 수없이 지나쳤지만, 김호중 가수는 다릅니다. 저는 가수의 군복무 21개월 동안 절대 곰신 거꾸로 신고 다른데 눈 돌릴 일은 결코 없음을 확신합니다. 살짝 부끄럼 ㅋ

미국생활 45년차

Deresa McNeilus

제 나이 19살에 미국으로 와 45년 차 살면서 어릴 때의 기억에서만 알고 있는 한국 정서는 아슴합니다. 어쩌다 한 번도 해본 적 없는 연예인 팬이 되었군요. 처음으로 김호중 가수에게 빠져서 몇 달을 백방으로 구걸하다시피 하여, 다른 사람의 도움을 받아 공식 팬카페 가입도 했습니다.

이곳 생활이 마치 내가 한국에 살고 있는 듯한 착각이 들 정도로 선영대학 학우들과 총장님의 방송을 접하며 정말로 매일 매일을 흥분과 기쁨에 잠겨 있습니다. 이 또한 두말할 나위 없이 김호중 가수를 사랑하고 응원하는 식구의 일원이 된 덕분이지요.

이 귀한 학우들의 댓글이 책으로 발간된다니 놀랍고 자랑스럽습니다.

여기는 미국 시애틀의 밤

Duk Yong

새벽 4시 45분. 출근해서 파킷낫에 차를 세우고 핸폰을 열어보니 총장님의 깜짝 선물이 아직 어둠이 가시지도 않은 이 새벽부터 나를 울리는군요.

오래전에 떠나온 내 고향, 길가에 흐드러지게 피었던 찔레꽃, 그 향 내음이 느껴지며 그리운 분들 생각에 가슴이 먹먹해집니다.

코로나19 백신 2차를 맞고 이틀을 죽도록 앓고 출근한 끝이라 그런지 더욱더 고향이 그립고 색소폰 연주가 슬프게 들리는군요.

"우리 엄마가 가수한테 빠질 줄은 몰랐어요. 너무 빠진 건 아니에요?" 놀리면서도 가수에 관한 모든 것들을 오더해서 저한테 가져다주는 제 딸이 고맙고 예쁩니다. 총장님 우리 학우님들 언제나 건강하고 행복하세요.

아리스와 여행을

Esthersook Cho

종로선글님, 처음부터 불러서 정감이 가는 존칭입니다.

저는 2박 3일간 아리스와 함께 동해안을 달렸습니다. 통일 전망대에 올라가서 통일이 되어 우리 호중님 노래가 퍼져 가길 마음으로 기도하고, 평화의 댐에 가서 평화를 빌고 내려오면서 정말 감사했습니다. 호중님이 아니면 어떻게 아리스를 만나서 한국의 방방곡곡을 같이 여행할 수 있겠어요?

카네기홀에 호중님 공연 오면 미국의 동부를 같이 여행하자고 약속했습니다.

부산 택시기사 분과의 사연 나누며 훈훈한 이야기 꽃피우는 여행이었습니다. 늘 좋은 콘텐츠로 아침을 활짝 열어 주시는 종로선글님과 모든 아리스님들 감사합니다. 새해 복 많이 받으세요.

추억의 문을 활짝 열었어요

> **God Bless P.P**

종로 세운상가 인기움, 90년대에 김호중은 어린이 시절이겠군요.

애장품 인켈전축이 생각나는 오늘 방송은 한편의 경영학 강의 같아 관심 있게 들었습니다.

LP판으로 90년대엔 클래식도 많이 들었지만, 한동안 닫아뒀다가 최근엔 내 가수 덕분에 생각지도 못한 성악곡들을 들을 기회가 많아졌습니다.

저를 포함하여 많은 사람들에게 생활 속 즐거움과 행복감을 가져다주며 잔잔한 감동의 물결을 일으키는 김호중 가수에게서 교수들도 배울만하실 경영학, 충분히 공감합니다.

감동의 말씀에 먹먹해진 가슴

grand Jeung

팬미팅 때 〈천상재회〉를 미처 부르지 못한 그 감회, 상상이 됩니다. 수많은 팬들이 보랏빛 물결로 자신을 응원하는 모습, 모두가 시구라며 환호하며 손뼉을 치는데 그간의 외로움과 설움이 파도처럼 밀려들었을 테지요.

10살 때부터 겪은 혼자만의 외로움, 모든 삶의 애환이 그려집니다.

대한민국의 특별하고도 뛰어난 인재 트바로티 김호중은, 사실 세계에 이름을 떨쳐야 하는 책임감도 있지만, 오늘에야 진정한 食口들을 만났으니 얼마나 가슴 벅차고 고마울까요? 저도 응원하는 한 사람으로 곁에 남으렵니다.

80살 생일에 LA에서 보내는 편지

Haeng Lee

제 나이 80살에 귀한 분들의 생일축하를 받고, 인사를 드리려고 처음으로 살짝 문을 엽니다.

귀와 눈으로만 총장님을 뵙고 지내면서 인사드리고 싶은 마음은 굴뚝같았지만, 글재주도 없고 우리 선영대학 학우들 앞에 나서기가 부끄러워 아는 체를 못 했습니다.

저는 LA에서 45년째 살면서 가난에서 벗어나기 위해 열심히 일만 하면서 친구도 없고 외로웠는데, 잊어버린 웃음을 우리 호중씨한테서 찾았고, 못한 공부를 우리 선영대에서 배우며 하루하루를 즐겁게 살아가고 있습니다.

강의를 듣고 수준 높은 학우들 댓글을 빠뜨리지 않고 읽으며 열심히 공부를 하는데 돌아서면 기억이 안날 때는 안타깝습니다.

우리 가수의 노래로 일어나고, 우리 가수의 노래로 잠자리에 들면서 행복합니다. 가슴 절절한 목소리 너무나 좋아요. 이 세상 다 할 때까지 함께해요.

빈체로~

HanCho

세상에는 선한 사람들이 더 많아요. 그래서 세상이 활기차고 바르게 돌아가는 것 같아요.

제가 만난 월드스타 김호중은 노랠 정말 잘하는 청년이에요. 그의 노래를 들으면 속이 뻥~ 뚫리고 귀에 눈이 내리는 것 같아요. 김호중을 사랑하는 맘에 같은 곳을 바라보며 선한 영향력으로 기부해 주시는 분들! 역시 우리는 찐 가족들이네요. 감동입니다. 국보급 목소리의 호중님, 찐팬 가족들이 많으니 힘내서 군 생활도 씩씩하게 잘하고 오세요. 고맙소~ 빈체로~

우리가 세상을 살며

HHT 여사

온갖 중요한 것들이 많지만, 노래도 그중의 하나가 아닐까요?

노래 잘하는 가수를 만나서, 좋은 노래를 들으며, 내 마음에도 노래 꽃을 피웁니다.

외출도 못하고, 친구도 못 보고, 집안에 갇혀 지낸 길고 긴 시간을 가수의 노래로 큰 위로를 받았어요.

저는 드릴 것이 없어서 마음으로 응원만 보냅니다. 선영대학에 출석하여 학우들의 댓글을 읽으며, 그분들을 제 친구로 생각하고 있어요. 모든 학우들께 감사를 보냅니다.

지란지교

HH 이혁희

첫 방송부터 지금까지 백퍼 출석했지만, 댓글은 오랜만에 달아봅니다. 오늘의 방송은 '지란지교'에 대한 내용이군요.

'지란지교'는, 저희 시아버님이 대학 학장님으로 퇴임하시면서 기념으로 출간하여 하객과 지인들에게 선물로 드렸던 책 제목이었습니다. 회장님 덕분에 저를 참 많이 사랑해 주셨던 아버님을 추억해 봅니다. 새해 복 많이 받으세요.

깜짝!

목소리 듣고 핸섬하고 예의 바르고 젊으신 분, 아마도 50대쯤으로 연상되었습니다.

어쩜 말씀도 매끄럽게 잘하실까. 정말 한 편의 영화처럼 그분의 일상이 영상으로 클로즈업 되면서 참 열심히 사는 모습에 찬사를 보냅니다. 앞으로 선영대학에서 중요한 역할을 해 주실 것이라고 믿습니다.

지붕 있는 곳에서 일하시길 빌면서, 호중 가수의 그대 행복을 주는 사람 노랫말이 감명 깊다는 말씀에 동의합니다.

유현자 님께 감사를

캐나다 빅토리아 유현자 님 소개 글을 보면서 웃음이 납니다. 한 아티스트의 영향력이 시간과 거리와 공간과 남녀노소와 환경도 초월하여 이렇게 서로의 공감대를 형성할 수 있다는 사실이 새삼 놀랍습니다. 그리고 김호중 가수의 선한 영향력을 계획 세워 세상에 알려 주시는 종로선글 방송의 유현자 님 감사드립니다.

허니슈가님, 자주 나오세요

Hyun Lee

마국 생활이 한국과 시차가 안 맞으니 제시간에 못 들어와서 죄송합니다. 그래도 모든 호중님 팬들을 받아주시는 우리 선영대학, 미국에서 친구들한테 자랑한답니다.

오늘 방송에 나오신 분, 야성미가 넘치는 멋진 분이시네요. 내무부 장관님 좋으시겠어요. 부부가 손잡고 걷는 것을 한국 남성분들은 힘들어하시던데요. 허니슈가님, 자주 나와 주세요.

김호중에게 배우는 7가지 경영학

J gawon

출판을 하시기 바랍니다.

물론 수준 높은 구독자들의 지적 자산인 댓글까지 버리기에는 너무나 아까우니까 저서에 담아서 출간하면 좋겠어요. 오늘도 방송 기다리다가 눈 씻고, 노트에 필기하면서 들었어요.

김호중 군을 스승으로 삼겠다고 하시더니, 오늘은 김호중은 평가 대상이 아니고 배울 대상이라고 하시는 겸양의 미덕을 한 번 더 보여주시는군요.

엊저녁에 방영한 "파트너"를 보면서 김호중 군의 〈보헤미안 랩소디〉를 듣고, 노래 잘하는 능력과 파트너를 배려하는 인성이 어디서 나오는지 궁금하지만, 그저 감동만 하고 있을 수밖에 없었는데. 오늘 아침에 회장님께서 7가지로 잘 정리해 주시니 참으로 고마워요. 덕분에 복잡한 저의 머릿속도 정리가 되었어요.

일전에 회장님께서 방송하신 "삼성에서 분석한 미스터 트롯 성공 비결", 또 "삼성이 눈여겨봐야 할 아리스 문화" 역시 노트에 정리를 잘해 두고 공부하고 있어요.

저의 지적 결핍을 채워주시는 회장님의 지식을 공짜로 취득하고 있는 것 같아서 송구하기도 하네요.

욕심이 생겼어요

Ja Du

매일 방송으로 많은 지식을 얻고, 좋은 이야기를 듣기만 하는 것으로도 너무 좋은데요.

선영대학 로고 디자인을 보며 '좋은 아이템을 가지고 싶다', '캐리커처도 배우고 싶다'란 욕심이 생깁니다.

구입을 할 기회가 생긴다면 꼭 하고 싶고, 방송에 나오신 모든 학우들, 그리고 관계자 분들께 존경과 감사를 보냅니다. 아참, 방송에서 영상을 보고 고성군 동해면의 '소담 수목원'을 친구랑 찾아갔는데, 거기서 편집국장을 만나게 되어 깜놀했어요. 반갑게 인사 나누며 다음을 기약했는데 언젠가는 또 만나게 될 것 같은 예감입니다.

김호중을 이렇게 분석했군요

Jackie yoo

오늘 방송의 경영학 강의를 학생 신분으로 돌아가서 잘 들었습니다.

탄탄한 기본기에 속전속결과 목표로 한 것을 밀고 나와서 이웃과 함께 나눔의 삶을 추구하는 대단한 젊은이로요. 어떤 시련이 닥쳐도 변함없이 굳건하게 그 자리를 지키며, 넓은 사랑으로 끝까지 참고, 스스로 하고픈 일들을 하면서, 남의 탓 않고 30살까지 살아온, 그의 단단함을 확인합니다. 앞으로 넓은 세계로 나아가 큰 꿈을 이루어내고, 큰 사랑이 널리 퍼져나갈 것으로 믿습니다.

외국에 사는 저 같은 사람은 늘 고국을 그리워하며 고향 소식에 귀를 기울입니다.

김호중이 어린이집 봉사활동하는 모습, 스승과의 대화, 팬들과의 소통을 보면서 그가 가진 잠재력과 무한한 능력을 봅니다. 고난 속에서도 정직과 열정과 꿈을 향해 두려움 없이 나아간 점을 높이 평가합니다. 그런 부분들이 모여 더 많은 사람에게 인정받고 사랑받는 김호중이 되리라 믿습니다.

팬들이 김호중 기념관을 짓기 위해 벽돌과 전등을 기부하는 모습은 감동이에요. 저도 선한 나눔에 동참해야지요. 서로의 사랑이 이어지고 벽돌이 쌓여가는 모습, 아름답습니다.

떠난 남편을 그리워하며

jellyfish(차인순)

밤새 열일하고 밤낮이 바뀐 삶을 사는 나는, 운동 갈까 병원 갈까 하다가 다 귀찮다. 얼른 집에 가서 2시 5분에 한다는 '그대 고맙소' 시청률을 올리며 자전거를 타야겠다고 생각한다.

전철을 타러 가며 블루투스 양쪽 스피커를 다 꽂는데, 수백 번 들었던 노래 가사가 내 심장을 후비면서 눈물이 흐른다. 어휴~ 대중교통을 타야 하는데 주책스럽게 왜 이럴까, 남편 생각이 난다.

오늘 황선이 님이 남편 병간호를 30년 이상 지극 정성으로 하신 말씀을 아침 영상으로 들은 게 생각나며, 나는 남편이 아플 때 뭘 했었나 생각해보니, 병원에서 진단받고 2개월 만에 떠난 남편에게 미안한 마음이 든다. 해준 게 아무것도 없다. 입퇴원만 반복하다 갔으니. '우산이 없어요' 노랫가락에 이번에는 흐느껴 운다.

이렇게 날씨가 좋을 때는 같이 자전거 타며 중랑천을 누비고, 자판기 커피를 마시며 웃고, 인사동 가서 냄비에 주는 빙수도 나눠 먹고, 천상병 시인이 하시던 찻집 가서 유자차도 마시고, 남편이 좋아하는 조계사 가서 국수도 먹고…. 이런저런 생각들이 많이 든다. 남편이 그립고 보고 싶다. 나만 두고 떠난 야속한 그 사람은 잘 지내고 있을라나. 울음을 참고 다시 노래에 집중한다. '그래, 노래 듣고 응원하며 씩씩하게 살자!'

캄보디아 공주의 편지

Jenna Norodom

Congratulations on the success of your new album "The Classics". As a singer, I understand how much work goes into a project of this size.

I greatly admire your dedication in learning italian so fluently, it was amazing. As I closed my eyes listening to the songs, I felt emotional, some time I felt sadness, then peaceful moments and then an excitement at the highest notes. I admire the strength and clarity of your voice and the control you exercise while singing. I hope one day to have such control. Again I want to congratulate you and wish you the best of success in the future.

Jenna Norodom

Princess, Kingdom of Cambodia

신기한 세상

Jin Heri

살기 위해, 자존감을 높이기 위해, 가족의 안위를 위해 앞뒤 돌아보지 않고 살아온 60여 년~

내 손으로 찐팬 생활을 하게 될 줄은 꿈에도 몰랐다.

아들들의 사진도 걸지 않은 내가, 가수 사진을 주렁주렁 방에 달아 놓고 시시때때로 쳐다본다.

이런 내 모습은 신기루 세상에 놀러 온 신기한 사람이다. 이런 날이 올 줄, 이런 날도 있을 줄 몰랐지만 기쁘다. 아주 좋다. 참말로 고맙다. 사랑한다. 늘 사랑한다!

세월의 조각배

JK kim

오늘 샤론 애플님의 재담과 가수에 대한 찐한 사랑으로 노트필기를 엄청 자세히 한 걸 보고 그 열정에 놀랐습니다. 누군가를 사랑하는 마음이 꺼져가는 불꽃을 피워 어디까지 활활 타오를지 그 끝이 너무나 궁금해집니다. 학우들 모두 창공을 차고 훨훨 나는 꿈을 맘껏 꿔 보세요.

세월 따라 흘러온 조각배 같은 내 삶이 강 하류에 도착한 지금, 한 가수를 아끼고 사랑하는 선영 학우들을 만나 아름다운 한때를 즐기고 있노라. 저는 행복하면서도 한동안 볼 수 없는 가수가 그립습니다.

고맙심데이~

jung hi Kim

방송에서, "와!" 정겨운 경상도 사투리를 들으니 눈물겹습니다. 고향이 대구인 사람이지만 오랫동안 뉴욕에 살다 보니 고향 생각이 많이 나네요. 지금 뉴욕은 말이 아닙니다.

코로나19 때문에 바깥에 나가지도 못하고, 내 가수 영상만 찾아보고 노래 듣는 것이 일상이 되었습니다. 〈고향의 봄〉 색소폰 연주도 잘 들었습니다. "고맙심데이~ 우리 호중씨 계속 응원해 주이소예~"

Jack La Lanne

J영원

오늘 방송, 잘 들었습니다. 제 생각은 여기서 국물 한 컵을 아침 식사로 먹었다면 닭고기 국물인 것 같아요. 마켓에서도 chicken broth 아니면 turkey broth 많이 팔고 집에서도 이곳 사람들이 많이 이용해요. 저는 별로 안 좋아하지만요. 국은 한국 국이 최고입니다.

우리 별님도 운동하며 단단하고 날씬한 몸을 만들고, 직장생활(사회복무)도 잘하면서 더 성숙한 청년이 되어 돌아올 것임을 믿어요. 하루하루를 세면서 다시 만나는 날 기다립니다. 많이 보고 싶어요.

너무 멋지네요

keunpil chang

"별을 사랑한 이야기" 너무 멋지네요. 책이 곧 나오게 됐다니 기쁩니다. 그 동안 총장님을 비롯 남외경 편집국장과 편위님들, 학우님들 수고 많으셨습니다.

"할매 안에 소녀 있다" 묵직한 의미가 함축된 멋진 카피입니다.

어머 놀래라!

KH Kim

오늘 생일 축하 받은 KH Kim 김경희입니다.

축하받는 느낌이 이런 거군요. 심장이 콩닥콩닥, 기분이 업(up) 되네요.

매일 지각은 밥 먹듯 해도 결석한 적은 없었어요. 이젠 총장님 목소리 들으며 하루를 시작하는 것이 일상이에요.

예삐 학우님 전시회 엄청 기대되며 목 빼고 기다리겠습니다. 지금부터 가슴이 설렙니다. 그리고 총장님 명강의 너무 감사합니다. 공부가 취미인 옆지기에게 제가 몇 번 이겨 먹었거든요.

"당신 이런 거 알아?" 하면서~~ 흥칫뿡 했어요. 축하해 주신 모든 분들께 감사드립니다.

태평양을 건너온 향수

Kim마야

저는 미국에 살고 있는데, 호중님 노랠 들으며 고향을 생각하고, 총장님의 팬카페 가입 안내로 도움이 되었습니다. 머리를 긁적이는 모습이 귀여우셔서 살짝 웃었어요.

요즈음엔 학우들이 번갈아 가면서 방송 출연해 주셔서 특별한 재미를 느껴요. 사람 사는 이야기를 도란도란 나누며 가끔 버벅거리기도 하지만 그것도 재미인걸요. 태평양을 건너온 고국의 향수, 감사합니다.

인천공항 A게이트에서

kyungho park

금욜, 총장님의 호탕한 웃음소리와 이근철 선생님의 아이스크림 같은 목소리로 기분 좋은 아침을 엽니다. 걸어 다니는 위키피디아 이근철 선생님의 인문학 강의가 '금방 웃고 또 웃는 금요일!' 임을 짐작하게 하네요!

일요일 아침에 인천공항 A게이트에서 만나자는 말씀(농담)에 살짝 들뜨기도 했어요. 얼른 코로나 끝나고 좋은 날 오면, 우리 학우님들 꽃향기 가득 뿌리며 비행기 타러 가요.

다시 소녀가 되어 가슴 두근두근

Kyungja kim(김경자)

칠학년 되도록 살면서 연예인 사진 벽에 붙여 보기는 처음입니다.

처음 해 보는 덕질이 신나고 재미있고 즐겁지만, 살짝 부끄러운 것도 사실입니다.

클래식 CD에 담겨온 테너 김호중의 사진을 보며 반갑고 좋아서 입이 쩍 벌어졌지요.

"이거, 저기 TV 뒤에 붙이면 안 될까?"

"우리 엄마 이상해졌구나. 남들이 알면 미쳤다고 할걸?" 막내딸이 웃으며 고개를 흔들더군요.

"아니, 엄마가 김호중 노래 들으며 이렇게 기쁘고 행복한데, 너희가 김호중에게 감사해야 되는 거 아냐?"

제가 워낙 강력하게 나가니까 남편이 거들어 주더군요.

"당신이 좋다면 붙여라, 붙여!"

다음 날 큰딸이 집에 와서 보더니, 손뼉을 쳤어요.

"아이구, 호중씨 사진 거실에 붙었네! 엄마가 행복하면 되지요. 그러나 가정의 평화는 깨지 말고 좋아하세요."

난생처음 연예인 사진 벽에 붙여놓고 날마다 소파에 앉아 마주 쳐다보며 입가에 미소를 짓는 김경자는요, 이제 소녀처럼 얼굴이 붉어지고 가슴이 두근거려요.

유쾌한 오타

Lee 윤혜

행폭(행복의 오타)으로 참 웃음을 줬던 저로서도 부끄러움보다 더 행복했었던 일로 다가 왔었는데, 편집국장도 그런 출산(출간의 오타)으로 웃음을 빵 터지게 하여 감사할 뿐이죠.

전복순 님, 호중사랑에 용기를 내 주신 건 그 사랑의 깊이를 알 수 있고, 신정희 님 언니의

"호중사랑 기억이 없어질까 봐 걱정이시다"는 그 말씀에 나이 먹은 모두의 마음이기에 가슴 먹먹합니다.

별은 많고 해님은 하나이면서 온 세상을 환하게 해준다는 말씀 정말 맞는 명언입니다. '알고 보니 혼수상태' 호중노래 듣다가 혼수상태 됐냐는 말씀에는 웃음 빵 터지게도 하시고 감동입니다.

60, 70, 80대가 모여 책을 발간하는 기적을 이룰 수 있는 것도 선

영대에서만 가능한 일입니다.

우리 선영대 학우들은 정말 모두가 작가인 거죠. 우리가 끝까지 선영대에서 행복 누릴 수 있도록 늘 응원하며 사랑합니다.

안부!

Lisa Chung

날마다 만나는 친구가 있다는 것은 행복합니다.

서로 안부를 묻고, 함께 공부할 수 있다는 것은 기쁨입니다.

볕이 뜨거운 날은 뜨거운 대로, 바람이 부는 날은 또 바람을 같이 맞습니다.

별님을 응원하면서 한 마음이 된 우리 학우님들, 오늘도 내일도 그리고 모레도 늘 행복하세요.

건강 잘 챙기면서 언제까지나 함께 해요.

덕분에

Imhyun Nam

우리 호중씨 덕분에 가방 던지기도, 세상 사람들이 살아가는 재밌는 방법도 배웁니다.

호중씨가 박 원장님과의 대화를 들으면 얼마나 좋았을까요. 그 특이한 웃음소리를 내면서 한바탕 웃을 것 같네요.

저도 〈old & wise〉라는 노래를 들으며 가사를 생각해보니 호중씨는 어찌 어릴 때부터 이런 걸 알았을까 했네요. 호중씨는 역시 세계적인 인물이 될 겁니다. 가수로서 대성하고 아티스트로도 크게 되리라 믿어요.

봄비

LSH Maria

봄비가 그리움을 안고 와 밤새워 내려 주네요. 이제 온 대지가 연두색에서 초록색으로 아름답게 물이 들겠네요. 세월은 이렇게 달려갑니다. 이뤄 놓은 게 별로 없는데 뒤돌아보지도 않고 너무나 빠른 속도로 그냥 가네요. 갈 테면 가라지요. 뭐! 우리끼리 오순도순 정담을 나누며 행복하게 살아요. 오늘도 이 방에 계신 모든 분들 기쁜 하루 되세요.

웃겨요

MAP

선입견이란 게 참 웃깁니다. 맨 첨 종로선글님을 청계천에서 선글라스 파는 분으로 오해하고 시청 자체를 안 했지 뭡니까요.

그런데 요로코롬 지적이고 넓은 인맥과 인문학적 교양으로 뭉치신 분인데 말이죠. 지금 생각하니 웃음만 나네요. 저의 단편적이고 근시 안적인 시력을 용서하소서. 세밀하게 관찰하고 정보를 제대로 전해 주셔서 방송 잘 보고 있습니다.

깜짝이야! 방송사고

Margaret Lee

틀림없이 어제 방송인데 4월 1일 얘기도 나오고 뭐가 잘못된 줄 알 았어요. 혹시 내가 잘 못 알았나? 이리저리 고개를 돌리다가 모처럼 집에 온 아들보고 봐 달라고 부르고~~ 결국 방송 사고네요.

총장님이 '별님 논산 입소 땜에 마음고생?이 많으셨구나' 생각했어 요. 복습한 셈 치죠.

가슴 뻐근하도록 깊은 사랑!

MO K(고명옥)

오늘 방송 너무 좋아요.

예삐님 이야기에 동화되어서 울컥하다가 웃다가 감정의 롤러코스 터를 탑니다.

한 천재 가수의 인간적 애환이, 그의 노래와 말과 글 속에 녹아들 어 많은 사람들에게 감동을 줍니다.

그리하여 우리 이렇게 한 마음이 되는가 봅니다.

김호중 가수는 지금껏 봐왔던 연예인들과는 확실히 다르다는 걸 갈수록 느끼게 되지요.

알수록 더 빠져 들게 되는 가수, 그의 매력은 마르지 않는 옹달샘 같아요. 오늘 두 번째 만나게 된 예삐님도 볼수록 매력적인 분 같습 니다. 방송 내내 울컥 눈물 머금은 채로 시원 단호함과 코믹 멘트로 방송 몰입도 완전 짱이었습니다.

'선영 자율대학'이란 공식 명칭으로 사회에 선한 영향력을 펼치고자 하는 교육이념이 더욱 선명해지고 있는 것 같아 기쁩니다. 오늘 방송도 내실 있었고 '여백의 미', '긍정으로 받아들임'의 지혜를 강조하는 강의 좋았습니다.

보헤미안 랩소디를 공부한 후
다시 듣는 하모니

moon숙

〈보헤미안 랩소디〉 영화 장면을 떠 올리며 '파트너'에서 김호중이 부른 노래를 수십 번 감상 했어요. 스텔라와 화음이 참 좋았습니다.

현우군에게 "현우야, 밥 먹었어?", "아버진 뭐라셔?", "으흠, 좋다" 동생을 다정히 챙기는 모습에서 따뜻한 성품이 보였어요. 아버지가 반대하시지만 진심을 다해 노래를 하라는 격려의 모습이 참 다정했어요.

누군가의 꿈을 응원해 주는 일, 상대방과 화음을 잘 이루는 일, 역지사지의 자세로 임하는 일, 이 모두를 김호중은 하고 있습니다.

그런 김호중을 사랑하고 아끼며 응원하는 것은 당연하구요. 파생되는 엄청난 양의 에너지를 받아서 우리도 행복하게 걸어갈게요. 사랑을 보냅니다.

누구를 좋아한다는 기쁨

Natari

사랑은 엔돌핀 팍팍 돌아 삶의 활력소가 되죠.

그 누군가의 노래는 사람들의 영혼을 울리고 아픔을 어루만지고 상처를 치유해 줍니다. 의사가 몸의 상처를 치유한다면, 내 가수는 우리의 영혼을 치유하는 것이지요.

그의 노래에 귀를 묻고, 서러운 마음을 씻습니다.

별님 사랑은 덕질이 최고

ock k

바쁘신 와중에도 이렇듯 열심히 수고해 주시는 모든 분들 정말 감동입니다. 말씀도 잘하시고 웃음도 많으시고 선글님과 케미도 좋으시고 뭐라 말씀드릴 수 없을 만큼 훌륭하시네요.

선영대의 밑바탕에는 김호중이 짙게 깔려 있겠죠. 다들 호중 사랑하는 마음은 서로서로 자를 잴 수 없을 만큼 무한대인 것 같습니다. 지각생이지만 열공하고 호중님께 스밍과 덕질이 먼저이기에 할 수 있을 만큼 다하고 있지요. 선글방송에 자주 들어오는 시간이 부족하지만 앞으로 댓글에 가끔이라도 참여하도록 노력하겠어요. 학우님들 코로나 조심하시고 또 뵐게요.

어깨 겯고 함께

OK! You

'수고했어' 한마디가 피곤함을 씻어 주고, '잘 했어요' 한마디가 용기를 실어주고요.

'고마워요' 한마디가 새 힘을 얻게 하고, '사랑한다' 한마디가 상처를 없애 준답니다.

세상살이가 어찌 내 마음을 꼭 맞춰 주나요? 그러려니 하고 웃으며 삽시다.

사랑과 행복이 넘치고, 늘 기쁨이 샘솟는, 선영대 학우들의 나날에 어깨 겯고 함께 합니다.

그 가수를 만나서

Park 수지

그냥 덤덤하게 감정 없이 살아온 세월이다.

시간에 나를 밀어 넣고 '좋은 것'도 '싫은 것'도 없이 그냥 그렇게 살았다. 차고에 넣어 둔 자동차도 나와 함께 늙어가고 있었다. 그 자동차를 폐차하게 되었다. 그러려니 했다.

그런데 특별한 사건이 생겼다. 한 가수의 노래를 듣고 나서다. 낯선 느낌이 솟아오르면서, 나도 감정이 살아있음을 죽지 않았음을 알았다. 김호중의 〈천상재회〉를 듣는데 감성이 훅 올라와서 '뭐냐 나는?' 의문 부호를 찍었다. 과감하게 지금까지의 나를 폐차시키고 새로운 나날을 살기로 했다.

지금은 새로운 보폭으로 걷고 있다. 세월을 느끼고 감정을 돌본다. 돌을 비집고 나오는 작은 꽃도 '이쁘다 이쁘다' 하는 나를 발견했다. '그래 이거야!!!!' 차는 또다시 샀지만 가까운 거리는 걸어 다니며 사람을 만나고, 자연을 바라보고, 나를 느끼고 있다.

새로운 내 삶이 시작된 것이다. 〈천상재회〉를 불러준 그 가수를 만나고부터.

함께해서 더 즐거운

pyr사구

언제 봐도 반갑습니다. 웃음꽃 만발하며 함께 걷는 발걸음이 아름답습니다. 함께라서 더 즐거운 길이지요.

외국에서 응원하고 있어요

Rebeca Choi

저는 외국에서 사업을 하는데 요즘 코로나19로 잠시 쉬고 있어요.

아이들은 뉴욕에서 대학을 다니고 있는데 걱정되지만 우리 가수 노래 들으면서 많은 감동과 위로를 받아요. 언젠가 기회가 되면 가수님한테 고마움을 꼭 전하고 싶어요.

해외에서 팬클럽 가입이 안 돼서 못하고 있지만, 한국에 있는 가족들과 친구들한테 우리 가수 응원 부탁했어요. 어떤 방법이든 가수에게 도움 되려는 마음입니다.

제2부

이기 누고?
글마~~네! 아이고~~

한 줄기 섬광처럼

36세 내 아들은 중증 발달 장애인(Autism)이다.

"안녕하세요? 오늘은 혼자시네요."

"누구시더라? 아들은 복지관 갔어요."

엘리베이터에서, 빵집에서, 산책로에서, 마트에서도 모르는 분들께 인사를 받는다.

엄마보다 훌쩍 큰아들의 손을 잡고 다니니 주목 대상이 된 듯하다. 의사소통은 어렵고, 행동은 민첩하여 24시간 케어가 필요하다. 살아온 세월을 어찌 말로 다 하랴. 나의 삶은 없고 엄마로서의 의무만 주어졌다. 따가운 세상의 시선과 도무지 변화 없는 아들 때문에 절망하고 현실로부터 도망치고 싶었다.

35년 전, 소아 정신과에 진단을 받고 이름도 생소한 자폐증에 그때는 전문가도 교육기관도 부족하여 속수무책. 특수학교에 입학하여 고등학교 과정을 마치고, 몇 안 되는 기관은 대기자가 넘치니 진료가 막히고, 취업이 되어도 2~3년 뒤엔 다른 곳을 전전하는 상황이 반복됐다. 세월이 흘러 처음보단 좋아져 부담이 덜해지긴 했지만 독립적인 생활이 어려워 늘 껌딱지처럼 따라 다닌다. 돌아보면 꿈같은 세월이다. 정호승의 시처럼 "사랑과 고통이 없는 인생은 무의미 하다"고 자위했지만, 모든 것을 다 소진한 내 영혼에 한 줄기 섬광처럼 그가 왔다. 그의 노래를 들으면 카타르시스가 된다. 수 백 장의 사진을 보며 히죽거리고 노래하는 별님을 보며 허벌레~~(남편표현) 한다.

〈찔레꽃〉을 들으며

Rrom.BC

저는 이민 온 지 20년이 넘었습니다. 그간 성악이나 트로트는 별로 좋아하지 않았는데, 노래 부르는 김호중을 보면서 제 성향이 완전 바뀌었답니다. 새로운 신곡을 들으면서 고국을 그리워하며 고향에서 보낸 추억을 회람하렵니다.

김호중이 부르는 〈찔레꽃〉에서 제 부모님과 유년시절을 되뇝니다.

추억의 그 길을

Silk&Perle VDM

종로 시가지 세운상가 및 청계천 주변의 모습이 영상에서 보니 새롭게 변해서 참으로 놀랐습니다. 70년대 후반부터 80년도 초에 친구들과 가끔 외출했던 곳인데….

그 당시 외부에서만 보았던 종로 세운상가 청계천 주변에 열거되었던 철물점 등 과거에 보았던 어수선하고 어둡고 지저분했던 길 모습과는 완전히 다른 모습이고 많이 깨끗해졌네요. 백남준 작업실도 볼 수 있어 참 좋았습니다.

작년 2020년도에 암스테르담에서 잠시 지내고 있는 동안 그 도시 시립 박물관에서 백 선생님의 작품을 전시하는 포스터를 보았지만, 코로나로 인해 전시관의 문을 열지 않아 불행히도 작품을 볼 수 없어 아쉬웠습니다.

총장님의 안내와 작업실에 계신 분의 설명으로 영상으로나마 작업실을 접할 수 있어 좋았습니다.

보통 학교에서는 접할 수 없는 다양한 지식을 배우는 선영대학에 입학하게 된 것이 새삼 영광스럽고, 성실하고 진심과 정성으로 학우들에게 많은 지식을 알려주고 일깨워 주셔서 감사드립니다.

일상의 인사

> Sim Inhwa

우리 학우님들 반가워요. 오늘도 행복한 하루 되세요.

댓글 창에서 만나는 분들이 오랜 지인처럼 느껴집니다. 저는, 평범하고 일상적인 인사지만 이렇게 남깁니다. 우리는 모두 한 가수의 노래를 좋아하고 응원하면서 모였지만, 이젠 한 곳을 바라보는 벗이 되었네요. 새로운 인연을 맺음이 쉽지 않은 세상에서요.

별님 위한 선한 영향력의 방송

> Sky Land

선영대학 선배님들, 늘 건강과 기쁨이 가득하시고, 별님의 노래로 행복한 삶의 길 걸으시길 빕니다.

아름다운 꽃처럼 웃음이 피어나는 넉넉한 월요일 아침을 열어주셔서 감사합니다.

키위 과일이 주렁주렁한 마당 풍경을 보니 별님이 불러주는 〈풍경〉 노래가 흥얼거려집니다.

활력 방송

Susan Rizzo

이 방송은 항상 좋은 에너지가 넘쳐서 참 좋아요.

호중님이 중심이 되어 우리 식구들이 아름다운 댓글로 소통해서 참 좋습니다.

You all make this word a better place to live~♡♡♡

Tenor Hojoong kim VINCERO!! Ariss figlting!!

시드니의 기분 좋은 날

Sussana Han

부활절인 오늘부터 시드니에는 써머 타임이 풀린답니다. 그동안 한국과 2시간 차이가 나서 여러모로 불편했는데 이제 1시간 차이만 나지요. 선글님 기다리는 시간이 좁혀지고 학우님들도 빨리 만날 수 있어서 참 좋아요.

시드니의 오늘 날씨는 하늘엔 구름 몽실몽실, 바람도 살랑살랑 부는 기분 좋은 날입니다. 행복한 시간 되세요.

주파수를 맞춰 나가면

sweet X-X

세상은 듣고자 하는 귀는 열지 않고 세상을 비방하는 눈만 가진 자들에게 선생님의 역할이 있지 않을까 하는 생각이 듭니다. 서수용 선생님의 관심과 애정에 김호중의 믿음과 신뢰, 노력이 더해졌습니다. 잘 가르쳐도 자기 잘난 줄만 알고 날뛰는 세상에 선생님과 김호중의 심성이 잘 나타납니다. 인생을 살아가면서 듣는 귀와 보는 눈이 일치하기가 어려운 것 같습니다. 각자의 청력 주파수와 눈 시력이 다른 것처럼 정치나 예술이나 직장이나 가정이나 마음을 비우고 주파수와 시력을 맞추어 나갈 때 보다 나은 세상으로 발전하지 않을까 생각해 봅니다.

듣는 귀

sy K

우리들 나이에 하는 말들은 '찰떡같이 말하면 꿀떡같이 알아들어야' 하지요. 우리는 언제나 반짝이는 별을 바라보면서 행복하게 응원하고 사랑하는 학우들입니다. 인생의 황금기는 65~75세라는 말을 들었는데, 그 나이는 모든 것이 안정되고 정신이 풍요로워지기 때문인가 봅니다.

안부

s영아

〈파파로티〉 영화는 여러 번 번번이 눈물을 흘리며 봤는데 오늘 영화 장면과 호중님의 노래는 너무나 감동이었습니다. 바쁘신 가운데 귀한 영상 올려 주셔서 너무 고맙습니다. 잘 간직하겠습니다.

고향이 그립고 가수님이 보고 싶어서 눈물겨운 명절입니다. 모든 분들 설 잘 보내세요.

한국 영화 역사를 엿보게 해주신
문금순 학우님!

Theresa Ahn

아주 오랜만에 어릴 때 어른들의 사회 문화 연예계를 얘기하셨을 때가 연결이 되면서 보석 같은 추억의 다큐영화를 보는 듯해서 오전 볼일을 뒤로하고 참으로 전설의 시간을 갖게 해 주심에 감사드립니다.

어머니가 살아계셨으면 문학우 님의 방송을 차 한 잔 놓고 함께 듣고 웃고 고개를 끄덕이며 즐거워하셨을 것 같습니다.

어머니는 일본서 결혼, 한국에 들어와 생활하면서 다소 문화충격도 겪으셨기에 문학우 님 만나시면 얼마나 기뻐하실까를 생각해 보니 딸로서 못다 한 효도를 조금 하는 것 같은 맘이 좋습니다.

추억의 단어들인 '삐딱선' 등 그리운 어린 시절도 맛본 시간이었습니다.

제 어머니도 송파구 실버합창단으로 활동하셨고, 조금 불편하신 몸으로 적십자 봉사 활동과 일본어 재능기부도 하시다가 갑자기 돌아가셨기에 오늘 방송이 연한 커피의 맛을 더 부드럽게 녹이는 귀한 시간이었음을 고백합니다.^^

emblem

VDM

영상을 시작하는 시점에 제 글이 읽혀서, 제가 뭘 잘못 적었나, 하고 깜짝 놀랐습니다. 첫 내용으로 학우님들과 공유하고 공감할 수 있게 해 주셔서 감사드립니다. 가수님의 선한 영향력이 민들레 홀씨처럼 멀리멀리 퍼져나가길 소망합니다.

엠블럼(emblem) 문양을 저도 3번을 첫 번째로, 2번을 두 번째로 선택했지만 글을 올리지 않았음에도 많은 학우님들이 저와 같은 선택을 해 주셔서 다행입니다. 우리들의 안목이 유별나거나 뒤처진 생각이 아닌, 적절한 선택이었음을 확인하게 되었습니다.

두 발 뻗고 자자

Yingji VUAN

'두 발 뻗고 자자'가 더 좋은 것 같아요. 콘서트에서 김호중이 이 말을 할 때 가슴이 너무 아팠지요. 한참 악플이 많고 억울한 일이 많았을 텐데 그 억울함을 '두발 뻗고 잔다'라는 한마디로 표현한 것이라고 생각합니다. 많이 힘들고 속상한데도 팬들 앞에서 좋은 모습을 보여주려고 애쓰는 모습을 보면서 마음이 아렸어요.

호중은 한 번도 언론이나 팬들 앞에서 구구절절 해명하지 않고 자기가 할 일에만 열심히 해나가서 콘서트까지 성사시켰고, 최선으로 공연해 주셨지요. 저는 앞으로 언제 중국에 갈지는 모르지만, 가서도 호중님의 이 말을 많은 사람들한테 전달하렵니다. 딸한테도 앞으로 살아가면서 한 점 부끄럽지 않은 인생을 살 수 있도록 '두 발 뻗고 자자'라는 말을 기억하면서 살아가도록 잘 가르치려 합니다.

다 같은 증상을 앓고 있는 것도 처음일 듯

yun Hee Lee

—염색하다 김호중 나오는 방송 보느라 세 시간 넘어 머리 감은 것.
—비슷한 글자나 소리만 봐도 환청이 생기는 것.
　(병원대기자 명단 위에 김호중 님 이름이 있어 놀래서 봤더니 '진료중'. 티비서 '호중아' 소리에 놀래서 봤더니 호동이)
—24시간 스밍에 네티까지 보느라 충전기 꽂아도 충전 속도가 제자리인 것.
—덕질에 필요한 첩보는 앱들을 한 보따리 설치.
—타이머 맞춰 놓고 하트 모으기.
—원치 않는 이들까지 영화 보여주겠다고 데리고 가서 같이 보고 팬 카페 가입시키기.

—전 직원에게 CD 선물하기.

—십만 팬들 글 읽으며 가족이라는 생각.

—이렇게 연예인 관련 개인 유튜브 방송 보는 것도 처음입니다.

꿈속에서 만난 호중씨!

Yun Joo

어쩌나요? 말 한마디 못했다는 말, 많이 아쉬웠을 듯합니다.

저는 같은 하늘아래서 호중씨와 같이 숨 쉬고 있어도 그리움은 민들레 홀씨처럼 퍼져갑니다.

우리 선영대의 앰블렘이 민들레를 형상화 했다더군요. 여러 가지로 재능 나눔 해주시는 분들께 감사드립니다. 호중씨의 캐리커처 아주 멋집니다.

대망

가을햇살

오늘 방송에서 『대망』이란 책 내용을 듣게 되었네요. 저도 그 책에 흠뻑 빠져서 시간 가는 줄 모르고 재미있게 읽었던 기억이 납니다. 어쩌다 보니 책보다 휴대폰을 가까이하며 살게 되었는데 책 읽기의 귀함을 잠시 잊었습니다. 항상 배울 게 많고 유익한 방송 감사합니다. 요즘 바깥 활동도 자유롭지 못한데 도서관이나 가서 다시 1권부터 찾아서 읽어 봐야겠습니다.

저마다의 방법으로

종로선글 방송과 거기에 달리는 댓글이 늘 기대됩니다.

기업 경험과 경영 경력으로 이성적이고, 분석적이고, 감정적이지 않고, 뒷받침하는 논리적인 자료까지 믿고 보는 채널입니다.

가수를 아끼고 사랑하는 방법은 여러 가지겠지만, 각자 가진 재능대로 아끼고 사랑하는 모습이 진정 아름답습니다.

총장 취임사를 듣고

이제까지 여러 총장님들의 취임사를 들어 봤지만 그중 단연 최고입니다

우리 대학의 성격과 취지에 부합되는 멋진 목표와 비전을 준비하신 내용이군요. 이런 대학의 학생임이 자랑스럽습니다.

평생 댓글은 처음인데 안 쓸 수가 없었어요. 가수나 연예인에 관심을 가지고 좋아해 본 적이 별로 없었습니다.

"사랑이 무어냐고 물으신다면 호중 향한 마음이라고 말하겠어요."

살면서 자식 사랑, 남편 사랑 등 많은 대상을 사랑해봤지만 아무런 조건과 욕심(?) 없이 무조건적인 사랑을 해 보기는 처음입니다. 제게도 이런 구석이 있다는 사실이 믿기지 않아요. 이 공간에서 아름답게 살아가시는 많은 분들이 계심에 놀라고 행복을 채울 수 있음에 감사드립니다.

처음 만나는 날

강경연

오랜 기다림에 우리가 처음 만나는 날, 섬을 돌아돌아 물보라를 가르며 그댈 만나러 갔노라. 힘든 티켓팅으로 겨우 잡은 표를 손에 꽉 쥔 채, 긴 시간의 열차 속에서 떨리고 가슴 설레는 마음도 감격의 눈물로 길을 물어물어 아레나를 찾았노라.

활활 타오르는 태산 같은 인파의 물결, 보랏빛 무언의 함성, 광야에서 온 음악의 큰 별은 천상의 목소리로 벅차오르는 전율의 날개를 달아 감격의 깃발을 휘날리던 날, 나 환희의 갈채를 보냈노라.

또 긴 기다림의 열정 속에서 변하지 않는 묵묵한 바위처럼 식구를 만날 때까지 노래가 닳도록 기다리고 기다리겠노라. 웃음도 행복했고 울음도 감격했던 나, 호중앓이로 다음 콘서트에도 또 단숨에 달려가겠노라.

이기 누고? 글마~~네! 아이고~~

강문정

오늘은 우리의 전통풍습인 동짓날이기도 하고, 우리 가수의 카네기홀 공연 제의가 들어왔다는 소식도 있는 행복하고 또 행복한 날입니다.

드디어 세계적인 가수로 큰 무대에 우뚝 설 날도 머지않은 듯합니다.

저는 어제 기다리고 기다리던 클래식 앨범을 받았네요. 생각보다 큰 상자에 브로마이드가 6장이 들어 있었는데, 그 사진 뭉치가 달력인가 싶어 우리 집 양반이(영감) 풀어 보더니, 이 양반 왈, 경상도 말로 "글마~네. 아이고~~" 하고는 자리를 떴습니다. 제가 한심하다는 것이지요.

총장님이 옆에 있는 사람도 좀 쳐다보라고 하신 말씀이 생각나서 어제는 몇 번을 쳐다보았네요.

그런데 그의 옆모습이 왜 그렇게 쓸쓸해 보이든지~. 이제 좀 더자주 쳐다보고 맘 쓰겠다고 스스로 다짐했습니다. 영감님은 내 마음, 내 결심을 아실란가요?

삶의 여백

강선

학우님들이 살아온 인생 글을 보며 생각이 많아집니다. 우리들이 살아온 삶이 평범하지만, 사소한 것에서 행복을 배우고 나눔을실천하지 않는다면 무슨 소용이 있겠어요? 선영대에 오면 웃으며즐겁게 살아가는 모습을 배웁니다. 살아가는 나날들이 하루하루가소중하여 인생에는 리허설이 없다는 것도 깨닫게 되지요. 선영대에서 삶의 보람을 날마다 배우고 있습니다.

손녀와 한 편

강선애

우리 집에도 호중님으로 인해 재미있는 일이 있어요. 같이 응원 영상을 보낸 네 살 제 손녀 얘기입니다. 가족 모임에 손녀가 예쁜 드레스를 입고 왔기에 할머니도 입고 싶다고 하였지요.

손녀 왈 "윤서는 돈이 없어 못 사주니 김호중에게 사달라고 해"라고 해서 모두가 빵 터졌습니다.

엄마인 제 딸이 한마디 하니 손녀 왈 "엄마, 할머니께 뭐라 하지 마요. 할머닌 원래 김호중 좋아하고 나도 좋아해."라고 하여 모두들 배꼽 잡았답니다. 호중님 노래만 틀면 귀가 아파 못 살겠다고 끄라던 남편도 차 안에서 노래를 틀면 어느새 흥얼거리고 있답니다.

호중님 노래가 우리 가족의 삶에 공기처럼 스며들었지요.

생각하기 나름

강선희

모든 교육은 가정에서 부모로부터가 시작입니다.

가정에서 보고 자라는 게 정말 중요하다는 것을 황선이 님의 감동 사연이 실감케 하는 아침입니다.

인생을 어떻게 살아야 잘 살아왔다고 할 수 있는 것인지? 사람들은 각자 나름대로 극복의 아이콘을 지닌 채 버티고 살아가지만 황선이 님의 헌신적인 모습은 존경심에 앞서 경이롭기만 합니다. 남편분은 전생에 나라를 구하신 분인 것 같습니다.

저는 남편에게 "어쩜 그리 로또 같냐"고 투덜거렸는데 황선이 님의 남편분은 진짜 로또에 당첨된 행운의 분이시네요. '생각하기 나름이다, 어차피 해야 할 일 즐겁게 하자, 희망이 있으면 즐겁다.'

오늘의 명언으로 여기며 앞으로 남편에게 로또 같다는 말 하지 않고 '덕분에'라고 감사드릴게요. 깨우쳐 주신 감동의 말씀 깊이 새깁니다.

그리고 남에게 필요한 존재가 되면 행복하겠지만 이젠 황선이 님도 자신을 챙기고 스스로를 돌보는 여유로운 삶을 사셨으면 좋겠습니다. 건강하시구요.

온유하고 침착하게

> 강순구

끓는 마음이 깊어지면 식사를 못한다는 말이 실감나요. 저도 우울한 소식에 식욕이 없어졌거든요. 선한 마음과 선한 생각으로 호중 가수를 응원하면 좋겠어요. 쉬 끓는 물이 쉬 식는다는 말이 있듯이 꾸준한 격려와 응원이 필요한 때라고 생각합니다. 격하지 않고 온유하게, 이성적으로 침착하게 응원을 보내려고 해요.

배고픔보다 외로움이 더 큰 슬픔

강순옥

호중님 홀로 걸어온 세월이 노래마다 담겨서 그 아픔과 고단했던 삶이 고스란히 묻어납니다. 더 귀하고 소중한 보석 같은 청년이지요. 노래마다 눈시울을 적시게 하고 지나온 우리의 삶을 뒤돌아보게 합니다. 호중님과 비슷한 삶을 살아온 기나긴 나의 생을 되짚어 봅니다. 말하지 않아도 외롭고 아팠을 그의 삶이 제 가슴을 저리게 합니다. 이제 혼자가 아닌 많은 식구가 함께하니까 힘이 될 겁니다.

보석처럼

강승희

처음 방송부터 유의해서 보긴 했지만, 이런 보석인 줄 몰랐어요. 갈수록 반짝반짝 빛이 강해짐을 느낍니다. 학우님의 사연들 하나하나가 뿌듯하기에, 저의 작은 미소가 함박웃음으로 변함을 발견합니다.

우리를 이끄는 우뚝 솟은 선영대의 깃발, 색깔 선명한 깃발입니다. 뒤에서 따라가는 저는 씩씩한 응원자죠. 우리 학우들과 함께 손잡고 웃으며 걸어가겠습니다.

선영대학 -세상을 아름답게 만드는 학교

강신익

〈파파로티〉영화는 이제훈(김호중 분)이 불우한 환경에서 태어나 살아가지만, 한석규(서수용 분) 선생님의 사랑으로 마침내 꿈을 이루는 아름다운 이야기를 담고 있습니다.

특히 마지막 부분에서 주인공이 '그대 내게 행복을 주는 사람'의 노래를 부를 때 이 영화는 출연자들, 그리고 모든 스태프들의 이름을 자막으로 올리고 있습니다. 한 사람의 꿈이 이루어지기까지 주변의 많은 분들이 계셨던 것을 알 수 있는 장면입니다.

저 자신이 어렵고 힘든 터널 속에서 방황하고 있었고, 다시 저의 길을 가고자 찾은 학원의 강의 장에서 이 영화의 한 장면을 보게 됩니다. 강사님께서 보여 주신 그 마지막 장면은 제게 또 다른 희망으로 다가왔고, 노래하는 주인공의 사랑스런 모습을 보면서, '나도 그럴 수 있을까?'라는 생각을 하면서 지금까지 열심히 살고 있습니다.

영화 속에 이제훈의 삶이 바로 김호중 가수의 실제 이야기라는 것을 알게 되면서 김호중 가수에 큰 관심을 갖게 됐으며, 요새는 〈고맙소〉노래에 푹 빠져 있습니다.

기다림

강영숙

원래 트롯은 듣지 않았어요. 한 경연 방송에서 처음으로 호중씨를 만났지요. 호중씨의 노래를 듣다 보면 그 감정이 마음에 훅— 들어오고 온몸에 전율이 흐르지요. 어떤 노래를 들어도 호중님의 노래는 더 특별하고 품격 있어요. 특히 불후의 명곡에서 부른 노래는 더욱더 가슴에 짠~하게 스며듭니다.

눈팅으로 열심히 듣고 선영대학에 입학하여 학우님들을 만나고 있어요. 남은 인생을 즐겁고 기쁘게 선한 영향력을 끼치며 살고 싶어요. 호중님의 얼굴을 언제 볼 수 있을까요? 그날을 기다립니다.

67세, 어느 실버 소녀의 고백

강윤희

7형제 중 셋째로, 보릿고개 가사처럼 배고프게 살아왔기에 한 입이라도 덜려고 22세 때 결혼했어요. 어렵고 힘든 생활을 버티며 살아오다가 여러 상황이 여의치 않아 남편과 헤어졌지만, 남매는 제가 품었습니다.

혼자서 두 아이를 키우며 '한부모 가정의 문제아'란 선입견을 막고자 애들 눈을 가리며 〈아빠는 출장 중〉으로 숨죽였습니다. 먹고 살려고 독학으로 회계, 컴퓨터 공부를 하며 한 직장에서 버틴 결과 28년 후에는 상무로 승진했고, 무역의 날 대통령 표창까지 받았습니다.

자식 잘 키워 '문제 가정에서 문제아 생긴다'는 말 듣지 않으려고 곁눈 한번 돌아볼 겨를없이 살았더니 애들은 잘 자랐고 딸은 의사, 아들은 일본에서 행복하게 살고 있습니다.

34년간 근무한 회사를 퇴직, 이제 모든 짐을 벗어 버리고 나 자신을 돌아보는 시간, 난 여태껏 뭘 하고 살았지? 나는 누구지? 살아가는 이유는 뭐지? 왜 살아야 하지? 점차, 혼자서 '외롭다. 슬프다. 그냥 잠들었으면 좋겠다'라는 생각이 자꾸 들고 그냥 이쯤에서 눈 감았으면… 참 많이 힘들었습니다.

그 날도 몇 시간째 쇼파에서 우두커니 TV 채널을 돌리는 중 〈천상재회〉가 흘러 나왔습니다. "천상에서 다시 만나면~~" 하는 목소리에 갑자기 눈물이 흘러넘치며, 내 속에 뭉쳐있는 뭔가가 '툭' 떨어져, 먹먹하고 허한 가슴이 갑자기 시원해지는 것이었습니다.

그동안 노래는 행복한 사람들이 즐겨하는, 나는 노래 부를 수도 없다는 자격지심으로 살았기에 더 큰 느낌으로 다가왔습니다.

만약 우리 애들을 그때 내가 품지 않았다면, 어린 나이에 그 험한 세상을 외로이 살아왔을 거라고 생각하니, 한이 서려 있는듯한 음색과 호중님 얼굴을 볼 때마다 제 가슴이 저려 왔습니다.

얼마 전부터 해맑게 웃는 모습에 '이젠 됐다'는 마음에 저도 모르게 같이 싱긋 웃곤 합니다.

작년 8월, 첫 팬미팅 첫 타임에서 노래를 부르며 얼마나 우는지… 그동안 살아온 세월이 주마등처럼 스쳤겠죠?

하지만 이젠 가수님이나 아리스들 모두가 행복합니다. 매일 스밍하며, 가수님 노래 듣는 게 하루의 시작입니다. 아픈 어린 시절은 생각만으로 눈물 나지만, 호중님은 그냥 노래 부르는 걸 좋아하는 사람입니다 호중님의 노래로 마음과 몸의 병을 치유하는 사람들이 너무 많다는 사실을 알아주셨으면 합니다.

호중님의 목소리에는 선한 영향력이 있어서 수많은 사람들을 살리고 있습니다. 내년 이맘때쯤이면 새로운 시작을 "그대 고맙소2" 팬미팅으로 시작하지 않을까요? 앞으로 살아갈 모든 날들을 노래 듣고 응원하며 웃음 짓겠습니다.

세계를 향해 나아가는 우리 가수님을 응원하며 그 목소리가 희망입니다.

편파, 왜곡 보도를 접하고

강혜숙

우리 가수는 착하고 배려심 많고 바른 청년인데 일부 언론의 잘못된 보도를 접하니 안타까운 맘 금할 수가 없습니다. 은퇴한 교수 등 양식 있는 분들마저 그 보도를 그대로 받아들였다니 가슴 아픈 일입니다.

편향(편파) 보도가 얼마나 무서운지 새삼 깨닫습니다. 앞으로 살아갈 날이 구만리인 청년에게 응원과 격려는 못할망정, 왜곡 보도하는 기자들의 양심에 묻습니다. 잘못된 기사를 올바르게 고쳐, 정확하게 짚고 넘어갈 수 있도록 힘써 주시길 간절히 기도합니다.

그리움

〈퇴근길〉 노래가사도 슬픈데 선글님의 〈퇴근길〉 색소폰 연주가 세상에 울려 퍼지니 왜 이리 마음이 서글픈가요? 이런 게 다 별님에 대한 그리움이겠지요. 결혼도 안 하고 따로 살고 있는 울 아들 걱정은 않고, 사회복무 중인 별님을 더 자주 걱정합니다. 제대까지 보고 싶어도 못 본다는 생각이 더욱 슬프네요.

다섯 사람의 소리를 가진 호중

아침을 싱그럽게 열어주는 산소 충전, 행복이 열리는 곳이니 아니 올 수 없네요. 우리 가수 무탈하게 군사훈련 잘 마치고 우리가 지키고 있는 정겨운 집으로 무사 귀환 바랍니다.

트로트에 성악을 살짝 올려 트로트의 고품격 바로, 호중 장르로 대체 불가한 신비의 목소리로 사람의 마음을 사로잡지요. 고음과 저음을 편안하게 넘나드는 호중만의 독보적 감성 최곱니다. 보이스 안에 다섯 사람의 소리가 있죠. 발라드, 록발라드, 세미 트로트, 성악 트로트로 가사 전달력의 1위입니다. 호중은 울림통이 뛰어난 국민 성대, 꿀 성대로 고급지고 짙은 음색으로 뮤직 닥터 치유의 아이콘입니다.

도서관장 청문회

여러 가지 사연을 들으며 울고 웃습니다. 어제는 도서관장님의 청문회가 있었는데 정치인들의 청문회는 얼굴을 찡그리고 마구 헐뜯는 장면이었지만, 활짝 웃으며 즐겁게 얘기하는 모습이 아직도 아름다운 여운으로 남습니다. 학우가 4만 명이 넘고, 총장님의 인기가 점점 치솟고 있습니다.

강의를 통해 다른 사람의 마음도 엿보고 이해할 수 있어 좋습니다. 저는 십 분만 말을 하라고 해도 못 할 것 같은데 매일 방송을 해 주셔서 감사합니다.

침묵하지 않는 목소리

김호중이 힘든 청소년기를 보낸 사실을 알았을 때, 그 시절 어른의 나이로 산 한 사람으로서 참 미안하다는 생각이 들었습니다. 사회가 책임지지 못하고 전도유망한 청소년에게 마음의 상처를 주었으니까요. 다행히 서수용 선생님을 비롯하여 몇몇 귀한 손길들 덕분에 바르게 자라주어 고맙고 대견합니다. 꿈을 찾는 청소년들에게 귀감이 되어주는 김호중의 지금 모습에 박수를 보냅니다.

아직도 부끄러운 행동을 자처하는 일부 부족한 어른들을 대신해서 미안하다고 말해주고 싶네요. 이것은 환경을 탓하지 않고 지금도 열심히 공부하고 일하는 이 나라의 뭇 청년들에게 우리 어른들이 해야 할 최소한의 예의라고 생각합니다. 신중하게 처리하신 오늘 방송 감사히 잘 봤습니다. 침묵하지 않고 흙탕물이 정화되도록 목소리 내 주셔서 진심으로 감사드립니다.

인생의 메시지

고슴도치

친구 사이는 가까울수록 배려가 있어야 오래도록 좋은 관계로 유지되겠지요. 김호중의 노래 〈너나 나나〉 가벼운 듯 경쾌한 곡에 가사는 인생의 철학적 메시지를 담고 있지요.

사람들이 살아가는 보통의 사연들이 우리네 일상이 아닐까요?

많은 학우들이 출연하여 자신의 삶을 들려주는 모습에서 잔잔한 감동을 받습니다.

저도 일터로 나가는 출근 시간에 방송을 들으며, 제 일상을 점검하고 있습니다.

호중앓이

고원

어제 박영호 입학처장이 입학시켜 주신 강릉 호중앓이 신입생 할미입니다.

호중만 일편단심 바라보던 제가, 선영대 총장님과 학우들을 또 좋아하게 되는데, 이러다가 호중에 대한 애정이 줄어들까 염려도

생기네요. 설마요. 그럴 리가 있으리오~

　박학다식한 총장님의 통쾌한 강의, 소녀 같은 남지숙 학우의 감성에 녹아서 좋아하지 않을 수가 없어요.

　힘도 약하고 정에도 약한 제가 감당 불가합니다. 저와 함께 정성 모아 호중한테 몽땅 쏟자고 청합니다.

격리가 주는 일상의 행복

고재영

　언제 어디서도 가능한 선영대학 출석은 날마다 이어집니다. 때로는 호중씨의 노래를 귓속 깊숙이 넣어도 봅니다. 총장님이 수시로 들려주는 썰렁한? 농담과 웃음소리는 가끔 건너뛰기도 해 봅니다.

　제가 미안해하는 마음 이상으로, 진심으로 위로와 안정을 주는 믿음직한 두 며느리의 사랑을 확인하며, 행사도 많은 오월을 보내기 전에 맛있는 음식과 저의 가족이 마주하게 될 날을 기대해 봅니다. 일주일 다 지나가기 전에 시시때때로 묻는 안부를 뒤로하고 우리 가족은 일상으로 돌아와 각자의 생활을 하게 될 것입니다. 또 소식 올리겠습니다.

　힘든 격리를 끝내고 이제야 마음의 안정을 찾아 애써 웃는 얼굴로 말할 수 있을 것 같습니다. 힘든 시간을 보내고 손녀들이 밝은 얼굴로 찾아와 기쁨을 주고 간 어제의 여운이 아직도 남아있습니다.

　가족 모두가 아무 증상 없이 몸속에 생겼다는 면역을 안고 각자의 집으로 돌아왔고, 월요일이면 모두가 일상으로 돌아갈 것입니다.

곰박사는 60대 중반의 여인

곰박사

　전문적인 지식이 있는 것도 아닌 아주 평범한 사람이 '박사'라는 건방져 보이는 닉을 씁니다.

　오래된 명찰이라 바꾸기도 어렵네요. 이해해 주시리라 믿어요.

　제가 감성이 부족한지 댓글을 잘 쓰지도 못하는데 오늘은 주제넘게 긴 글을 남기네요.

　저는 날마다 반가운 인사 나눔과 엄지손가락 까맣게 물들이는 것(좋아요를 누르는 일)만 할 수 있어요. 언젠가 일개미 아리스 이야기를 들은 적이 있거든요. '좋아요'를 누르는 일도 누군가에게 힘이 될 수 있고 우리가 함께임을 확인하게 된다더라고요. 그래서 저는 오늘도 '좋아요'를 꾹꾹 하며 학우님들의 댓글을 모두 읽고 있어요.

학교는 즐거워

곽apple

　제 스스로 무슨 일이든지 끝맺음을 잘 못한다고 생각하지요. 그래서 시작을 두려워합니다. 일 년 가까이 눈치만 보고 방송을 들었습니다. 별님 사랑의 방송을 시작한지 일 년 내내 한결 같음에 용기를 내서 선영대학에 입학합니다.

　같은 마음의 학우님과 함께 즐겁고 유쾌하게 놀고 싶습니다. '호중님 앞에만 서면 부끄러버예'상 주세요.

현우야~ 밥 먹었어?

곽미경

이 말은 의도적으로 나온 게 아니라 평소 사람을 대하는 호중씨의 일상이 그대로 드러난 겁니다. 어릴 때 어르신들이 밥 먹었냐고 따뜻하게 물어보던 기억이 나네요. 호중씨가 사랑받는 이유 중 하나가 우리 부모님과 할머니 세대의 따스한 정서를 가졌기 때문입니다.

사실 저도 장거리 연애를 하면서 신랑이 이렇게 밥을 챙겨 먹이려고 하는 정성에 감동해서 결혼까지 했거든요. 밥은 사랑입니다. 거기다 호중님의 명품 목소리로 "밥 먹었냐"고 물으니 어찌 달달하지 않겠습니까.

군대 이야기

곽복덕

60년 전의 군대 무용담을 어제 일처럼 이야기하시는 팔순의 할아버지,

60년 전의 출산 경험담을 어제 일처럼 이야기하시는 팔순의 할머니,

저에게는 영천 훈련장에서 장교훈련을 받고, 지금은 대한민국 육군의 8년 차 장교로 자녀 셋(손주)을 낳고 조국에 충성을 다하는 아들이 있습니다.

그 아들이 축구를 잘합니다. 체격도 비슷합니다. 뭐든 잘 먹습니

다. 악기(피아노, 기타, 드럼) 연주를 즐깁니다. 호중 가수는 노래하는 것이 체질인 것 같은데, 제 아들은 군인이 체질인 것 같습니다. 관심병사와 생활하겠다고 자원한 착한 아들입니다.

호중 가수를 볼 때마다 아들 모습이 오버랩 됩니다. 딸은 저에게 작은아들이 생겨서 좋겠다고 놀립니다.

고향의 노래

구경자

색소폰 소리로 듣는 〈고향의 노래〉에서 제 고향을 그리다 보니 갑자기 왈칵 눈물이 쏟아져 내립니다.

제1의 고향인 대구를 떠나 대전여중으로 전학하면서 친한 친구를 잃어버린 것 같아 안타까워했던 그때 그 시절의 수많은 사연을 망각하고 지냈습니다. 그 시절이 떠올라 가슴이 아려오네요.

잠시나마 잃어버린 시간들을 챙겨 주셔서 감사로 다시 한번 두 손 모읍니다.

씨줄 날줄로 엮어온 우리네 삶이란, 본래 있지도 않은 한 물건의 투영된 그림자에 불과하겠지요. 손짓으로 노래의 화음으로 우리를 하나로 묶어 준 호중씨를 향한 사랑이 영원으로 향해하고 있습니다.

누군가를 사랑한다는 그 의미는 조건이 없이 오직 하나로 통하는 순수함, 그 자체라고 생각됩니다.

드디어 등록했어요

피난 시절, 생일 아침밥에 꽁보리밥 한켠에 엄마가 쌀밥 한 줌 얹어준 귀한 밥 한 그릇이 생각납니다.

오늘은 숙제가 풀려 뛸 듯이 기쁩니다.

아! 21-0510-8763. 내 학번이 등록되었다고요? 박영호 선생님께서 답글을 주셨네요. 막힌 의문이 풀렸네요. 고맙습니다. 난 40년생이지만 선영대 강의 듣고, 이근철 영어 공부가 낙입니다.

제 뇌가 말랑말랑해지는 중이니 여러분, 응원해 주세요.

튼튼한 울타리가 되어

이 나이에 평생 처음 누군가의 팬이 되어 즐겁게 지내던 중 2020년 여름을 회상해 봅니다.

안티들의 무자비한 공격이 퍼부어질 때 어쩔 줄 모르고 '그 가여운 청년을 어이할꼬?' 하면서, 잠 못 자는 밤들을 보냈습니다.

그러던 중에 종로선글님 부인도 나와 똑같이 괴로워한다는 얘기를 듣고 동지를 만난 듯 반가웠습니다.

우리들은 동병상련으로 아픈 터널을 함께 견디고 나온 동지들입니다. 우리의 호중사랑이 아름다운 결정체가 되어 그의 튼튼한 울타리로 끝까지 함께 갑시다.

우아한 아침

권선홍

제가 사는 청주에 비가 부슬 부슬 내리고 있네요. 따뜻한 커피 한잔과 사랑하는 별님의 노래 들으며 우아하게 아침을 보냅니다. 머지않은 책도 출간이 기대 되네요.

눈은 거짓말을 안 한다

권선화

시간은 혼자서도 잘 가네요. 벌써 일 년이라니, 〈무정 부르스〉 노래 부를 때 짝사랑하여 팬이 되었어요.

유명세 타니 온갖 루머로 맘고생할 때 연민의 정이 싹텄어요. 얼마나 힘들었을까? 그렇지만 다른 사람들 시선은 의식 않고 갈 길로 쭉 뻗어나가길 소원했었지요. 역시나 호중님은 바라는 대로 정도의 길로 가고 있습니다. 수십 년 전 여고시절 어느 선생님의 말씀이 생각났어요. '눈은 거짓말을 안 한다' 목소리에 천성이 담겨져 있는 호중님은 눈망울이 특이하죠. 그래서 저는 호중님 노래 들을 때 눈으로 먼저 들으니 감동이 벅찹니다. 너무 좋고 노래 잘하는 가수라 몸 둘 바 모르겠어요. 어려운 환경 속에서도 선한 마음의 눈으로 그 모든 슬픔을 이겨내고 온 우리의 호중님, 너무나 대견하여 토닥토닥 칭찬합니다. 지금부터 시작이란 말처럼 가지고 싶고 하고 싶은 모든 꿈 이루길 빕니다. 어른을 공경하고 또 배우고 연구하면 그 재능으로 반드시 승리할 것입니다.

되게 반갑습니다

권선희

예삐님, 그리고 선영대 학우님들 반갑습니다.
만나지 않아도 친하게 느껴지네요.

날마다 좋은 날

권신조

좋은 아침 상쾌한 목소리로 아침을 열어주시는 총장님과 근철쌤~
녹슬은 기찻길도 아니고, 녹슬은 머리에 기름칠을 하려니 과부하가 옵니다.

총장님의 황당한 말씀에 조금 당황스럽네요. 우째요~ 트럭 뒤에 살며시~ 근철쌤 35년 전 친구 생각에 싱글벙글~

별님 사랑불 피워 우리 모두의 마음을 한마음으로 만들어가는, 세계에서 유일무이한 우리 선영대에서, 사랑과 감사를 배워갑니다. 어쩌다 팬 활동 덕분에 늦깎이 공부를 시작해 새로 활력소가 넘치는 삶을 살고 있습니다.

내가 이렇게 행복해도 되나 싶을 정도로 내 일상이 풍성해졌습니다. 모든 것이 가수로부터 시작되었습니다. 총장님 훌륭한 리더십으로 날로 번성하는 선영 자율대학의 참모습이 현실 앞에 우뚝 서니 숙연해집니다.

매일 아침 하루도 빠짐없이 웃음으로 배움을 쉽게 열어 주시는 좋은 학습에 진심으로 감사드립니다. 언젠가는 가수도 우리 선영대학 강단에서 잠깐의 시간이라도 같이 할 날이 오기를 염원해 봅니다. 인연의 고리로 오늘도 즐겁게 아침을 엽니다.

우리 모두 호모닝!

부모의 마음

> 권오균

온몸으로 노래하는 모습이 좋아 어느 장르든지 멋지게 바꾸어버리는 그 실력이 좋아 호중님의 팬이 되었지요. 호중님이 부르는 트로트는 격이 다르다고 한다면 우리네의 정서를 무시하게 되는 걸까요?

인생을 한편의 뮤지컬처럼 노래하는 호중님 너무 멋져요. 저는 오랜 시간 동판을 두드려 하나의 작품을 만드는 일을 하는 호중님의 찐팬입니다. 왠지 제 인생살이와 비교하니 호중님의 인생사도 낯설지 않네요.

앞으로는 지난 일들을 거울삼아 지금의 나처럼 지나간 고생, 무용담처럼 얘기하십시오. 하늘이 주신 목소리 잘 관리하고 건강을 지켜온 국민들에게 위로와 격려가 되길 부모의 마음으로 지켜주고 싶네요.

처음 하는 덕질

권종이학

1. 연예인 나오는 화면 보면서 손가락 하트 박수치기 처음이다
2. 아들한테 미안해서 손가락 하트 보내기 처음이다
3. 아들에게 하트 받아보기도 처음이다
3. 호중씨 투표하려고 폰 가게 빵 사 들고 찾아가기 처음이다
5. 연예인 드라이브스루 처음이다
6. 연예인인 호중씨와 악수하기 처음이다
7. 웃돈 주고 팬미팅 티켓 사기 처음이다
8. 앨범기부 해보기도 처음이다
9. 호중씨 자랑하느라 내 눈 반짝이며 신나 보기 처음이다
10. 연예인 콘서트 갈려고 적금 들기 처음이다
11. 호중씨 스케줄 캘린더 만들어 보기도 처음이다
12. 음악 소리 크다고 짜증 부리는 아들한테 태클 걸지 말라고 울어보기 처음이다

일품 배려심

귀염티모

전 요즘 TV에 나오는 김호중을 보면서 배려심과 양보심이 유독 특별한 사람이라 생각해요.

중창을 하거나 합창을 할 때 자신의 목소리를 낮추며 상대방을 돋보이게 하려 양보하고 애쓰는 모습이 너무 아름답습니다. 매번

변함없이 그러더라고요.

나와 같은 공감대를 가지신 분들과 이 방송에서 소통한다는 것이 참으로 행복을 주네요.

가슴으로 낳은 아들

글뜰

저는 지금까지 제 속으로 낳은 아들이 둘입니다. 그리고 가슴으로 낳은 셋째 아들 별님 덕분에 날마다 진심으로 행복합니다.

어제는 너무너무 몸이 말을 듣지 않아서 힘없이 누워 있는데 우리 큰아들이 출근하면서 "엄마 힘내세요." 합디다.

퇴근해 왔을 때 내가 '풍경' 노래를 듣고 있는 것을 보고는 "정말 노래 잘하네." 하는 순간 벌떡 일어나 하하 웃으면서 "나 이제 힘났네. 고마워."라며 간식을 챙겨 주었답니다.

내가 좋아하는 별님을 온 식구가 한마음으로 응원할 수 있음은 내 생에 최고의 선물입니다. 내가 좋아하는 〈나만의 길〉이 거실 가득히 넘치면 마치 콘서트장에 온 것처럼 가슴속이 요동칩니다. 그러다가 촐랑거리듯이 〈애인이 되어줄게요〉 할 때는 얼마나 사랑스러운지 모른답니다. 한 덩치 하는데도 왜 이렇게 귀여울까요?

오늘은 진정 아름다운 날이네요. 군사 훈련 끝나고 달려오는 모습을 상상만 해도 내 가슴이 벅차고 웃음이 납니다. 금요일에 올 군사우편을 기다려봅니다. 저에게도 편지를 기다리고 답장을 쓰던 아름다운 젊은 날이 있었는데 말입니다.

인복 많은 별님

금필양

이대희 선생님과 박영호 선생님이 계셨기에 오늘의 김호중이 있는 것 같습니다.

호중님 옆에서 사랑과 용기를 주셔서 감사합니다. 평생 두 분의 은혜를 잊어서는 안 될 것 같습니다. 계속 호중님의 기둥이 되어주세요. 저희도 옆에서 힘껏 응원하며 지켜보겠습니다.

선영대 학우들과 응원하며

길현애

봄비와 거센 바람에 벚꽃이 다 떨어져 내려 꽃잎들이 눈꽃처럼 뿌려져 있어요.

어느덧 별님을 향한 마음은 하늘을 치닫고 벌써 긴 겨울을 지나 앙상한 가지에 새순이 조금씩 나오더니 곧 세상의 모든 꽃들이 한꺼번에 서로 경쟁하듯 산과 들에 나름대로 자태를 뽐내며 활짝 핀 꽃 위로 참새들도 노래하고 나비와 꿀벌들의 잔치가 벌어졌어요.

우리에게 도움을 주는 자연의 섭리인 꿀벌처럼, 우리 학우들과 같이 손잡고 별님을 향한 사랑을 단단하게 지킬 겁니다. 세계적인 가수로 성장하도록 선영대 학우들과 응원하며 손뼉 칠 겁니다.

편지 쓸 때마다 "사랑해요. 감사해요. 식사 거르지 마세요. 또 봬요."라는 따뜻한 인사말을 보내주는 사람. 별님의 노래 소리 또박또박 하고, 머릿속에 쏘옥 들어와 감동이 끝 간데없어요.

우리가 끝까지 응원할게요. 부디 건강하게 훈련 잘 마치고 돌아와서 공백 기간 동안에 연마한 여러 가지 숨은 재능을 보여 주시기를 기원합니다.

박수받는 사람이 되라

김경애

사람들은 저마다 사랑하는 방법이 다르네요. 상대가 잘 될 때 박수를 쳐 주는 사람이 되어야 합니다. 그래야 자신도 박수받는 사람이 되지 않을까요?

많은 사람들이 자식을 키우고 있지 않습니까? 훗날 자식들이 훌륭하게 성장해서 사람들에게 박수받는 사람이 되기를 생각한다면 이제 그만들 하세요.

김호중 가수도 할머니께서 인사 잘하고 박수받는 사람이 되라고 해서 그렇게 살았다고 했습니다. 그런 결과 오늘의 김호중이 된 것입니다.

클락슨이 부러운

김꼬마

오늘도 좋은 말씀 듣습니다. 노랫말이 대변하는 듯해요. 호중 군은 이미 멋진 가수가 되었지요.

본격적으로 활동하면 우리나라 가요계에 큰 족적을 남길 것입니다.

내일 방송도 기다려집니다. 호중군의 첫 앨범 구매하는 날인데, 이 버벅이가 잘할 수 있을지~

팬 미팅 때 티켓팅도 못 했는데 은근 걱정입니다.

별님 응원

김남순

1. 이런 날에 집안에 기분 우울하겠지만 좀 이따 친구랑 산으로 꽃눈 맞으러 고고씽~~

   같이 가는 친구를 잘 꼬드겨 아리스로 만드는 것이 오늘의 내 목표입니다.

2. 산책 나와 꽃을 보고 물소리 들으며 잠시 휴식해요. 별님 노래 들으며 감상에 젖는 것은 당연, 누군가 노래에 귀 기울이는 사람 있으면 자랑하고 함께 듣자 청하는 것은 필수

3. 웃음을 주는 댓글과 기부천사들 또 감동을 주시네요. 저는 글재주도 없고 댓글을 안 달려고 해도 '아리스'의 역할을 들으니 댓글로나마 일개미 역할에 동참해야겠다는 생각이 드네요. 함께 할게요. 즐거운 마음, 함박웃음으로요.

마산합포에서 의창구로 이사 온 저는

김다경

편집일을 맡은 국장님과 같은 창원시에 살면서 한 가수를 응원하게 되어 기쁩니다.

같은 아리스란 생각만으로도 오랜 친구 같고 지인처럼 느껴지는 이 동질감은 도대체 무엇일까요?

방송을 1년 넘게 눈팅으로만 보았지만 선영대에는 대단한 분들이 많아서 뿌듯합니다.

좋은 영상도 보여 주고 좋은 일 하시니 감사하다고 말씀드리고 싶어요.

큰 힘은 안 될지라도 묵묵히 끝까지 응원할 겁니다.

일요일 아침에 듣는 반가운 목소리

김동욱

오늘은 방송국장님이 직접 키운 야채로 요리를 해 주시니 침이 고입니다.

호박을 채썰어 도우를 만들고, 그 위에 여러 가지 야채를 올린 건강 피자입니다.

우리는 김호중의 노래를 들으며 맛있는 요리를 만들며 건강과 웃음을 찾는 행복한 사람입니다.

맘으로 응원하면서

김로사

글 쓰는 것보다 읽는 것을 더 좋아합니다.

댓글 다는 것보다 남의 댓글 보며 더 유쾌한 얌체라고 흉보지 마시어요.

사는 일이란, 늘 같은 모습으로 사는 게 아니니까요.

한 가수를 맘속에 담아 숨겨진 일기 보듯 들여다보다가, 이즈음에는 활짝 펼치고 노랠 듣는답니다.

돌아보는 세월은 아름답다

김명숙(그대 그리워)

열정으로 시작한 일이 십 년의 세월을 보내며 나를 영글게 했다. 빠르지도 느리지도 않은 발걸음으로 그들과 아름다운 관계를 만들어 갔다. 함께 울고웃으며 손짓과 발짓, 그림까지 동원하는 배움이 진행되었고, 배움이 늘어남에 따라 그들이 낯선 한국 생활에 적응해가는 모습을 보는 것은 더없는 보람이 되었다. 나는 언제나 한국 다문화 초기 역사의 현장을 함께 이끌어 간다는 불타는 사명감이 있었다. 많은 다문화 가족들이 한국 사회에서터전을 잡아가는 것이 참으로 다행이고 감사하다.

새로운 문화가 생기고 있다.

내가 돌봐주는 손주들이 거실을 지나칠 때마다 김호중의 노래를 따라 부르더니 금방 다 배워버렸다. 둘이서 합창하는 것을 보면 얼마나 예쁜지 마음이 흐뭇하고, 공부 잘하는 것보다 더 사랑스럽다. 시간적 여유가 있는 날엔, 큰 아이는 기타로 작은 아이는 우쿨렐레로 함께 '할무니', '나보다 더 사랑해요'를 연주하며 음악회를 연다. 언젠가 호중씨는 "할머니가 좋아하던 가수가 이제 내 가수가 되었다."라는 말을 듣고 싶다고 했다. 이제 김호중의 노래는 우리 가정에 새로운 문화로 자리 잡아가고 있다.

제3부

별을 사랑하는
세 가지 이유

김호중 소리 길

김명숙(풀꽃향기)

내 고향이 김천과 이웃한 상주인데, 도보 여행을 15년간을 이곳 저곳 다니면서도 김천을 아직 못 가봤는데 '김호중 소리 길'이 완성되면 젤 먼저 걸어봐야겠어요.

문득 강화의 도보 트래킹 길, 소박하고 예쁜 숲길이 생각나네요. 정겹기 그지없고 우거진 숲에서 뿜어져 나오는 피톤치드 향으로 피로감을 바람에 실려 보내는 이쁜 길이었어요.

등산은 정상을 향해 가지만 둘레길은 좀 천천히 가더라도 주위를 둘러보는 여유로움으로 솔향부터 작은 야생화까지 만끽합니다.

강화 나들길을 완주하면 연밭이 나옵니다. 신원사 스님들이 연꽃밥과 연잎차를 만들어 판매를 하는데, 밥때를 훨씬 넘긴 터라 연밥을 홀린 듯 먹어 치우고, 연잎차로 입안 가득 연향을 채운 뒤에, 연꽃 구경을 끝으로 나들길을 마무리하게 됩니다.

김천시에서도 김호중 소리 길 1km 조성으로 끝나는 것이 아니라, 강화 나들길 같은 예쁜 트레킹 코스를 연계해서 만들면 좋겠다는 생각을 해 봅니다. 김천에는 직지사도 있고, 갈만한 데도 여럿 있어 가능할 것 같은데 멋진 트래킹 코스 기대해 봅니다.

김호중 소리 거리를 기다리며

> **김명옥**

김천에 소리 길이 생긴다는 소식, 너무 반가웠어요. 그건 사람들이 김호중을 인정하고 좋아한다는 거잖아요.

김천예고를 졸업하는 동안 연화지를 거닐던 모습을 생각하니 연상이 된답니다. 거리를 걸으며 노래 연습을 한 적이 있다는 우리별님, 어서 우렁우렁한 목소리로 노랠 불러주길 기다립니다.

토크하며 웃는 날

> **김명자**

즐거움이 넘쳐흐르는 선영대학 교정에 들어섭니다. 총장님과 작은할매님 반갑습니다.

토요일은 토크하며 웃는 날이라 에너지가 넘쳐납니다. 저도 덩달아 웃습니다. 생신을 맞이한 학우님들 축하드립니다.

서로서로 축복과 마음을 전하니 행복함을 더해주는 방송입니다. 배려하는 마음이 최곱니다.

오늘도 내일도 감사하게 만드는 재주가 있으십니다.

안나야, 괜찮다!

김명희

10년 전 신장암 수술을 하였기에, 오늘 서울 소재의 병원에 다녀 왔습니다.

콩팥이 하나뿐이라 피로감을 자주 느낍니다. 조영제가 온몸에 퍼지면서 화끈해지고 입안에 약 냄새가 풍기는 CT를 찍는 순간의 느낌은 정말 싫지만, 1년에 한 번씩 늘 관찰검사를 해야 한다기에 다니고 있습니다. 결과를 보러 갈 때 조금 떨리는 마음으로 '괜찮 다'는 말을 들어야 할 텐데~~

오늘도 그렇게 괜찮다는 말을 듣고 내려왔습니다.

크게 좋아하는 것도 없고, 음악도 가까이하지 않던 제가 이렇게 누군가를 미친 듯이 좋아하게 될 줄 몰랐습니다.

그것도 아들보다 어린, 노래하는 사람을 저렇게 좋아한다고 주 위에서는 제가 신기하다고 합니다.

제 세례명이 안나인데 차분히 성당만 다니던 안나가 이렇게 될 줄 몰랐다고 합니다. 저 역시도 제 안에 이런 열정이 있는 줄 몰랐 습니다. 외로운 시간 어려운 역경들을 다 이기고 견뎌서 우리 곁에 와 준 아름다운 청년, 노래하는 사람을 사랑합니다. 그래서 날마다 설레고 행복합니다.

외할머니 고맙습니다

김미옥

〈할무니〉 음원이 나오는 날, 하염없는 눈물 바람으로 외할머니 생각을 했습니다.

어릴 적 불우한 가정형편 때문에 외가 신세를 졌습니다. 대가족 속에 저는 미운 오리 새끼처럼 눈칫밥을 먹었죠. 식구들 눈치 보느라 편안한 날이 없었답니다. 외할머니가 돌아가시고 입관하는데 제 걱정으로 눈을 못 감고 계셨답니다. 어머니가 눈을 쓸어드리며 "미옥이 제가 데리고 갑니다. 눈 감고 편안히 가세요." 그러니 눈을 감았답디다.

결혼해서 두 아이의 엄마로 열심히 일했습니다. 트럭을 10년 운전하고, 무거운 짐을 나르며 자식들을 가르쳐 한의사, 조각가가 되었습니다. 열심히 살다 보니 몸과 마음이 지쳐서 이제 취미 생활하며 쉬어야겠다고 작정할 때 딸이 연년생 남매를 낳았습니다.

손주들을 10년간 키우고, 경로 노인이 되는 날 묘하게 슬퍼집디다. 이제 인생의 끝자락이라는 생각일 때 선영대학에 입학했습니다. 눈팅으로 지식과 지혜를 배우며 좋은 영향력으로 살아가려고 합니다.

아무에게도 털어놓지 못한 저의 인생을 이야기할 수 있는 선영대학, 그동안 가슴에 쌓인 응어리가 날마다 댓글 달면서 풀어지는 느낌입니다. 마음의 병이 완치된 듯 이제는 편안합니다.

제 남은 생을 김호중의 노래 들으며 평화를 누리며 살렵니다.

고마운 별님 위하여

김미자

저는 2년 전에 남편을 먼 곳으로 떠나보내고 허전하고 외로운 날들을 보내다가 호중님을 알게 되면서 평생 해보지 않았던 연예인 덕질로 새로운 삶을 살고 있습니다.

선영대는 재주 많은 학우들이 너무 많아 댓글 달기가 주저되는데 용기를 내어 입학합니다. 사실 하나뿐인 아들이 누구 못잖은 효자이지만, 제가 이렇게 호중님 팬이 되어 잘 놀고(?) 있는 모습에 흐뭇한가 봐요. 제 덕질을 잘 도와줍니다.

어제는 볼일이 있어 어느 자리에 갔다가 또 병이 도졌어요~ 나도 모르게 호중님 얘기를 시작하게 되고, 그 자리에 있던 지인이 자기는 OOO의 팬이라며 우리 호중님 험담을 하지 않겠어요? 얼굴이 막 빨갛게 달아오르도록 해명하고 보니 참, 제가 아들 얘기에도 이렇게 열 내고 반박한 적이 없었던 것 같아 혼자 웃었답니다. 호중님에 대해 제대로 알지 못하는 사람들한테 열심히 설명하고 참 모습을 알리기에 더 분발해야 될 것 같아요.

우리 별님이 말했듯 "지금은 부모님들의 가수이지만, 훗날에 자식들의 가수가 되도록" 우리 더 잘 살고 바람직한 선영대 학우들이 됩시다.

김사랑이는요

김사랑이(김덕숙)

1. 사무실 책상 앞에 호중씨 사진 3장을 붙여 놓고 매일 쳐다보면서 일을 합니다.

   금요일에 찾아온 40대 남자 고객이 여사님 아들 사진이냐고 묻더군요.

   "맘속의 아들 김호중"이라고 했더니 "성악하는 김호중요? 이 나이에 팬심~ 대단하십니다." 하는 칭찬에 기분이 너무 좋았어요. 그리고 남자 고객이 김호중을 알고 있다는 사실도 아주 기뻤어요.

   내가 응원하는 가수를 누군가가 알아준다는 것, 그 기쁨이 얼마만큼 큰 것인지는 학우들이 더 잘 알 거예요.

2. 사월의 마지막 밤, 총장님의 〈고향의 봄〉 연주 소리에 맘이 설렙니다.

   어릴 적 친구들이랑 뒷동산에 소 풀 먹이려 다니면서 뛰놀던 생각, 돌아가시고 안 계신 부모님 생각에 울컥합니다. 부모님 안 계신 고향 집에 가끔 들려 마을 어귀를 맴돌다 돌아올 때면 옛 생각에 눈시울을 적십니다.

방송에 출연하신 선생님

김사실

콜라를 많이 드셔서 살이 찌신 것 같아요. 콜라가 당이 높아서 지방이 쌓이니까요. 물은 전혀 안 드셨다니 건강이 염려됩니다. 지금까지 잘 견딘 것만으로 대단하세요. 콜라 회사에서 '대상' 주셔야겠습니다. 선생님 인상 좋아 보이세요. 진시몬 가수하고 울 호중 가수가 부른 〈어서 말을 해〉 찐으로 좋아하시나 봐요.

나이와 상관없이 두루두루 친교와 노래를 나누고 있으니, 그 우정이 천천히 오래오래 가기를 원합니다.

호로나 30

김상임

김호중의 매력에 빠진 사람들의 병명이 '호로나30'입니다. 이 병의 치료약은 약국에 없습니다. 오로지 김호중 노래만이 처방약이지요. 호로나30에 걸린 사람들만이 쓰는 단어를 알려 드릴게요.

굿모닝~호모닝, 굿나잇~호나잇, 파이팅~호이팅, 해바라기~호바라기, 스며들다~호며들다, 나이스~호나이스, 꽁깍지~호깍지, 후다닥~호다닥, 어머나~호머나, 어떻게~호떻게 등등 웃기지요:)

또 실제 나이는 50~70대이신데 정신 나이는 다들 18세입니다.

머리에 꽃을 안 달아서 그렇지 주변 사람들에게 '미쳤다^^'는 소리를 자주 듣습니다.

'김호중 병', 즉 '호로나30'에 감염되게 바이러스를 나르는 최고의 위험군은 종로선글님입니다.

선글님 말씀 듣고 있으면 김호중 가수가 더 좋아져서 호로나30 (상사병: 호중앓이) 를 더 깊어지게 만듭니다. 이 병은 중병 중에 중병이라 낫기 힘듭니다. 아니 낫고 싶지 않습니다:)

칠푼이학과

김선옥(남양주)

나도 그 칠푼이학과가 딱이네요.

칠푼이는 살짝 모자라는 사람들이 아니라 자신 속의 욕심을 30% 걷어내고 이해와 너그러움으로 채운, 진짜는 마음 착하고 따뜻하며 배려심 깊은 사람들의 모임입니다.

우리 호중씨는 참 복도 많은 사람이지요. 중학생부터 90대까지 넓은 팬들의 사랑을 받고 있으니까요. 총장님을 비롯하여 수많은 분들의 사랑은 절대 변하지 않을 확실한 보증수표나 마찬가지라 생각합니다.

오늘의 초대 손님 이효연 양

김선희

이효연 양이 젊은 에너지를 뿜어내는 이 아침, 기운찹니다. 오픈마켓 주얼리 카페, 그 나이에 정말 대단합니다. 과감히 시도하는 자신감과 도전정신에 응원의 박수를 보냅니다. 실패를 극복하다

보면 언젠가는 성공하겠지요. 청년들이 우리 사회의 자산이자 보배입니다. 청년들의 꿈을 지지하고 도전할 수 있도록 응원하겠습니다.

새 아들을 기다리며

김성연

아들을 결혼시키면 자유가 깃발을 들고 내게 찾아올 줄 알았다.

나는 여유롭게 웃으며 친구들과 여행가고, 미뤄둔 취미생활을 즐기리라.

버킷리스트도 작성하고, 두 팔 벌려 '미세스 성연, 프리덤!!'을 외치리라.

'웬걸, 세상에 만상에, 에나 곶감아~'

아들은 회계사로, 사무관 며느리는 나랏일로 날마다 바쁘다. 손주는 내 차지!

'한 아이를 키우려면 온 마을이 나서야 하는데, 온 마을 사람들을 대신하여 손주 잘 키우시구랴~'

멀리 있는 아우가 염장을 지른다. 손주 한번 안아주지도 않음서. 그래도 손주를 쳐다보면 웃음꽃이 핀다. 눈에 넣어도 안 아플 것 같다.

그리고 작년에, 내 배 아프지도 않고 또 한 명의 아들을 얻었다. 그 아들은 가수다. 지금은 군대에 가 있다.

날마다 선영대학 총장님은 내 아들의 제대 날을 카운트다운해주고 있다.

오늘은 D-377 얼마 안 남았네. 아들아, 얼른 제대하여 노래 불러 다오. 내 삶의 마지막을 아름답게 꽃피워줄 널 기다리고 있단다. 선영대 학우들은 나보다 더 너를 기다린다 하더라.

처음 해 보는 덕질

김성희

- 대중가요를 김호중이 부르면 클래식처럼 들리네.
- 내 가수 응원 영상 찍어 전국에 얼굴 알려져도 걱정 없이 종로 선글 티비에 올렸다네.
- 남편이랑 대화하다가 호중 얘기로 웃음꽃 피웠소.
- 카톡 대화 시 끝마무리를 보라색 하트로 도배했소.
- 손자들에게 보라색 츄리닝으로 똑같이 사서 입히고 사진 찍고 마냥 흐뭇해 웃었소.
- 보라색으로 예쁘게 네일 하고 포항 아리스 단톡방에 자랑질
- 죄송하지만 올 한 해 신앙을 전도한 횟수보다 신앙 아닌 누군 가를 주위에 알리고 소개한 횟수가 더 많았다고 고백하오.
- 팬미팅 갔다가 심야버스 타고 새벽에 귀가했지만 행복하게 히죽거렸소.
- 남편의 호중사랑 구박에도 신경질 안 내고 웃었소.
- 굿즈 티셔츠를 입고 볼 일이면 볼 일, 근무면 근무, 손님들께 자랑이면 자랑… 온 동네를 돌아댕겼소.

옛 스승 이신화 선생님과 만남

김세봉

김천예고에 서수용 선생님을 모셔와 호중군을 잘 인도해 주신 이신화 전 교장선생님이 저의 고등학교 시절 음악선생님이십니다. 호중군의 등장으로 그 학교에 계신 걸 알게 되었어요.

제게 48년 전의 여고 시절을 소환해 주시네요. 별님 덕분에 소식도 듣고 재회의 기쁨도 가졌어요.

호중군이 귀하게 여겨지듯이 두 분의 선생님에게 너무 감사했고, 80세가 넘으신 옛 은사님의 훌륭한 제자 사랑의 마음에 감동받았어요. 선글님이 호중군의 아버님처럼 사랑과 따뜻함을 보여주심에 항상 든든합니다. 동참하려면 어찌할까요?

딸아, 기다려라!

김소리

우리가 내는 책이 20대들에게 많이 퍼지고 읽혀지길 바라요.

어제도 20대인 제 딸과 또 다퉜어요. "내년에 김호중 제대하고 보자" 하고 일단 멈췄는데 딸에게 본때를 보여주게 출판사 대표님의 젊은 감각 기대할게요.

제 딸은 엄마가 넘치게 응원하는 김호중이 살짝 마음에 안 드나 봐요. 어쩌면 엄마가 딸보다 김호중을 끼고 돈다고 질투하는지도 모르겠어요.

"그래. 딸아, 내년에 호중이 제대하면 어떻게 되나 보자!"

얼마나 좋을까요?

김소분

학우들이 쓴 댓글을 모은 책이 나온다니 기다려집니다. 그 책에 제 이름도 실리면 얼마나 좋을까요?

아직 한 번도 책을 낸 적 없는 사람들의 이야기가 기쁨 나무에 주렁주렁 매달리겠지요?

할 수 있다!

김소순

황선이 학우님 사연 듣고 눈물이 펑펑, 부부간의 사랑이 대단하세요. 사랑의 힘은 모든 것을 극복한다지요? 저도 가수의 〈고맙소〉 결승전 노래 듣고 많은 위로를 받았어요.

그 시기에 암 2개(대장암, 쓸개암) 동시 수술 후 병원에서할 수 있는 일은 노래를 계속 들으며 용기를 얻은 것이지요. 정말 힘을 많이 얻었고, 1년이 지난 현재, 전이도 없고 잘 회복되고 있습니다.

환우분들, 암은 극복할 수 있어요. 호중씨가 들려준 '할 수 있다' 4글자 가슴에 새기고 희망을 잃지 말고 힘내세요. 저도 가수가 제대하면 학우들과 같이 콘서트도 가고 음악회도 가고 싶어요. 그 꿈을 위해 더 부지런히 운동하고 건강을 지킬래요.

사람의 인연이란

김숙진

1. 파트너 방송 중 〈첫눈처럼〉, 〈소녀〉 그리고 김호중과 이스텔라의 듀엣 〈보헤미안 랩소디〉는 너무도 환상적인 무대였습니다. 파트너를 보는 동안 "현우야 밥 먹었니?"라고 묻는 별님의 달달하고 다정한 멘트에 우리들은 엿가락 녹듯 다 녹아버렸답니다.

   파트너 방송을 보는 동안 발견한 또 한 가지, 별님의 음악적 천재성은 누구나 다 알고 있었지만, 저 많은 노래들을 어떻게 자기만의 노래로 만들 수 있었을까? 하면서 또 한 번 놀랐습니다. 희망의 아이콘 김호중! 그의 천재성과 끊임없는 노력에 우리는 열광합니다. 언제나 우리 곁에서, 행복하게 노래하는 사람으로 최고가 되기를 기도합니다.

2. 나는 평생을 학교와 가정을 오가며 열심히 살아왔어요. 뒤돌아보니 청춘은 저 멀리 가버리고 나이만 남았네요. 퇴직 이후에 합창반 활동하며 평생 트롯이라는 노래에 한 번도 귀 기울이지 않고 지내왔는데, 어느 날 우연히 트롯 경연에서 고딩 파바로티 김호중을 발견하고 〈천상재회〉의 충격으로 헤어나지 못하게 되었습니다. 사람의 인연이란 참 묘한 것! 김호중으로 해서 우리 선영 학우와 친구가 되고, 출간까지 하는 기쁨이 있을 줄….

머큐리의 수염에 얽힌 사연을 아세요?

김숙희

인문학이 있는 영어시간, 그러나 영어보다는 인문학에 더 관심이 가는 시간입니다.

이근철 선생님은 아는 것도 많으세요. 천재신가요? 달걀 요리 이름이 다양한 것도 처음 알았고, 머큐리의 수염도 그런 사연이 있는 것도 이 방에서 알았어요. 진정 멋진 강의로 우리를 사로잡습니다.

이 나이에 배움으로 열강할 수 있다는 사실은 행복입니다.

닮았어요

김순남

영원한 조용필 팬인 나도 김호중 너무 좋아합니다. 한 가수만 좋아할 줄 알았는데 김호중 가수도 내 가슴에 들어왔어요. 한 곡 한 곡 열과 성을 다 하는 무대 매너도 닮았어요. 돈 욕심 없는 것도요. 기부와 나눔을 많이 하신 가수님 대단합니다.

세월과 경주하면서

김순란

한 가수를 사랑하는 가슴 뛰는 삶을 삽니다.

날마다 달리기를 하는 내 생의 나날이 이렇게 활기차고 경쾌한 것은 내 가슴속에 기다림이 있기 때문입니다.

오늘도 별님의 음악을 들으며 세월과 경주 중입니다. 대로변에는 갖가지 꽃들이 핍니다.

이즈음엔 배롱나무꽃이 예쁘네요.

감사하는 마음 밖에

김순영

예삐님은 날마다 김호중 캐리커쳐를 너무 잘 그려 주시네요. 오늘은 호중님이 파도를 타네요. 사랑이 대단해요. 제자들 가르치며 적극적으로 애써주시는 걸 보면 감사하는 마음 밖에 안 드네요.

날씨 더운데 건강 특별히 잘 챙기세요.

마지막 무대

김순환

신곡 도전
인생 역전의 문 앞에
혼신을 다함이 소름 돋는다

어떻게 살아온 삶인가
한 소절 한 소절마다
녹아나는 그의 음력이
무대를 장악한다

오늘이 있기까지
그는 참으로 잘도 견뎌냈다

동료들의 박수소리
텅빈 객석을 울린다

장하다 미스터 트롯
그들이 있기에 코로나도 견뎠다
장하다 미스터 트롯
트바로티 김호중

웅장한 그의 목소리
영원히 기억하리

소름돋는 오늘의 무대
영원히 잊지 않으리

나무같이

김순희

우리의 별님 향한 사랑은 날마다 자라는 나무 같습니다.

기둥도 되고, 버팀목도 되어 주고, 산소통이기도 하고, 감고 올라갈 사다리도 되어 주고, 그늘이 되어 주고, 향기와 열매까지 다 주는, 축복으로 다가온 별님.

오늘도 별님 음악으로 위로받고, 기쁨 충만하세요. 사랑합니다.

넝쿨째 굴러온 축복!

김순희(작은 샘)

지고지순한 열녀! 강인한 아내! 사랑의 결정체, 고귀한 여인!

황선이 님의 연구논문 발표를 감명 깊게 들었습니다. 아무도 흉내 낼 수 없는 임상시험입니다. 자신의 몸을 던져 완성한 임상시험 논문, 감동입니다. 울 남편은 믹서기 돌아가는 소리가 부엌에서 들리면 심장이 벌렁벌렁한다고 합니다. 먹기 싫은 야채주스를 마셔야 하기 때문이죠. 이 음식을 먹이려고 저는 거의 깡패(?)가 됩니다.

병은 약으로 죽이고, 몸은 음식으로 살리고, 황선이 님 앞에서는 깨갱입니다.

아내를 뒷바라지하느라 애쓴 남편, 평생 식구들 먹여 살리느라 고생한 남편, 이젠 병들어 수발을 받아야 하는 남편, 제 남편 이력도 만만찮습니다. 남편이 숨만 쉬고 있어도 감사할 뿐입니다. 이 마음은 선이님과 통하기도 합니다.

별님의 노래 찬양은 얼마나 힘이 센지요. 호중씨가 제일 힘겨울 때 불렀던 〈주님 손 잡고 일어서세요〉는 큰 위로가 되고 힘을 얻게 합니다.

내가 많이 힘들고 지쳐 있을 때, 나에게 신이 주신 선물, 천재 테너 김호중! 넝쿨째 굴러온 축복! 그 축복에 보쌈당했습니다. 별님의 음악이 있어 고맙고 행복합니다.

안부

김신애

오랜만에 본방으로 인사드립니다. 계속 재방만 보다 보니 홀로인 듯하기도 했습니다.

우리 선영대학이 점점 발전해 가는 모습에 기쁩니다. 임명되신 임원들께도 감사 인사드립니다.

선영대학 사랑하고 응원합니다. 우리 학우님들께도 감사드립니다. 군백기가 무색할 만큼 기쁜 소식들을 가득가득 채워가는 우리 호중님, 소식 전해주신 총장님께 다시 사랑하고 응원한다고 두 번 인사드립니다.

우리 선영대학 포에버~ 오늘도 홧팅하시고 호강하세요.

걱정하며 흘리는 눈물

김아린

선생님 글에 진심으로 호중을 사랑하고 걱정하는 마음이 느껴져 눈물이 나네요. 이 눈물이 호중 걱정으로 흘리는 마지막 눈물이길 간절히 빌어 봅니다.

호중을 비난하는 분들이 꼭 이 방송을 봤으면 좋겠습니다. 이 모든 것을 안다면 이제라도 너무너무 감싸 안아주고 싶을 텐데 말이죠. 호중을 걱정하고 사랑하는 사람들이 정말 많으니 다시 힘낼 겁니다. 선한 글로 선한 영향력 주셔서 감사합니다.~♡

그대들의 열정을 응원합니다.

김애라

유난히도 무더웠던 이 여름, 책을 내기 위해 땀을 흘리신 모든 분들게 감사의 마음을 전해 드리고 이렇게 앉아서 책을 받아도 되나? 다시 한번 감사합니다. 그대들의 열정을 응원합니다.

〈고향의 봄〉을 색소폰 소리로 들으며

김에리나

〈고향의 봄〉 색소폰 소리에 4월의 연둣빛 애절함이 물씬 풍겨지네요. 마음속에 촉촉이 스며드는 삶의 아픔도 잠재워줍니다.

하늘을 보며 봄이 더욱 가까이 느껴집니다. 사계절의 온도가 같을 수가 없듯이 우리의 마음도 흔들릴 때가 있습니다. 선영대에 들어와 마음 깊은 곳에 가라앉은 고향도 생각나고 감사와 사랑이 넘칩니다.

빵~

김에스더

선글님, 먼저 우기면 된다는 말에 빵 터졌네요.

금요일 영어방송을 들을 때마다 나 자신이 한층 업그레이드되어 뿌듯하고 자신감이 넘치는 것 같아요. 이 나이에 이런 열정을 갖게 해 주셔서 너무 고맙습니다.

오늘도 우리 선영대학에서 열공하고 갑니다. 돌아서면 잊어버릴지라도 배움은 유쾌합니다.

수국을 한 다발 받으니

김영선

어릴 때 제 집 마당에 무지 큰 수국이 한 그루 있었어요. 그 꽃이 활짝 피는 날을 기다리곤 했답니다.

여름이 깊어 가면 땡볕을 머리에 이고 커다란 꽃송이를 피웠고, 고개가 무거워서 꺾일 듯 숙인 모습이 안쓰러웠답니다. 이따금 꺾어서 학교 교실에 꽂은 기억도 있고요. 지금도 수국만 보면 제 유년 시절을 떠올리게 됩니다.

제가 좋아하는 국보급 가수를 향한 응원에 많은 분들이 동참해 주셔서 고맙습니다. 저는 뒤에서 응원 또 응원하겠습니다. 마음은 열일을 하고 싶지만, 저처럼 조용한 응원부대도 꼭 필요하잖아요.

수국의 풍성한 꽃다발을 학우님들의 너그러운 가슴에 전합니다.

누나가 된다는 아가씨?

김영숙

총장님의 번뜩이는 재치가 배우 현빈의 인물과 견주는 대상이라면 인정할 수 있지요.

이 보소~ 아가씨, 같은 말이라도 거짓말은 하지 마세요.

우린 모두가 알고 있소. 별님은 송중기보다 더 잘난 것이 확실하오. 총장님과 현빈의 닮은 점은 눈이 매우 밝은 나도 찾기가 쉽지 않다는 사실이오.

별님의 누나가 된다는 아가씨, 의사선생님과 총장님의 넘치는 공감 덕분에 제게서 탈출한 배꼽을 이젠 찾으러 가렵니다. 학우들과 함께라서호중을 사랑하고 응원하는 것도, 선영대학의 공부도 더 재미있고 신나게 할 수 있는 것 같군요.

온라인 공간이라 얼굴은 알 수 없어도,외모보다 더 중요한 마음을서로 매일 나누다 보니 정이 들어 한 식구 같은 생각이 듭니다.

손주를 만났는데

김영애

김호중 가수가 부른 〈넬라 판타지아〉 노래 좀 들려달라고 했어요.

중학교 2학년인데 음악선생님이 감상문을 두 줄 써 오라는 숙제를 주셨다고 해서 깜짝 놀랐지요.

"이제 김호중 가수 교과서에도 나오는 거 아니야?" 했더니 우리 손주가 이럽니다.

"나 호주에 살 때는 내가 제일 좋다 하시더니 마음이 변하셨네요."

"그럴 리가? 이렇게 노래 잘하는 멋진 사람이 할머니한테 기쁨을 주니 얼마나 좋아."

손주는 '원곡자보다 감성이 풍부하고 가사전달도 정확하고 온 정성을 다하여 노래를 넘 잘한다'라고 썼답니다. 호중가수 덕분에 손주와 즐거운 하루였습니다.

어제는 남편과 저녁을 먹는데 "내 색소폰 녹음한 거 들어 보소" 합니다.

난 언능 유튜브에서 호중님의 노래를 찾아 "호중이 노래 잘하지? 너무나 감동적인 목소리, 가사 전달 완벽하지? 100년 만에 나올까 말까 한 목소리라고 하던데…."

"호중 가수는 따라갈 가수가 없지" 남편도 인정해 주곤 하지요. 남편의 색소폰 녹음한 것은 한 번도 들어본 적이 없는데 조금 미안했지만 어쩔 수가 없답니다.

진짜 진짜 너무 좋아요

김영옥

대단합니다. 선영대 학우들 진짜 진짜 너무 좋아요.

박영호 원님 배연자 홍보처장님 정열적인 모습을 보니 우리 가수 더 힘이 날 것 같습니다.

더욱 더 행복한 시간

김영자

수수하게 웃으면서 시작한 오늘, 학우님들 반갑습니다, 생신 맞이하시는 분들 축하드려요, 별님 소식을 전해 주시니 더욱 더 행복한 시간, 신문 읽어 주시는 총장님 감사합니다.

기념 공간 설립을 위하여!

김영환

아~~ 이런 날이 왔구나. 무한 사랑과 신뢰가 더 깊어지는 좋은 아침입니다. 그동안 아버지처럼 따뜻이 품어주시고 잘 성장하도록 이끌어 주신 또 한 분의 귀한 스승님이신 이대희 선생님, 박용호 원장님, 그 외 정말 귀하고 아름다운 분들이 우리 호중군 곁에 든든히 포진하고 계심에 가슴 뛰는 감동으로 먹먹해집니다. 익명을 요구하면서 거액을 선뜻 기부하시는 고운님들께 머리 숙입니다. 세상은 아직도 살만한 아름다움으로 가득합니다.

믿음 있는 자의 여유와 승리

김옥임

　할아버지는 토종벌을 키우셨다. 뒷마당 여기저기 벌통이 놓였고 벌들은 부지런히 집을 들랑거렸다.

　우리 5남매는 종종 벌에 쏘이는 건 예삿일이었지만 달콤한 꿀을 기다리는 즐거움으로 벌들에게 웃어주었다. 부모님은 농사에 바쁘셨고 할아버지 옆에서 우린 놀기 바빴다. 봄이면 여왕벌이 알을 낳고 거기서 새 여왕벌이 생기면 분봉을 했다.

　분봉하는 날엔 셀 수도 없이 많은 벌이 날아다닌다. 그러면 할아버지는 생 쑥을 한 움큼 들고 물을 뿌리면서 벌들이 멀리 달아나지 않게 자리 잡게 하느라 바쁘셨다.

　그날도 벌떼가 나무 위에 자리를 잡았는데 난 벌을 어떻게 옮기시나 올려다보던 중, 앗! 벌 뭉텅이가 아래로 툭 떨어지면서 내 온몸에 벌들이 붙었다.

　나는 미동도 못한 채 숨만 겨우, 아니 숨도 제대로 못 쉬었다. 너무 겁이 났고 두려움이 온 몸을 감쌌다. 그래도 한 가지 믿음은, 내가 먼저 안 건들면 벌은 나를 쏘지 않는다는 사실이었다.

　나는 벌에게 한 방도 쏘이지 않았고 그 순간을 생각하며 호중님이 떠오른다.

　한 무리가 근거도 없이 모함하여 힘들게 했지만, 묵묵히 할 일 열심히 하면서 지킨 호중님의 시간들 현명하고 지혜롭게 잘 대처했기에 결국 승리하리라!

배려

김용선

오늘은 배려에 대해서 말씀하시네요.

그래서 옛일이 생각나서 몇 자 쓰게 되네요. 다름이 아니고 실은 저의 손자가 자폐성 장애 1급입니다. 초등학교 때 장애학교에서 시간마다 교실에 데려다주는 '도움이 친구'가 있어야 되는데 지금은 오래되어서 그 여학생 이름을 잊어버렸습니다. 항상 매 시간마다 데려다주고 데려오는 수고를 기쁘게 해 주는 그 여학생이 고마웠습니다. 그 여학생 생각이 나고 보고 싶네요. 옛일 생각나게 해주셔서 감사합니다. 잊고 있었던 감사함을 다시 되짚어 보네요.

이 글을 쓰면서 새삼 눈물이 납니다. 지금도 그 손자랑 함께 살거든요.

별님이 걷는 길이 꽃길이길 바라면서

김유선

앞만 보고 열심히, 유월의 농부처럼 달려와 보니 앞에 팔십이라는 큰~ 바위가 우뚝 솟아있네요.

이제는 우리 별님과 우리 학우님들과 시월의 선비처럼 살아 보렵니다.

그 길에서 가끔 개울을 만나 발을 담그고, 새소리를 만나 귀를 씻고, 어여쁜 꽃을 보며 향내를 맡고 싶습니다. 꽃씨가 여물면 잘받아 보관했다가 내년 봄에 씨를 뿌리고요.

별님이 걷는 길이 꽃길이길 바라면서, 저는 오늘도 꽃씨를 받습니다. 우리 학우님들과 같이 꽃씨를 뿌리면, 그 길이 꽃길이 되지 않겠어요?

별님을 사랑하는 세 가지 이유

김인숙

첫째, 이렇게 장르 불문 노래 잘 부르는 가수 처음 보았고
둘째, 남을 배려하는 따뜻한 마음을 존경하고
셋째, 어렵게 자란 환경이 내 어린 시절과 비슷하기 때문입니다.

할머니 손에서 자라났고 성공한 스토리가 꼭 같아요. 별님은 성악가로 성공했고 저는 교사가 되어 나름 행복한 삶을 살고 있으니까요. 이런 세 가지 이유로 별님을 평생 사랑하는 팬으로 살겠습니다.

나의 인생곡 〈고맙소〉

김인희

56년 전, 여고생일 때 큰 도움을 받았는데, 지금껏 갚아야 할 고마움을 간직하고 있어요.
제 고향은 모시로 유명한 한산인데, 군산에서 오빠와 남동생 3남매가 자취생활을 했지요. 오빠가 한 달에 한 번씩 식량을 가져오

는데 그날은 내가 가져와야 했어요, 장항에서 배를 타고 군산으로 오던 중, 아뿔싸! 힘에 겨워 놓치는 바람에 자루가 터져 쌀이 쏟아졌어요. 그때 손에 붕대를 감고 있던 남학생이 붕대를 풀어 자루를 꼭꼭 묶어주는 거예요.

얼마나 고마운 일입니까? 그런데 저는 허수아비처럼 서 있기만 했어요. 이런 제가 안쓰러웠던지 부두에 도착했을 때 쌀자루를 들어내려 주기까지 했어요.

큰 도움을 받고도 너무 부끄러워서 고맙다는 말을 제대로 못했어요. 그 남학생에게 하지 못했던 고맙다는 말을 지금은 아주 상냥하게 날마다 읊조리고 있답니다.

"고맙다"는 말은 상대방으로부터 어떤 답례를 받고 싶어서 하는 말이 아니라 자신이 먼저 그 말을 함으로써 감사의 마음을 갖게 하는 마력이 있지요. 그 남학생은 지금쯤 아주 인자하고 너그러운 '노신사'가 되었으리라 가만히 그려봅니다.

국방부 시계는

김임숙

가수를 응원하는 일이라면 무엇이든지 하고야 마는, 가수가 선전하는 것이라면 모두 구입하고 마는, 호중 바라기 아리스입니다. 어떤 어려움이 있어도 남외경 편집국장님 같은 벗이 있어 책도 만들며 수준 높은 응원으로 선영대가 빛나네요.

호중가수가 우리 곁으로 돌아와서 우아하고 섬세한 몸짓으로 노

113

래를 불러주길 기다립니다.

하루하루 꼽았더니 벌써 1년이 되어가네요. 역시 국방부 시계는 거꾸로 매달아도 돌아갑니다.

기죽지 말라

김재숙

'기본'이란 말이 제 맘에 와 닿는 순간, 김호중 가수를 응원하는 이유를 고백하고 싶어지네요. 김호중이 노래하면서 감각이나 감정을 표현하는 방법과 정확한 가사 전달은, 이전에도 없었고 이후에도 없으리라 확신합니다. 음 하나하나를 정성으로 전달합니다. 또 조각가의 작품처럼 왼손을 얹은 듯 붙인 듯한 자세와 오른손으로 한 사람 한 사람에게 자신의 마음을 나눠주는 모습입니다. 노래를 전하고자 하는 그 마음 그 순하디순한, 풍부한 감정에서 오는 벅차오름으로 감동입니다. 아리스들이 외치는 구호 "언제나 기죽지 말라"라고 크게 외쳐봅니다.

공감

김정남

워싱턴에 사는 손자분들~ 할머니 아리스의 뜻을 받아 손자들도 아리스가 되었다고 하네요.

연주도 연주지만 홀로 되신 할머니를 생각하는 마음이 너무 예뻐서 보는 내내 눈물이 납니다. 가슴이 뭉클합니다. 그리고 손자와 함께 노래 부르는 할머니도 정말 보기 좋네요. 사랑과 관심이 있는 방송, 함께라서 행복합니다. 늘 사랑하고 고맙습니다!!!

실수가 오히려 인간미가 있어요

김정복

삼성에 계셨던 총장님이 핸드폰이 바뀌어 실수를 하시니 저 같은 기계치인 사람은 오죽하겠습니까? 저는 핸드폰을 바꾸면 익숙해질 때까지 힘이 들어서, 핸드폰을 잘 안 바꾸고 쓸 수 있을 때까지 버티다 바꾸죠. 새것이 싫은 것이 아니고 서툴러서 사진이 날아간 적도 많고, 중요한 메모를 저장한 것도 다 날려버려서 애태운 적도 많습니다. 사람도 오래 사귄 사람이 좋은 것처럼 나이 드니 새것보다 익숙한 것이 좋습니다. 사는 것도 오래 살던 익숙한 동네가 편하듯이~ 그러나 김호중 가수는 새로 만났지만, 오래오래 만났던 가수보다 더 좋습니다. 왠지요?

등록했어요

김정수

작년 어느 날부터인가 별님 발자취 찾아 이곳저곳 헤매다 종로 선글 방송을 처음 만났어요.
첫 방송 제목이 좀 요상해서, 이게 무슨 방송인가? 싶어서 보고 듣고 매일 만나게 되었는데요.

별님에 대한 학우님들의 열정과 따뜻한 사랑에 감동받고, 같이 웃고 울면서 세월을 보냈어요. 내 맘과 똑같은 학우님들과 함께하고 싶어 등록을 하고픈 마음은 굴뚝같지만, 글재주가 없어서 엄두를 못내 해를 넘겨 신청해 놓고 확인을 못했습니다. 너무 바보 같아요.

오늘 혹시나 싶어 찾아보니 제 이름이 선영대학 명단에 딱 서열대에 있어서 야호~~~ 얼마나 기쁜지요.

수고하시는 모든 학우님들 너무 기쁩니다. 저도 이제 진짜로 선영대학 학우가 되었다는 걸 함께 맘껏 자랑할게요. 우리 별님을 자랑할 공간이 있어서 너무 행복합니다.

비상을 위하여

김정숙

아직 우리는 그의 꿈의 크기를 보지 못했습니다. 날개를 제대로 펼치지도 못해 안타깝기 그지없습니다. 더 높이 비상할 수 있도록 우리가 언제까지나 응원하며 기다려야 합니다.

그의 노래는 영혼을 깨우는 특별함이 있고, 그의 몸짓은 노래를 더욱 깊이 있게 만드는 의미가 있습니다.

음반을 구매하고

제 나이에 가수의 음반 구매가 결코 간단하지 않았어요. 사이트에 들어가 몇 번을 시도하여 천신만고 끝에 성공했어요. 생소한 일이라 더 힘듭니다. 열불을 내다가, 중단했다가, 걱정돼서 또 시도하기를 몇 번, 결국 잘 해냈답니다. 스스로 구매에 성공했으니 행복합니다. 중단하지 않고 어려운 일을 해낸 제가 대견하네요

기업가 정신을 접목시킨 응원

김정예

종로선글님이 기업가 정신으로 호중님을 관찰하고 비전 제시하는 방송이 좋습니다.

삼성 문화를 접목시켜 여러 가지 관점에서 분석해 주시는 것을 논문으로 쓰셔도 좋을 듯합니다.

이런 영상을 볼 때마다 호중가수를 응원하는 팬인 사실이 자랑스럽습니다. 훌륭한 콘텐츠로 좋은 영상을 올려주는 모습에서 호중 사랑을 확인하게 되고요. 뒤늦게 찾아낸 종로선글 방송도, 예상치 못한 가수 팬질도 즐겁고 행복합니다.

그 사랑

김정옥

내 마음속에 조용히 스펀지처럼 스며들며 나의 마음을 사로잡은 그 한 사람 김호중.

살아온 날들에 비교되지 않을 그 짧은 순간, 나도 모르는 사이에 내 마음 전부를 올인하였다.

10년 넘게 느껴보지 못한 행복, 행복은 멀리 있는 것이 아닌 것을 깨달으며, 이것은 곧 사랑이라는 것을 알게 해준 단 한 사람.

그 사랑은 음률과 표정과 손짓과 감정으로 내게 다가왔다. 가까이 있어야 더 많이 사랑하는 것이 아닌 것을 증명하는, 특별하고도 위대한 사람, 그의 앞날에는 축복과 감사만이 가득하였으면….

저의 오랜 보좌관

김정희(1)

총장님! 오늘 겁나게 재미있어 버렸구만요. 점잖으면서도 재미가 있는 지인이 오셔서 말씀하시더군요.

저의 보좌관(남편)은 근무를 너무 오래 해서인지 이제는 누워만 있으니 가여워서 퇴임시킬 수도 없어요. 여생을 같이 가려 합니다. 김호중 노래 들으면서요. 제게는 많은 위로가 되니 고맙지요.

아참, 총장님이 들려주시는 방송 내용도 제게 큰 힘이 됩니다. 웃다가 한 시간이 지나갈 때도 있으니까요.

점점 젊어져요

김정희(2)

칠십 평생을 사는 동안 한 가수와 그의 노래를 벗 삼아 지내고 있습니다.

생각처럼 마음에 있는 말을 제대로 다 표현을 못 하지만 세상의 이치는 알고 있습니다. 가수를 응원하는 다 같은 마음으로 하루하루를 즐겁게 강의도 잘 보고 있습니다.

이 나이가 되어서도 연예인을 좋아하는 감정이 있다니…. 마음은 점점 젊어지고 있습니다.

거친 파도는 유능한 사공을 만든다지요.

김종대

인생의 사부 같은 조언을 늘 해 주시는 총장님의 말씀은 아리스는 물론 별님 마음에도 깊이 새겨질 겁니다.

듣는 귀와 받아들이는 마음으로 강의에 열중하고 있습니다.

날마다 삶의 귀감이 되는 이야기들이 선영대 교정에 차곡차곡 쌓이는 모습을 바라보며 오늘도 호행하소서.

내가 이래 봬도

김종숙

어제는 유튜브를 보다 5개월 전에 강연하신 '세바시(세상을 바꾸는 시간)'를 보았다.

혼자 보기 너무 아쉬워 방에 있는 남편을 불렀다.

"빨리 나와 봐요. 꼭 봐야 할 영상이 있어요."

남편이 나오는 것을 보고, 영상을 처음부터 다시 돌려 보았다.

어린 시절부터 하나씩 자신의 삶을 바꿔 가게 된 이야기를 들으니 감동이었다. 특히 유튜브를 하게 된 동기와 김호중에 푹 빠진 아내 때문에 만든 짧은 영상이 시발점이 되어 지금은 '종로선글'이라는 4만 명이 넘는 구독자가 생겼다. 자발적으로 만들어진 '선영 자율 대학', '기념관 사업', '댓글 출판' 등 많은 선한 영향력들이 일어나고 있다는 이야기까지. 특히 유튜브 광고로 들어오는 수입을 처음 세운상가를 위해 방송하려 했던 취지를 살려 그곳에 입주해 계신 장인들이 요즘 코로나로 어려움을 겪고 계셔서 임대료를 내주고 계시다는 얘기였다.

시청이 끝난 후 남편에게 소감을 말해 달라고 했더니 "참 대단하신 분이네"라고 한다.

갑자기 어깨가 으쓱해진다. '내가 이래 봬도 선영대학 학생이라구요!'

명강의를 들으며

김주치의가 닉인 김지영입니다. 저는 오늘 생일이라 회장님의 축하받고 싶은 1인입니다.

그런데 축하해 주지 않으셨어요. 그래도 섭섭해하지 않겠습니다. 거의 눈팅 귀팅만 하는데 오늘이 겨우 3번째 글이니까요. 등록 때, 지난번 방송사고 날, 그리고 오늘 댓글을 답니다. 그래도 매일 등교하는, 눈에 띄지는 않지만 개근하는 학생입니다. 항상 명강의 감사드립니다. 대학 다닐 때 좋아하던 칵테일인 카카오 피즈나 한 잔 마시며 섭섭함을 달래 보겠습니다. 김호중 노래 들으면서요.

제4부

소녀 감성으로
되살아나다

호중꽃을 지켰으니

김진숙

베란다에서 빨래를 널다 문득 밖을 보는데 담벼락에 장미꽃 한 송이가 피어 있었습니다.

"아! 참 예쁘다."

너무 예쁜 모습에 한참 보고 있는데 느닷없이 장미가 마구 흔들거렸지요.

그러자 옆의 꽃잎들이 허리를 숙여 꽃잎을 감싸며 마치 그 연약한 꽃잎을 지키는 듯 보였어요.

순간 작년 이맘때 가수 김호중을 향해 불어오던 사나운 바람들이 생각이 났어요.

'그래, 그때 우리가 저 꽃잎들처럼 호중꽃을 지켜 냈었지.'

저도 모르게 눈물이 맺혔습니다.

어제 느낀 그 감정을 그대로 여기 댓글에 남기고 싶었습니다. 김호중을 사랑하는 선영대 언니 오빠 친구 여러분, 든든한 담벼락과 아름다운 장미를 닮으신 그대들을 늘 응원하고 사랑합니다.

아우야

김칠선

나는 병과 친구 되어 함께 걷는 중이야.

누구나 각자의 능력과 방식대로 사는 거지. 아프면 아픈 대로, 슬프면 슬픈 대로 저마다의 길을 걷는 거야.

내가 치료 중에도 가수의 글에 댓글 수가 적거나 줄면 힘 빠질까 봐서 참여하는 데 의미를 두고 이벤트 참여도 하게 되더라고. 실은 30년 응원하겠다는 약속이면, 내 나이 98인데 가당키나 할까?

그래도 스스로에게 최면을 걸어 보는 거지. 내일 또 암센터 정기 진료 간다오.

잘 다녀오리다. 암과 함께 천천히 내 생을 씨실과 날실로 엮으면서 말이야.

세계 최초 〈고맙소〉 영어 떼창
캐나다에서 울렸다

김태경

2020년 10월 11일에 방송해 주신 캐나다의 클레어 유 여사님께~

활동적이고 의욕적인 모습 뵈니 너무 보기 좋습니다. 최초로 영어 버전을 불러 주신 네 분 여사님들께도 존경을 보냅니다. 나이가 들었어도 뭔가를 열심히 해보려는 의욕적인 열정을 많이 사랑합니다. 아름답고 보기 좋습니다.

이런 용기를 내지 못하는 소심한 성격인 저 같은 사람들이 제일 부러워하는 한 부분이랍니다.

보랏빛 향기 만개한 우리 별님은 최고 월드의 가수가 될 것 같지요? 우리 각자의 위치에서 한마음 한뜻으로 열심히 응원합시다.

조재천 님께

김태원(캘리포니아 주립대 교수)

오랜만에 뵈니까 마치 오랜 날 pen pal 같은 느낌마저 드네요.

이곳은 vaccine도 많이 보급되고, 저도 봄 학기가 마무리 되고 있어 한국의 2주 자가격리 조치가 해제되면 귀국하여 공카에 가입하고, "트바로티 김호중" 중에서 이미 번역한 책의 일부분 몇 chapter를 선생님께 한 부 드리고 싶습니다. 잘 아시다시피, 수정 작업은 끝이 없는 듯합니다. 선생님 덕에 오랜만에 정성 들여 문장을 쓰는 즐거운 시간 보냈습니다. 또 다른 한 부는 김호중 씨와 연락이 된다면 드리고 싶습니다. 그에게서 받은 큰 위로에 대한 마음의 빚을 조금이나마 갚으려고요.

D-600 : 영문(2020 Oct 16)으로 소개되었던 글을 정리했습니다. 다른 필요한 부분이 있다면 알려 주십시오. 학위도 직장 경력도 없는 김호중 씨의 탁월한 경영마인드를 짚어 주신 말씀에 한 경영학자로서 화답을 보냅니다. '경영학 학위'란 뛰어나게 타고난 경영자에겐 필요하지 않습니다. 우리 근대산업사의 개척자들이 그 증인들이지요. '학위'란 저를 포함한 나머지 보통의 사람들에게나 필요하다 할까요.

같은 맥락으로 김호중에게는 음악 학위가 꼭 필요할까요? 감히 어느 학교가 줄 수 있는 자격이 있을까요? 지난여름 우연히 유튜브에서 만난 〈천상재회〉는 몇 년 전 역사박물관에서 접한 안중근 의사의 필체를 접했을 때의 그 힘과 감동을 떠오르게 했습니다. 당시 주변의 소년 소녀 관람자들도 모두 펑펑 울린, 흔히 애국자 혹은 위인들에게서 받는 그런 감동을 가수가 노래로 준다면 그는 이미 최고의 예술가입니다.

그는 진정성 있는 음악으로 많은 이들에게 위안과 행복을 주고 있습니다. 아름다운 음악뿐 아니라 어린 시절부터 그 어려운 고비고비를 현명하고 용맹하게 헤쳐 나온 김호중은 젊은 나이임에도 불구하고 이미 공자가 말하는 그런 저의 스승입니다. 김호중 씨에 대한 사랑과 존경, 그리고 그로 인해 더 널리 퍼지는 선한 영향력을 많은 이들이 나눌 수 있는 따뜻한 공간을 마련해 주시는 종로선 글님 감사합니다.

캘리포니아 주립대 김태원 드림

추신: 김호중의 자서전 영문 번역이 끝났습니다. 흡족하진 않지만, 그의 삶이 한국어를 모르는 전 세계인들에게 읽혀지길 희망하는 마음을 담았습니다. 김호중을 응원하는 저 나름의 방법입니다. 이 영문판 번역본이 김호중 씨에게 한 부 전해지길 바랍니다. 대신 전해 주십사, 부탁드립니다.

가수 김호중에게 마누라를 빼앗긴 총장님

김태화

저도 제 마음을 빼앗겼다오.

내 나이 70살 넘어서 이런 감정이 일어날 줄 그 누가 알았으리오. 그런데 신기하게도 호중 땜에, 그의 노래를 들으면 나날이 즐겁고 행복하니 복 많이 받은 거지요. 다른 책은 잘 안 읽는데 호중 자서전은 몇 분 만에 다 읽고 영화도 보고 카페도 가입하고 완전히 미쳐 버렸네요.

그래도 내가 즐겁고 행복하면 되는 거죠? 이러고 있는 지금 이 순간이 참 좋아요. 이해해 주세요.

세계적인 음악가 김호중

김판갑

작년부터 전 세계가 코로나19라는 바이러스와 힘겨운 사투를 벌이고 있다.

모든 국민이 시름에 잠겨 하루하루를 감염의 불안 속에서 보내고 있지만, 그 속에서도 희망의 메시지를 전하는 불꽃 같은 청년이 있어 그 존재가 자랑스럽다. 음악 하나로 국민들을 일으켜 세우고 시름을 잊게 하는 '국민가수', '국민사위'라 불리는 김호중이다.

우리나라의 어떤 사람도 이렇게 짧은 시간에 전 국민의 사랑을 받은 일이 없을 것이다. 신드롬을 넘어 김호중 광풍이 불었다고 할 수 있다. 대중가요를 깊게 알지 못하는 나도 그의 노래를 들으면 마음이 편안해지고 삶의 의욕이 생기니 김호중을 통해서 노래의 위대한 힘을 새삼 느낀다.

아직은 젊은 나이지만 살아온 여정이 남과 다르고, 일반적인 대중가수의 길이 아닌 성악을 전공한 내면의 힘에서 나오는 진실된 노래가 기존의 가수와는 확연한 차이를 느끼게 하면서 마음을 울린다. 어려운 이 시기에 이런 위대한 가수를 우리 곁에 보내주심은 온갖 어려움을 겪으면서도 꿋꿋하게 이 땅을 지키면서 살아온 우리에게 하늘이 주시는 축복이 아닐까 한다.

영혼을 울리는 그의 노래를 더 많이 듣고 더 가까이 함께할 수 있기를 기대하면서 김호중이 세계적인 음악가가 될 수 있도록 힘을 보태고 싶다.

햇살과 바람처럼

김포목련

선영대학에서 학우님들과 함께 강의를 들을 수 있어 감사합니다. 김호중 가수를 사랑하는 사람들이 왜 이렇게도 많은지요.

나라 안은 물론 외국에서도 같은 마음으로 모여 가수를 함께 응원하니 힘이 납니다. 서로 이름도 얼굴도 모르지만, 마음은 하나 되어 따뜻한 곳을 향해 있고, 눈길은 사랑으로 띠를 잇고 있어 행복합니다.

한 줄기 햇살이 수많은 식물에게 삶을 주고, 내리는 비가 온 세상을 촉촉이 적셔주듯이 우리는 김호중 가수의 노래에 젖습니다. 그의 노래로 우리는 식구가 되고 친구가 되지요.

선영대학에서 우리 오래오래 응원하면서 친하게 지내고 싶습니다.

세계적인 음반사의 러브 콜을 받게 되기를

김필녀

그 자리에 머물지 않고 항상 새로운 배움의 길을 열어 주시는 총장님의 김호중 사랑이 깊이 느껴집니다.

우리 가수가 세계적인 음반사의 러브 콜을 받게 되길 빕니다.

아름다운 사람, 김호중

김필연

척박한 땅에서 건강한 꽃을 피웠다면 그 꽃의 삶이 얼마나 치열했을까요. 목이 타 주저앉고 일어설 기력을 잃어 깊고 어두운 늪에서 마지막 순간도 여러 차례 겪었겠지요. 그렇게 험한 길을 헤치고 아름다운 꽃으로 다가온 아티스트가 있습니다.

그는 노래를 좋아하고, 노래를 잘하고, 노래할 때 가장 행복한, 또 노래하는 사람으로 불리길 바라는 아침햇살같이 맑은 청년입니다.

그의 어제는 지나갔습니다. 힘들었던 만큼 그만큼 오늘 그의 노래는 더 특별합니다.

사막이 피운 꽃 김호중, 우리가 여태 어디서도 접하지 못한 놀랍도록 아름다운 꽃입니다. 그러나 아직 만개하지 않았습니다. 그 꽃이 완성되어 가는 과정을 지켜보는 것 또한 기쁨일 것입니다. 노래뿐일까요. 어떤 걸 들이대어도 그는 그 다운 것으로 그 답게 해석해서 내놓습니다. 그건 곧 그입니다. 그것이 예술입니다. 그게 바로 예술이 추구하는 최상급의 단계이지요.

그의 노래는 노래를 넘어 모두가 공유해야 할 가치이자 귀중한 자산입니다. 아름다운 사람 김호중, 그와 동시대에 살면서 함께 할 수 있음은 행운입니다.

어려움을 잘 건너야 하듯이

김하경

날마다 샘물 흐르듯이 변함없는 방송 감사드립니다. 저의 은사님이 했던 말씀이 생각나는 아침입니다.

'네가 높은 산에 올라가는데 돌멩이도 가시넝쿨도 골짝도 바위도 있을 수 있다. 그런데 그런 것들 때문에 되돌아 내려가게 된 사람은 산 정상에 설 수 없다.'는 말씀입니다. 선한 일을 하기 위해서 어려움도 잘 건너야 하고 넘어야 할 것들이 많아도, 물 흐르듯이 잔잔히 살아가렵니다.

별님 소식은 알고 있어도

김학선

호중 로봇의 완성 기대됩니다. 홍보처장님 함께 출연하신 분들 반갑습니다. 남쪽 바다를 바라 볼 수 있어 좋군요.

우리 별님 소식은 알고 있어도 또 들으면 기분이 좋습니다. 즐거움과 감동을 주는 고품격 방송 집중해서 듣고 있어요.

노래하는 사람을 기다리며

김해옥

줄장미가 피면 이유 없이 가슴이 설렙니다. 장미 향에 실려 오는 사연들이 생각나서요.

노래하는 사람, 내 가수는 오늘 무슨 일을 하면서 홀로 노래를 부르고 있을까요? 큰 무대에서 손뼉 치는 팬들 앞에서 노래할 날을 기다립니다. 문득, 가수가 더 기다릴까, 우리 팬들이 더 기다릴까? 이런 상상을 하다가 이거야말로 알이 먼저냐, 닭이 먼저냐 같은 말인 것을요.

오월의 마지막 날, 우리 총장님은 혹시 트럼펫 불어 주시려나 기대해 보네요.

소녀 감성으로 되살아나다

김향영

영화계의 거목님을 모시고 전설을 듣고 있으니 제가 잊고 있던 추억이 아련히 떠오릅니다.

친구랑 언니 옷을 몰래 입고 그 당시 유행한 보자기 삼각형으로 접어 쓰고 많이 나가 돌아다니다 언니, 엄마한테 혼나면서도 또 나가고 또 혼나고. 아, 옛날이여!

극장 이야기를 들으면서 저의 추억이 떠올라요. 친구랑 극장 문 앞에서 선생님 보고 깜짝 놀라 도망치고 어느 날은 다행히 영화를 보긴 봤는데 끝나고 나오다가 선생님께 붙잡혀서 다음날 교무실로

불려가서 친구랑 나란히 손 들고 벌선 추억도 새록새록~~

지금 생각하니 즐거운 추억입니다. 하루는 친구랑 남진, 최무룡 쇼를 보고 나왔는데 친구는 지갑을 소매치기당하고 저는 치마가 찢겨져 있었어요.

너무 재미있어서 아무것도 몰랐답니다. 먼 옛날 아득한 얘기네요.

최근 몇 년 전에 제일 재미있게 본 영화 〈보헤미안 랩소디〉를 정말 감동적으로 봤어요. 김호중이 군대 가기 전 파트너에서 〈보헤미안 랩소디〉 다 부르고 파트너랑 손깍지 끼는 모습 정말 부러웠답니다. 아마 지금까지 100번은 들었겠네요.

그동안 살아오면서 무뎌졌던 감정들이 김호중을 보면서 소녀 감성으로 되살아납니다. 다시 소녀가 되고 있어요.

오늘도 열공

김현숙

선글님, 먼저 우기면 된다는 말에 빵 터졌네요. 금요일 영어방송을 들을 때마다 저 자신이 한층 업그레이드되는 기분에 뿌듯하고 자신감이 넘치고 있어요. 이 나이에 삶의 열정을 갖게 해 주셔서 고맙습니다.

으하하하~~

김현조

악몽을 꾸었다. 아들 이름을 까먹었다. 중호? 성호? 호중? 깜짝 놀라 화들짝 깼다. 등에 식은 땀 나는 거 처음이다. 방송 듣기 전 노트와 볼펜은 필수, 공부 잘했다. 임형주는 팝페라, 김호중은 트페라(트로트+오페라)

우리 가수는 무엇이든지 다 된다. 만능 엔터테인먼트에 프로페셔널하다.

바닷가 여인

김형자

며칠을 벼르다가 메주를 끓이기로 했다.

마당에 솥을 걸어놓고 장작불을 지폈다. 켜둔 휴대폰으로 호중님의 클래식 음악이 울려 퍼졌다. 아궁이에는 불길이 벌겋게 타오르고 가마솥에서는 연신 김이 모락모락 피어났다. 호중님은 지치지 않고 계속 노래를 불러주셨다.

나도 하루 종일 힘든 줄 모르고 메주를 쑤었다. 구수한 콩 내음이 골목길을 돌아 동구 밖으로 나갔다.

바닷가에 석양이 찾아왔다. 산그늘도 내려와 바닷물에 몸을 담갔다. 호중님의 목소리는 바다를 건너 앞 동네로 마실을 갔다. 그 동네에 호중님의 노래를 좋아하는 누군가 살고 있었으면 좋겠다.

기다림

김혜숙

좋은 소식과 많은 지식이 이 할머니에게 큰 도움이 되고 있어요.

울 김호중 님이 내 삶에 낙이 되었는데 정들자 훌쩍 군 복무 하러 가버리니 뭐를 해야 할지 넋이 빠졌어요.

어제는 〈우산이 없어요〉를 수없이 듣고 사춘기 소녀가 되어 돌아앉아 많이 울었답니다. 그래도 대한의 남아는 군인이 되어 나라와 국민을 지켜야지요. 건강하게 군 생활 잘하면서 못다 한 공부도 하고 더 나은 모습으로 만납시다.~~

입대를 축하합니다 빈체로!!!!

칭찬합니다

김혜자

인연과 관계를 중히 여긴다는 김호중 가수! 너무나 인간적이기에 대단히 멋집니다. 이렇게 인성이 훌륭한 사람이요.

최고의 가창력에 즐거운 유머까지 구사하는 최고의 김호중 가수. 마음 모아 응원합니다. 늘 마음이 뿌듯해지는 좋은 영상으로 아침을 열어 주시는 종로선글님! 감사합니다.

7학년 6반

김홍자

7학년 6반까지 아무것도 모르고 살다가 댓글도 써서 올려보아요. 이게 다 우리 별님 덕분이네요.

나이 들어서 한 번도 경험해 보지 않은 새로운 일에 푹 빠지니 생활에 활력이 생겨 참 즐겁고 기쁘고 힘이 나네요. 우리 별님은 노래도 잘하고, 인간성도 좋고, 잘 웃고, 그리고 말도 참 이쁘게 하지요.

내 손주 같고, 내 자식 같은데, 어찌 그리 귀엽고 사랑스러운지요.

핑계지만

김화숙

박영호 선생님, 생신 축하합니다. 항상 선영대학의 학우님들을 위해 봉사하시는 노고에 감사드립니다. 저는 아직 장학증서를 출력할 데가 없어 못했습니다.

지금 이 나이에 매일 장애인 봉사활동을 하느라 시간도 부족하고 또 영감이 건강이 좋지 않아 못했습니다. 일종의 핑계죠. 곧 장학증서도 뽑고, 가끔 댓글도 달도록 해 볼게요. 종로선글님 매일 감사합니다.

버선발로

김화자

호중님 덕분에 매일 매일 행복하게 잘살고 있어요. 많이 보고 싶고, 사랑합니다~. 울 호중님 제대하면 버선발로 달려가고 싶어요.

별님 덕분에 매일 매일 아름다운 천상의 노래 들으며 행복하게 잘살고 있어요. 총장님 강의도 학우들과 함께 열심히 하며 긍정의 마음으로 울 별님 기다리고 있어요. 별님 제대하면 제일 먼저 버선발로 달려가고 싶어요. 김호중 가수님 많이 보고 싶고, 사랑합니다.

우리는 마음부자

김희숙

우리 선영대 학우님들은 과거를 들추기보다는 오늘, 서로 소통하며 행복하게 보냅니다.

"내일, 호중씨 콘서트에 같이 가자." 서로 손 내밀며 격려하고 살아갑니다.

몇 년 뒤에는 카네기홀 같이 가려 비상금을 따로 챙기고 기념 공간 건립 하는데 벽돌, 못, 전구, 창문, 액자, 수도꼭지, 문, 타일, 전등 스위치, 선반, 책장, 나아가 기둥, 서까래, 지붕까지 마련하고 싶어 애를 태우십니다.

그래요. 같이 해요. 동참해요. 서로 안부를 물어주고 건강을 걱정하고 무리하지 말라 염려하는 이 따뜻한 마음으로 우리는 내일을 기다리고 예약해요.

추억이 아무리 힘이 세다고 해도 오늘을 사랑하며 사는, 내일을 기다리며 사는 행복한 사람들에게는 못 당할테니까요. 모든 학우님들 축복을 보냅니다.

호중씨가 내년에는 어떤 새 노래를 불러줄지 기대하고, 어떤 프로그램에 나와서 우리를 웃겨줄지 기다립니다. 으샤으샤 같이 하니까 응원하는 것도 재미있습니다.

우리는 식구

깜디

선영대학 학우들과 날마다 만나도 반갑고 좋은 인사를 하지요. 한 번도 얼굴 본 적 없지만, 이웃처럼 정겹게 느껴집니다. 어쩌다 하루 빠지면 서운해서 자꾸 핸드폰으로 손과 눈이 가지요. 선영대학우들의 선한이야기 너무 잘 듣고, 감동입니다. 시장에서 일하는데 손님 없으면 호중님 노래 켜 놓고 오는 손님 눈치 봅니다. 호중님 노래에 대한 반응을 보면서 혹시 아리스가 아닐까? 일 하면서 지나가는 보라색 옷만, 장갑만 봐도 혼자서 설레고 늘 보라색에 꽂혀 살아요. 제게 사랑병이 생긴 건가 봐요.

'하루라도 안 보면 눈에 가시가 돋는다.'는 말이 생긴 이유를 알 것 같습니다. 내일은 또 어떤 수업이 열릴까. 또 어떤 학우님과 소통을 하게 될까. 별님 덕분에 만난 우리가 늘 안부가 궁금해지니 별님의 식구가 맞긴 맞는 거지요.

별님 따라가는 길

꽃구름(임승진)

님에게 좋은 일이면
우리는 더 기뻐요

님에게 나쁜 일이면
우리는 더 슬퍼요

바라보면 바라볼수록
더 가까이 가는 길

가까이 갈수록
사무치는 마음 이기지 못해

님은 울지 않는데
우리가 자꾸 울어요

고맙소!

꽃님(김귀자)

김호중은 그 힘든 날들을 묵묵히 앞길만 보고 걸으며 큰 그림을
그린 덕분에 감격의 순간이 왔지요.

저는 지금까지 시어머니 중풍 수발 3년, 남편 병원 생활 28년,

자식들 다 잘 키워 출가시킨 후 손녀들도 돌보면서 살았는데 남편이 떠난 지 5년이 되었어요. 손녀들도 다 성장해서 대학생이고 이제는 제 인생을 돌아보게 되었습니다.

어제는 총장님의 〈봄 처녀〉 색소폰 소리에 취해서 이웃에 사는 아리스 다섯 명과 저희 집에서 식사를 하면서 별님 이야기로 꽃을 피우며 즐거운 시간을 가졌습니다. 다들 어찌 그리 별님을 사랑하는지 ~~

김치찌개, 청국장, 오징어 부침, 묵무침, 각종 나물 종류 등. 이렇게 건강식으로 먹으면서 별님 생각이 많이 났습니다. 별님이 이곳에 올 수 있다면 얼마나 맛있게 먹을까 하고요.

저는 스타킹 때 어린 김호중의 노래에 큰 감동을 받았는데 이번 미스터트롯에 나와서 좀 놀랐어요. 〈천상재회〉와 〈고맙소〉를 부를 때 가슴이 저려와서 한동안 아무 말도 못하고 그저 바라만 보고 있었지요. 어찌나 마음이 아프던지. 그 후 팬으로 등록했고, 부족하지만 응원하고 있어요. 이 나이에 이런 감정 처음이자 마지막일 것입니다.

김호중에게 부토니에를

꽃도자기

김호중 노래를 들으며 조물조물 브로치를 만든다.

보라꽃색을 칠하면서, 언젠가 호중님 가슴에 이 부토니에를 꽂아 드릴 꿈을 꾸면서~

예전에 방송에서인지 공연 때 가슴에 꽃 코사지를 꽂았을 때를 몇 번 봤다.

호중님 얼굴이 더 화사하고 예쁘고 잘나 보였다. 내가 언젠가 선물하리라!

-남편 왈-

"쓸데없는 짓 하지 마라. 그 유명한 가수는 그런 거 안중에도 없다"

그래도 난 꼭 그날이 오리라 믿으며 오늘까지 왔다.

〈찔레꽃〉 연주를 들으며

꽃안개

매일 귀팅만 하다가 〈찔레꽃〉 연주에 뭉클해져 댓글 씁니다.

저희 부모님을 생각하면 사랑을 참 많이 주신 분, 고맙다는 생각만 드네요.

아버지는 10년 전에 돌아가셨고 병상에 계신 저희 어머니는 91세로 거동을 못 한지 4년 정도 되었습니다.

초등 시절 겨울 방학 때 오빠와 함께 논두렁에 가서 하루 종일 배고픈지도 모르고 스케이트를 타고 놀다 저녁때가 되서야 들어오면 어머니께서는 꽁꽁 언 몸을 아랫목에 이불 덮고 있으라 하고 맛난 음식을 차려 주셨습니다. 어느 날은 뜨거운 국에 엄마 발등이 데인 적도 있었고, 중고등 시절 학교에서 지녁 늦게까지 공부하고 오면 버스 정류장까지 나와서 기다려 주시고, 시험 때는 옆에서 뜨개질을 하시며 묵묵히 함께 해 주셨습니다.

제가 결혼해서도 부모님은 1층, 저희는 2층에 살았어요. 제가 일을 하다 보니 함께 살면서 육아도 도와주시고 살림도 해 주셨습니다. 부모님 덕분에 저희 아이들이 잘 컸습니다. 언제나 저희 부모님은 아이들이 보약이라고 하셨지요.

저도 프리랜서로 일을 하고 있는데, 엄마가 아프신 이후로는 세월이 어떻게 지나가는지 모르고 살고 있다가, 코로나로 인해 일을 조금 쉬면서 김호중의 팬이 되었어요. 작년 1년은 어느 때보다 즐겁게 생활하고 있습니다.

선영대의 7시

> 나르샤

하루를 시작하는 출근길에 학교부터 갈 수 있어 무척 좋습니다. 저는 출근하는 차 안에서 수업을 듣습니다. 랜선의 편리함을 즐기고 있습니다.

모든 학우님들이 본인 시간에 들릴 수 있지만, 늦게 문을 열면 선택의 시간이 줄어들어 조금 아쉬울 거 같습니다. 근무 중엔 어렵고, 퇴근 후엔 장애물이 많아 방해를 받을 거 같아서요.

그래서 지금 시간이 좋아요.

외모가 아닌 내면이 중요하다

남인순

'사모님과 아줌마의 차이' 방송을 들으며 고향 옆 동네의 일화가 생각났다.

시골에서 농사일 하며 아들을 공부시키는 부잣집이 있었다. 명문대학에 다니던 아들이 여름방학에 친구들을 데리고 집으로 놀러왔다. 때마침 논일을 마치고 들어오는 아버지가 허름한 옷에 지게를 지고 들어오는 광경을 보고 친구들이 "누구야" 하니까 부끄러웠는지 "우리 집 머슴이야"라고 대답했다는 이야기가 이 동네 저 동네 퍼지기 시작했다.

시골에 농사짓는 아버지들 몇몇이 모이면 "뼈 빠지게 농사지어서 새끼들 가르치면 뭐 하나? 머슴이란 소리만 듣고 아~ 살맛 안 난다"라며 한탄하는 모습을 종종 보았다. 만약에 아버지가 멋진 양복 차림으로 들어오셨으면 뭐라고 얘기했을까?

사람을 외모로 평가하지 않았으면 한다. 가수 김호중도 "어떻게 살았냐고 묻지를 마라…"라고 노래 불렀듯이 삶의 질은 외모에서 나오는 것이 아니고 내면에서 나오는 것을 깨닫는다. 나 또한 어떤 마음과 자세로 살아가는지 말과 행동을 날마다 거울에 비추듯이 살피고 있다. "진실로 그는 거만한 자를 비웃으시며 겸손한 자에게 은혜를 베푸시나니…" 하나님의 말씀을 기억하며 고향의 풍경이 주마등처럼 스친다.

눈물의 콘서트

남지숙

진홍빛 노을 저문 하늘에
은빛 별무리 반짝이며
섬광처럼 빛을 낼 때

당신을 애모하는 꽃송이 송이들
그리움의 줄을 서고

당신은
그 아름다운 미소와 설렘을
화려한 조명에 담그며
천상의 목소리를
선율에 얹으시니

감성 폭발한
우리들의 열정은
애틋한 기다림의 오열을 쏟습니다

눈물로 적셔진
축제의 마당에
별빛이
축하의 팡파르를 울려 줍니다

당신의 눈가에도
뜨거운 해후의 눈물이 배어나네요

사랑합니다
우리의 꽃별 김호중!!
Forever H.J

(2020.8.12.첫 팬미팅에 부쳐)

어미 마음으로

남춘심(수정)

저는 한 가수를 참 좋아합니다.

그의 노래는 귓전에 앉고, 그의 삶은 가슴에 스며들어 앙금으로 남았습니다.

그의 소식을 날마다 궁금해 하면서, 언제쯤 오래된 녹화가 아닌 생생한 화면에서, 콘서트장에서, 팬미팅 장에서 만날까 기다립니다.

1년이란 시간이 남았지만, 그가 더욱 열심히 작사하고, 작곡을 배우고, 다른 악기도 다룰 줄 아는, 진정한 만능 엔터테인먼트의 길을 걸었으면 하는 마음입니다. 이런 마음을 이모 마음, 어미 마음이라고 한다지요? 저 또한 그렇습니다.

오늘 처음 댓글 쓰네요

귓팅만 하다 오늘 처음 댓글 쓰네요. 종로선글tv는 가장 건전하고 공정한 유튜 방송이라고 감히 말씀드리며 선영대생들의 연령대가 저와 비슷해 더욱 공감하게 됩니다. 저도 열심히 응원할게요.

건강이 제일 중요하니까

우리 학우님들은 문장 실력이 너무 좋아서 저는 댓글을 쓸 엄두를 못냅니다.

오늘 아침에 들은 이야기입니다. 서울에 계신 학우님이 부산 여행을 갔다가 지난번에 총장님이 소개해 주신, 김숙이 기사님한테 안내를 부탁했다고 하시더군요. 서로서로 배려해 주시는 이야기를 듣고 보니 저도 이렇게 살고 싶습니다.

저는 스물네 살에 결혼을 하고, 2년 뒤에 남편이 하늘나라로 그냥 가버렸습니다.

혼자서 막막한 세월을 살아왔습니다.

저에게는 올해 마흔 살이 된 딸이 하나 있습니다. 이 딸이 너무나 착하고 착합니다.

2000년에 제가 암 수술을 받았지만, 지금까지 잘살고 있습니다. 딸이 간호를 해 주며 항상 제 곁을 지켜주었기에 힘과 용기를 내어 꼭 살아야겠다는 마음을 가졌습니다.

오늘은 이렇게만 댓글을 적고 싶습니다. 우리 학교의 학우 여러분, 오늘도 건강하고 행복한 하루가 되시기를 간절히 기도합니다. 건강이 제일 중요하니까 항상 운동하고 좋은 음식을 드시기 바랍니다.

평화로운 칠푼이의 고백

노경자

외국어 능력자가 대리 방송하는 것보다 총장님께서 바쁘신 중에도 계속 방송해주실 것에 찬성 한 표 던집니다.

능숙하지 않은 영어와 일어로 허당미를 뽐내는 총장님의 캐릭터가 30%를 내려놓는 여유로움을 추구하는 선영대학의 슬로건에 딱 맞아떨어집니다. 오히려 방송을 시청하는 선영대학 학우들에게 편안함과 자신감을 북돋는 초석이 돼 주시니 오히려 고맙습니다.

저는 내려놓아 평화로운 70%의 칠푼이, 이 학과의 자랑스런 학우랍니다.

이팝꽃, 찔레꽃 한 줌 그리움 봉투에 담아

노을빛

21년 전 어느 날, 남편은 샤워하러 들어갔는데 아침상을 차렸는데도 안 나와 욕실에 들어가 보니, 쓰러져 있었습니다. 급히 119를 불러 병원에 갔지만 이미 집에서 숨진 상태였습니다.

아들은 군에 있었고 결혼한 딸과 사위가 모든 일을 수습했어요. 삼우제 마치고 일상으로 돌아왔지만 살 수가 없었어요. 잠도 못 자고 먹지도 못하고 눈물로 세월을 보내니 딸 내외가 우리 집으로 들어왔죠.

손주도 생기고, 아들도 제대하여 복학하고, 딸아이는 박사 학위 따라 미국으로 떠났습니다. 아들도 대학 마치고 누나 있는 곳으로 떠나며 엄마도 가자고 졸랐지만, 부모 형제가 있는 내 나라가 좋으니 안 간다고 했어요. 남편 떠날 때 충격도 컸지만, 손자까지 데리고 아이들이 떠날 때는 정말 미치는 것 같았습니다.

지금은 아이들도 자리 잡아 잘살고 있고 이제는 세월이 좋아 늘 영상으로 볼 수도 갈 수도 있지만, 공허한 내 마음에 별님은 빛 되어 들어왔지요.

아무도 못 말리는 별님 사랑. 아들도 딸도 손자도 모두 별님 순위 아래입니다. 내 마음에 새순이 돋고 고목나무엔 꽃이 핍니다. 별님에게 이팝꽃, 찔레꽃 한 줌 따서 그리움 봉투에 담아 보내려 합니다.

직선이 아닌 곡선으로 가는 길

노인영

선영대학 학우님들이 한 마음으로 만들어 낸 작품들이 9월에 빛을 발하게 될 것입니다. 학우님들의 호중사랑에 감동을 받습니다. 군입대 공백기를 팬들이 차곡차곡 채워주고 있네요. 누군가가 그

랬죠. 직선이 아닌 곡선으로 가는 길, 그 길은 아름다운 꽃이 피어 있고 시원한 계곡, 많은 것들이 펼쳐질 것입니다. 계속 걸어가고 싶은 선영의 길.

가방끈이 길어진 이야기

노혜영

어려서 아버님 사업실패로 책가방 끈 짧아, 배움의 아쉬움을 늘 안고 살아온 내가 자식만큼은 가방끈 길게 해 주리라 열심히 살았어요. 남매 모두 유학까지 보냈더니 그 길로 그곳에 터를 잡아 살고 있네요.

여기 남은 남편과 둘이 허전함을 느끼던 중 호중님 노래에 매료되어 찐팬이 되었어요.

어느 날 '호중에게 아내를 뺏겼다'는 종로선글 유튜브를 보면서 '그냥 예사로운 분이 아니시네' 하면서 참으로 탁월하고 특별한 분이라 생각해 매일 듣습니다.

지각은 하지만 꾸준히 유익한 말씀을 들으며 나의 가방끈을 늘려가는 선영 자율대학 20학번으로 입학했어요. 이젠 나도 가방끈 길다 자부심 느끼며 살아가도 되겠지요?

남은 삶도 호중님 노래로 위로받고 총장님의 유익한 말씀으로 많이 배우며 실천하도록 노력하며 살겠습니다. 호중님 그리고 총장님 또 모든 아리스 학우님들 사랑합니다.

부모 마음으로

평소 음악 감상을 좋아한다.

그중에서도 사람의 목소리로 들려주는 노래가 참 좋다.

목소리에 담긴 가사는 한 편의 삶의 드라마와 다름없다.

스타킹에서 우연히 만난 김호중 학생은 내 마음속에 멍울처럼 깊이 새겨져 있는 이름이었다.

트롯 경연 방송은 내가 그의 근황을 유일하게 확인하게 해주었다.

직장을 퇴직하고 새로운 길 앞에 서 있을 때 가수가 나타났다.

두 아들이 가정을 이루고 손주를 넷이나 둔 할머니라, 한참 손주를 돌보느라 다른데 눈 돌릴 틈이 없었고 직장생활과는 또 다른 어려움이 있었다.

그런 중에 그의 노래는 나에게 큰 즐거움과 위안이 되었다.

어린 성악가에게 가졌던 관심의 싹은 점점 큰 나무로 자랐다.

누군가에게 위로가 되고 그늘이 되어주고 싶은 마음이 되어 있었다.

이것은 모든 것을 내어주는 부모 마음이자 무엇과도 비교할 수 없는 기쁨과 가치 있는 일이기 때문이다.

금요일 방송

오늘도 빵빵 터지는 금요일입니다!!

두 분은 스스로 진솔하게 낮추고 상대를 편하게 해주는 특별한 능력이 있으신 거 같아요.

횟수가 거듭할수록 감탄과 존경이 더해갑니다.

총장님은 어리숙한 허당컨셉, 근철샘은 칭찬하고 격려하는 밝음이 컨셉으로 분위기 살립니다.

Mannersmakethman. DoastheRomansdo

여긴 부산이에요~

부산은 조금씩 파란 하늘이 보입니다! 호중님의 책은 그냥 자전적 에세이로 하면 어떨까요? 거부감도 없고 무겁지도 않고 좋을 것 같아요~~^^ 호중님은 예능에 나가면 시청률 요정이 되고, 팬미팅을 하면 5분 만에 매진, 책을 내면 바로 베스트셀러, 더 이상 어떤 설명이 필요할까요?

이 모든 건 본업인 가수로서의 실력이 너무 대단하기 때문이라고 생각합니다. 김호중 님은 이런 사람입니다. 매번 위기마다 그걸 뚫고 나오는 사람, 위기에 맞서는 사람, 그리고 똘똘 뭉쳐 그를 지켜내는 아리스, 너무 아름다운 조합입니다!!♡

제5부

이런 감동이 내게 있을 줄이야~

행복한 하루

뜨는 햇님들의 맘

우리 별님을 아주 멋있게 캐리커처 그려 주시는 삐질란테 예삐님 정말 감사합니다.

그리고 편집위원 봉사자들을 멋지고 아름답게 그려주셔서 고맙습니다. 6월의 호중님 미디어아트 그림 전시회가 많이 기다려지네요. 오늘도 생일을 맞으신 학우님들 축하드리며 총장님과 모든 학우님들 행복한 하루 되십시오.

자서전을 읽고 나서

라니

가수 김호중은 미스터트롯 후 기쁨과 동시에 말도 안 되는 구설수에 올라 많은 가슴앓이를 했었지요. 그런 그를 바라보며 팬 아리스들도 분노하고, 힘들고, 더 응원하고, 기도하고 그랬지요. 자서전 후기에 '끝까지 실행하는 사람이 역사를 쓴다.' 호중님도 이 말에 힘을 얻어서 이 아픔의 시간 잘 견뎌내시길.

앞으로 한국뿐만 아니라 세계적인 가수로 우뚝 설 날이 꼭 올 것이라 믿어요. 자서전 읽어보고 나니 더 많이 안아 주고 더 많이 위로와 사랑으로 응원하고픈 마음입니다.

저마다의 생각으로

예쁘님 10월에 있을 미술 대전을 위해 수고가 많으십니다. 선영대의 각 분야에서 수고해 주시는 분들이 계시기에 선영대가 더욱 빛나고 풍성하지 않나 생각합니다.

오보 허위 기사를 낸 안 기자는 정정 보도 기사라기보다는 가수와 및 그의 팬을 우롱하고 자신이 쓴 글이 정당하다는 자가당착에 빠져 남의 인격 따위는 전혀 안중에도 없는 후안무치한 기자란 생각이 들었습니다. 이건 우리가 무시당해서가 아닌 이런 사람이 기자라는 허울을 쓰고 또 얼마나 많은 피해자 만들어 낼까 염려가 되기도 합니다.

멈췄던 국민청원에 힘이 빠진 건 사실이지만 다시 한번 가수와 가수를 위해 앞장선 부매님의 의견에 힘을 모아주세요. 다시 국민청원 돌입했습니다.

여러 번 생각 끝에 힘을 모아야 하기에 올렸습니다.

재학생의 응원

종로선글tv 첫 방송인 "김호중에게 아내를 뺏겼어요"라는 섬네일에 화가 나서 노크도 생략하고 종로선글tv에 들어왔었고 이 영상은 무조건 신고 대상이라고 생각했지요. 호중의찐팬을 아내로 둔어느애처가의고백임을 나중에 알게되어 매일 강의를 듣고 있는 재학생입니다.

자기 삶의 무게를 혼신을 다하여 노래하는아름다운 청년 김호중. 그의 순수한 꿈이 그의 피땀어린 노력, 천상의 목소리를 뿜어내는 노래로 지구촌 곳곳에 울려 퍼지길 응원합니다. 1주년 기념 문집발간 편집위원이 네 시간 만에 구성되었다니 대단하고 놀라운 역사가 이곳 선영대학에서 이루어지고 있지요.

여러분의 뜨거운 열정에 갈채를 보냅니다.

멋진 캐리컷

라엘

호중님의 새로운 캐리커처가 너무너무 멋지네요. 방송 시간은 혼동이 우려되니 지금처럼 7시가 딱 입니다. 우리 선영대학이 크게 성장하고 있으니 참 좋습니다. 다만 여러 사업계획을 듣다 보니 혹시라도 수익과 지출에 대한 문제가 생기지 않을까 약간의 걱정이 됩니다.

부디 선영대학이 호중님으로부터 시작되었으니 앞으로도 김호중 가수의 응원을 위해 영향력을 발휘하는 대학이 되었으면 좋겠습니다.

'별을 사랑한 이야기'
구매해서 읽어 봐야겠습니다.

> 라혜찬

남외경 편집국장님 수고 하셨습니다. 비록 제 글은 안 실렸지만 '별을 사랑한 이야기' 구매해서 읽어 봐야겠습니다.

그 동안 관계자분들 감사합니다.

풍경, 비닐포대를 뒤집어쓰고 밤새는

> 로미호

몇 년 전, 딸을 만나러 뉴욕 센트럴파크 앞 호텔에 머문 적이 있었다.

어느 날 저녁 산책을 나갔을 때, 돌담을 따라 비닐포대를 뒤집어쓴 사람들이 앉아있었는데 내 눈에는 그들이 노숙자처럼 보였다. 한 소녀와 눈이 마주쳤는데 너무 어리고 해맑은 눈을 가진 예쁜 아이였다.

내가 "왜 여기에 있니?"라며 걱정스레 물었을 때 소녀는 해바라기처럼 환히 웃었다. "BTS 공연을 보려고 기다리는 중이에요. 여기서 밤을 새워야 앞쪽에 앉아 그들을 볼 수 있거든요."

김호중이 풍경을 부른다. 노래마다 색깔과 음색이 다르다. 들을 때마다 다른 무늬가 번진다. 매번 감동이다.

김호중이 센트럴파크에서 공연을 한다면, 나는 돌담 아래서 그 소녀를 꼭 만나고 싶다.

"우리 몇 년 전에 본 적 있지?"

"네, 김호중 공연을 앞자리에서 보려면 이 담장 밑에서 밤을 새워야 하거든요."

나도 그 소녀와 같이 비닐포대를 뒤집어쓰고 밤을 새워 공연을 기다리고 싶다.

세계 유수의 공연장에서 노래하는 김호중을 만나고 싶다. 세계 각국에서 몰려온 팬들의 함성 속에 우뚝 서서 자신만만하게 노래하는 김호중을 보고 싶다.

선영 자율대학 개교기념 도서 출간을 축하하며

류기룡(캄보디아국립음악원교수)

지오코모 푸치니의 오페라 투란도트에서 칼라프 왕자가 부르는 아리아 〈Nessun Dorma〉.

테너가 부르는 노래 중 자신의 기량을 무대에서 뽐내기에 가장 어렵다는 이 곡이 지금은 지구상에서 가장 많은 이들이 즐겨 듣고 부르는 노래가 되었다. 왜 이 노래 한 곡에 사람들은 그토록 열광을 하며 성악가들은 왜 이 곡을 부를 수 있기를 그토록 열망하는 것일까?

웅장한 오케스트라의 연주와 그 강력한 소리를 뚫고 나오는 청아한 테너의 화려한 고음으로 울려 퍼지는 목소리 때문일까? 아니면 노래를 부르는 성악가의 세상의 모든 것을 담은 듯한 얼굴 표정과 터질듯 부풀어 오르는 핏줄이나 힘줄에서 느끼는 긴장감일까? 과연 무엇이 무대 위의 공간과 객석의 시간을 이렇게 절묘하게 어우러지게 만들어 듣는 사람으로 하여금 전율을 느끼게 하는 것일까! 필자는 그 이유를 목소리에 녹아든 성악가의 삶의 시간이라고 표현하고 싶다. 그 시간에는 인생의 희로애락과 더불어 수많은 경험과 노력, 그리고 철학 등 삶의 발자취가 목소리에 스며들어 음악이라는 감정으로 표현되어 우리의 가슴에 전달되기 때문이 아닐까!

한 명의 음악가가 무대에서 날개를 펼치고 비상하는 것이 한 나라의 역사에 비교할 수는 없겠지만, 그 적용은 국가나 사람의 역사에 동일하게 적용된다고 필자는 말하고 싶다. 인간 김호중의 발자취가 대한민국의 음악계(대중/클래식)에 어떤 기록을 남길지 우리 누구도 지금 이야기할 수는 없다. 누군가가 인간 김호중을 사랑하고 성악가 김호중을 아낀다면 그에게 필요한 것은 끊어지지 않는 응원과 때로는 따끔한 질책이 되어야 할 것이다. 이 역할을 오롯이 감당할 수 있는 누군가가 있다면 바로 아리스 회원들이 될 것이다.

좋은 음악가를 성장하게 하는 것은, 작품과 연주자를 돋보이게 하는 무대도 필요하지만, 그 마지막 정점은 훌륭한 관객이 있음으로 해서 완성될 수 있다. 학우들이 가슴으로 발간한 이 책을 통해 성악가 김호중의 삶이 음악과 떨어지지 않고 비상하는 독수리처럼 힘차게 날아오르기를 진심으로 기원한다.

언젠가 그의 음악을 무대에서 당신에게 소개할 수 있는 날을 기대하며

The Royal University of Fine Arts Professor KI YONG, RYU

앨범을 구매하며

류은아

김호중 가수의 노래엔 설렘이 있고 새 힘을 얻을 수 있어요. 가수를 알고부터 저의 생활은 날마다 기쁨이 충만하답니다. 심혈을 기울여 녹음한 노래가 앨범으로 나온다길래 많이 기뻤었지요. 그래서 앨범을 처음으로 사이트로 구매하느라 당황스럽기도 하고 준비성도 부족했어요. 그래도 제가 좋아하는 김호중 가수의 앨범을 원하는 만큼 구매해서 기분이 좋아요! 제가 좋아하는 지인들에게 자랑도 할 겸 선물로 나누어 주렵니다.

공유할 수 있어 행복해요

류이자

1. 총장님과 퍼플민트님, 두 분이 오랜 친구같이 정답게 진행하시는 목소리와 김광석 거리에 푹 빠져서 듣다가 정수기 물이 넘쳐서 주방이 한강이 되었어요. 토스트기에도 물이 들어가서 전기도 나갔는데 그래도 몰랐어요. 허겁지겁 물을 닦고 있는

데 로봇 청소기가 청소를 다 하고 충전기를 못 찾고 헤매고 있길래 전기가 나간 줄도 모르고 "오늘따라 청소기가 왜 그래?" 하고 보니까 누전으로 전기가 나가서 못 찾더라구요. 이렇게 빠져서 정신없이 공부하는 선영대학의 매력에 흠뻑 빠져 지내는 일상이 저만 그런 거 아니겠죠?

2. 여권 만료가 오늘이라서 재신청을 하려고 사진을 찍었는데 할머니로 변한 사진 속 제 모습을 보고 오후 내내 우울했어요. 마스크 속에서 이렇게 변해버렸네요.

   〈고향의 봄〉을 듣고 너무 좋기도 하고 어릴 적 고향에서 철없이 뛰어놀던 제 모습이 갑자기 생각이 나서 실컷 울었습니다. 엄마도 아버지도 만날 수 없으면서 너무 보고 싶고 그리웠구요.

   이렇게 선영 학우들과 공유할 수 있는 공간이 있어서 나이 들면서 이런 복이 또 없다 싶기도 했어요.

역사의 증인이 들려주는 영화사

리본수원

문금순 선배님의 호중 사랑도 대단하셔서 더욱 존경심이 갑니다. 저도 옛날 우리나라 영화를 많이 봤기에 말씀 마다에 기억이 새롭습니다. 차태진 사장님의 함자도 익히 기억합니다.

많은 영화를 제작하시고 유명 신인 배우들을 발굴하셔서 대스타로 키워 주셨던 태흥영화사 사모님이고, 역사의 생생한 산증인이십니다.

숨겨진 영화사의 비화 강의 흥미롭게 잘 들었습니다.

호모닝

마르타정

총장님과 생신 맞으신 학우님 반갑습니다.

나보다 더 사랑하는 우리 별님의 나날이 기쁘고 행복하기를 바랍니다.

제 기도의 첫 번째 말은 김호중입니다. 혼자서 중얼중얼 해도 무슨 할 말이 이렇게 많은지 몰라요.

벽에 붙은 사진 속에서 내 혼잣말에도 싱긋 웃어주세요. 나에게만 웃는 것 같은 이 착각을!

딸바보 박영호 님

마음마음

박영호 원장님과 따님 소민양 함께 하시니 유쾌한 방송 좋네요. 멀리서 오시느라고 고생 많으셨어요.

역시, 세상 모든 아버지는 딸바보입니다. 딸만큼 예쁜 여성이 어디 있을까요?

이런 감성이 내게 있을 줄이야~

수년 전 정퇴와 동시에 그동안 해보지 못한 새로운 경험을 하고 자 외국어와 수영 등에 도전하는 일상을 보내던 중, 우연히 김호중 가수의 인생곡 〈고맙소〉를 접하게 되었다.

김호중 가수를 아는 대부분의 사람들은 모 방송프로그램(스타 킹)에서 그를 알게 되었다는데 난 직장동료들과 함께 그 영화가 실 화를 바탕으로 한 줄도 모르고 참 스승상을 그렸다는 파바로티 관 람을 통해서다.

어느 날, 선글유튜브 보며 진행자의 철학이 사람을 키우는 것임 을 알고 구독자가 되어 주변 지인들에게 소개도 하고 열심히 구독 했다.

우리 사회에 이런 어른들이 있어서 젊은이들에겐 꿈을 꾸게 하 고 장년들에겐 위로와 행복감을 제공하고 있음이 그나마 다행이다.

김호중!! 그가 가진 사랑할 수밖에 없는 요소들~ 가창력과 예의 바른 인성, 남을 배려하는 선함과 자기의 역량을 한껏 펼치려는 도 전정신과 의젓함이야말로 이 사회의 젊은이들이 갖추어야 할 덕목 이 아닐까?

고로 난 김호중을 끝까지 사랑하고 자랑스럽게 여기며 열심히 응원할 것이다.

[D-530일] 배꼽 잡을,
인생 첫 경험 모음에 남긴 댓글

맑은 날

눈 뜨면 최애돌 하트 받으며 날마다 덕질 하는 닉네임, 맑은 날입니다.

동짓날 절에 가서 주지 스님께 호중님의 클래식 앨범과 우리家 cd를 선물해 드리고 스님을 카페에 가입하게 설득하여 '스님 아리스'를 만들었습니다. 다행히 스님도 호중님의 팬이셨습니다.(아님 부끄러워 절에도 못 다닐 뻔했음)

모든 분들의 건강을 빌며 어느 분의 말씀을 빌려 '잔디이불 덮는 날'까지 선영대학의 학생으로 머물고 싶습니다. 카네기홀 공연 관람은 그냥 비상금 통장(꼬지)을 빼서 가는 걸로 하겠습니다.

투병하면서 듣는 김호중의 노래

맹꽁이(남정렬)

중환자실에서 갓 나와 정신없이 이 글을 씁니다. 지금은 일반 병동에서 투병 중입니다.

통증이 제 온몸을 훑듯이 스치면 눈앞이 캄캄해져서 아무것도 안 보입니다. 병이 병을 불러 황색변성까지 왔네요. 요즈음 저는 애정하는 가수 김호중 노래를 들으며 위로받습니다.

이렇게 아픈 저에게 별님이 찾아온 건 큰 선물입니다. 그의 노래를 들으면 가슴의 응어리와 아픈 부위를 다 날려 보내는 듯 상쾌함이 날아듭니다. 의사는 약과 수술로 환자를 치료하고, 김호중은 노래를 저를 치유해 주니까, 저는 곧 나을 수 있다는 믿음으로 삽니다.

아침이면 선영대 강의 들으며 우리 가수 카네기홀 공연 따라가려고 〈네순 도르마〉 가사를 한글로 외우고 있습니다. 눈이 안 좋아서 댓글을 못 달지만, 학우님들은 저의 상태를 이해해 주시면 좋겠어요. 가끔 올리는 댓글은 제 손주를 옆에 앉히고 제가 말로서 이야기하면 손주가 할미를 대신하여 글을 올립니다.

저의 세 번째 손주 김호중을 내 삶이 끝날 때까지 보살펴주고 응원하고 싶어요. 호중이는 천상의 목소리, 착한 인성, 남자답게 잘생긴 모습, 책을 많이 읽어 박식하기까지 해요

이렇게라도 학우들과 소통하고, 제 소식을 전하고, 김호중 노래를 들을 수 있어 행복합니다.

김호중의 특별함

모니카

누구나 한 연예인을 좋아할 수는 있지만, 우리 김호중을 생각하는 사람들의 마음은 다른 사람들과 특별히 다릅니다. 평생 첫사랑의 설렘과 같은 느낌, 또 내 자식같이 편하게 감싸주고 싶은 간절함이 있습니다. 이런 심정은 아무한테나 가질 수 없지요. 60~70대 어머님들의 로망이기 때문입니다.

평생 해 본 적도 없는 팬 카페 가입, 댓글 달기, 자서전 구매, 음반 구매 등 의욕 넘친 삶, 정말 행복한 나날입니다. 선영대 총장님

의 말씀처럼 우리 세대 어머님들의 마음은 쉽게 변하지 않습니다. 호중과 학우들의 마음은 영원히 변치 않는 천년 바위와 같습니다.

지난 영상을 보고 노래 들으며 즐거운 마음으로 제대할 호중을 기다릴 겁니다.

그의 노래엔 비단결을 걸친 고급스러움이

목련

옛말에 '입은 거지는 얻어먹어도, 벗은 거지는 매 맞고 쫓겨난다'고 합니다. 아무리 마음이 날개라지만 옷이 더 날개인가 봅니다. 그 옷은 노래를 듣고 위로를 받은 내 마음의 평화입니다. 이제 노래를 입은 사람으로 살렵니다. 김호중 노래엔 비단결을 걸친 듯 가장 고급지고 빛나는 아름다움이 있지요.

김호중이 내게 주신 이 찬란한 옷을 곱게 입고 오늘도 날아가렵니다.

수요일 아침에

목련꽃

수수하게 웃는 수요일인데 너무 유쾌한 웃음소리에 저도 모르게 절로 소리 내어 웃네요. 도서관장님의 우아했던 목소리가 점점 유쾌 통쾌 상쾌해져 즐거움을 더해가는 듯하니 더욱 정감이 갑니다.

재능을 가진 아리스가 아주 많은 것 같은데 잘 발굴해서 우리의 노년이 멋지고 행복했으면 좋겠어요. 겸손하신 총장님도 요즘 비행기 태우는 아리스로 인해 더 힘을 얻으실 것 같아요.

선영대학 모두에게 응원의 박수를 보냅니다.

버스 정류장을 지나쳤습니다.

몽여사

오늘도 버스 안의 출근길에서 듣는 방송, 두 분의 입담에 말려 버스 정류장을 지나쳤습니다. 제 배꼽까지 주워 가야 하기 때문에 오늘은 지각입니다.

하늘나라로 부치는 떡

무지개별

떡에 대한 강의를 들으니, 문득 어린 시절 생각이 납니다.

제 생일에 떡이 먹고 싶다고 했더니 농번기로 바쁜데도 아침 일찍 방앗간에서 쌀을 빻아 떡을 쪄 주셨던 기억이 납니다. 그 떡 맛은 아직도 잊을 수가 없습니다. 제가 좋아하던 절편과 송편을 해 주셨지요.

엄마는 정말 고생을 많이 하셨어요. 제가 5살 때 아버지가 돌아가셔서 홀로 6남매를 키우려 새벽부터 논밭으로 나가서 억척스럽게 일을 하셨죠. 허리띠를 졸라매고 힘들게 일해야만 6남매를 굶기지 않고 먹일 수 있었을 테지요? 곰곰 생각해 보니 가슴이 넘 아픕니다. 자식을 키우기 위해 당신 전부를 희생하신 것 같아요.

그런 엄마 한 분을 모시는 자식들이 없어서 노년에 자식들을 그리워하며 혼자 쓸쓸히 사시다 하늘나라로 가셨지요. 불효가 막심합니다.

제가 나이 먹고 엄마가 되고 보니 내 손으로 생일을 차려 먹는다는 게 쉽지 않더군요. 시장만 가면 다 살 수 있고 전화 한 통이면 얼마든지 쉽게 먹을 수 있는 편리한 시대가 왔잖아요. 지금은 엄마 대신 신랑이 내 생일을 기억하고 챙겨 줍니다. 올해 생일은 더 엄마 생각이 나고 그립고 보고 싶습니다. 그 옛날 어린 딸에게 생일떡을 해 주시던 엄마는 안 계시지만 내 곁에 함께 하는 신랑이 늘 고맙습니다.

역사가 기록하지 못한 이야기

> 문금순

구술사의 이점 중 하나는 영화제작 현장의 이면을 들려주는 다양한 인물을 만날 수 있다는 것이다. 특히 크레디트에 기록되어 있지 않은 인물들은 문서 자료에서는 확인하기 힘든 여러 가지 뒷이야기와 현장 바깥의 이야기까지 풀어내는 경우가 많아 작품과 시대 상황을 보는 관점을 더욱 풍부하게 해준다.

「2014년 한국영화사 구술채록연구 '주제사'」의 문금순 편은 이러한 이점을 잘 보여준다. 공식 기록에서는 찾아볼 수 없지만 문금순 선생은 1960년대 〈김약국의 딸들〉(유현목, 1963), 〈맨발의

청춘〉(김기덕, 1964), 〈남과 북〉(김기덕, 1965), 〈대괴수 용가리
〉(김기덕, 1967) 등의 화제작을 제작한 극동흥업주식회사의 회계
와 운영을 담당했다. 극동흥업의 살림살이를 도맡아 한 이유는 구
술자가 영화사 대표인 차태진의 부인이기도 했지만 1950년대 임
화수가 이끌었던 한국연예주식회사의 회계를 담당한 이력 때문이
기도 했다.

내가 지은 별명들

> 문성혜(송이)

   어느 날, 내 삶에 불쑥 들어 온 낭만 가객, 괴물 보컬, 천재 테너,
노래 들을 줄 아는, 귀 예민한 사람들 깜놀~ 종합비타민 되어 호중
소중 귀중하여라. 고급진 음색은 수많은 청중의 가슴을 뚫고 요동
치다가 종내는 영혼을 울리고 만다. 2020년을 뒤흔든 김호중 장르
는 '우리家' 앨범으로 대박치더니 노래로 치료하는 뮤직닥터로 감
성 천재, 미래의 음악 가황 대열에 오르더라. 뒤이은 앨범으로 트
바로티는 클래식 대중화의 선구자 되었고 전국의 수십만 아리스는
저마다의 별명으로 情人 대하듯 야단인데, 상남자 그대는 온 국민
이 환영하는 사위, 모두의 사랑으로 문화 대통령 되시어 우뚝 서
시라.
   머잖아 오대양 육대주를 넘나드는 글로벌 김호중은 나의 원픽,
그가 불러 주는 노래의 마법에 걸리면 모든 근심 걱정이 사라지고
말리니 온 세상을 샅샅이 뒤져도 다시없는 유일의 음색이어라. 멀

티 감성으로 전 세계인을 흠뻑 적실 꿀 성대의 주인공은 클래식 보컬계의 최강자. 때론 팔색조의 매력으로 희망의 아이콘 되었으니 장르 불문 시청률 제조기로 등극하여 예능 엔터테인먼트로 자리매김하게 되면 특급 무대 창출은 아리스가 해 드릴 수 있음이고 온 세계인이 열광하는 음악계의 혜성, 아니 역사의 별로 환히 빛나리다.

버킷리스트를 다시 쓰다

문숙선

60대에 막 들어선 누군가의 버킷리스트를 듣는다.

첫째, 시골 어르신들 삶의 이야기를 쓰는 일
둘째, 사투리를 채집하고 보존하는 일
셋째, 고향 면사무소의 문해(文解)학교 선생님이 되는 일
넷째, 건강을 위해 마라톤을 계속 하는 일
다섯째, 늦게 시작한 한 가수의 덕질을 당당하게 하는 일
이란다.

나도 버킷리스트를 다시 쓰고 있다.
내일을, 희망을, 꿈을, 도전을 생각하지 않고 살아온 나날이 서럽다.

언제나 감사

문옥제

책 출간을 준비하시는 모든 분들 건강하시길 빌며 진심으로 감사드립니다.

생신 맞으신 학우님들 평안하시라는 축하의 말씀 보냅니다.

우리는 한 가수를 사랑하고 응원하는 마음으로 만났지만, 이젠 친구가 되고 언니가 되었습니다.

언제 만나도 반갑고 유쾌한 선영대에서 오래오래 함께 응원합시다.

내 삶에 변화

문종숙

요즘엔 듣기만 해도 넘 좋더라구요. 여러 가지 달란트를 가진 분들이 많으셔서 이 아니 좋을 수 있을까요? 어느 대학에서 이토록 다양한 교양과목을 청강할 수 있겠어요 제 취향 저격~~ 나날이 늘어가는 선글님의 탁월한 언어 유희로 즐겁기 한이 없답니다.

댓글은 자주 못 달지만 하루도 듣지 않는 날은 없습니다. 지난해 극한 상황 속에 방콕을 하다 어쩌다 돌린 채널에서 들어온 한 젊은이의 노래는 평생 경험해 보지 않은 가수 덕질이 되어 이제는 내 하루 일과의 첫째가 되었네요.

남편과 주위 분들도 이제 내 변화를 이해해 주기 시작했구요. 삶에 편안함과 즐거움을 준 호중님 진실로 감사합니다.

Hero and Now!!!

문형식

선영대 총장님 그리고 학우님들, 총장님의 부름을 받고 출석을 했던 honey suger입니다.

총장님의 호출에 두려움 반 설렘 반으로 출석했는데 많은 환영에 어리둥절할 뿐입니다. 좋은 인연으로 이어갈 수 있도록 열심히 노력하겠습니다. 내일을 위해 오늘을 희생하는 생활이 아닌 오늘 현재를 즐겁게 행복하게 보내는 생활이 되시기를 기원합니다.

특종보다 훌륭하다

뮤직닥터

우리 선영대 기사는 특종보다 훌륭합니다. 일년에 일어난 일들을 바탕으로 TV에 나와도 되고 기네스북에 오를 기사죠. 오늘도 호중님 응원하는 각종 활동 열심히 전달하고 내일 또 봬요.

고백

미루맘

호소문에서 감동의 눈물을 흘리고 하루 종일 그 마음이 머물러 우울하기도 했습니다.

오늘은 좀 활기찬 자서전 소개 좋습니다. 책하고 거리가 좀 있었던 것 같은데 김호중 자서전은 너무 궁금하여 꼭 읽고 싶습니다.

호중님 덕분에 선글님을 알게 되고 여러 가지 유익한 정보나 상식 지혜를 얻어 느지막한 삶이 보람 있습니다 호중님의 팬이자 선글님의 팬이 된 저 자신이 자랑스럽습니다.

함께 가요 우리:)

미카

새벽미사 가려고 맞춘 알람에 호중님 편지가 있었어요.

노래로 심경을 전하시는 통에 애처로운 눈물이 하염없이 흘렀고 미사 내내 호중님을 위해 기도했어요.

호중님은 낮엔 해처럼 우릴 기쁨에 설레게 하고, 밤엔 달처럼 우수에 젖어 우릴 비추네요.

해와 달 비추는 그곳에 당연히 생기는 그림자는 우리 인생 또한 쉬어 갈 자리라 생각하고 즐깁시다.

호중님은 섭리에 자신을 맡길 줄 아는 훌륭한 청년입니다.

창간호 제목은?

미현

처음엔 호중대학, 지금은 선영대지요.

20학번으로 등록만 해놓고 눈팅 귀팅만 해오다 처음 댓글 답니다.

선영대 창간호 발간에 총장님을 비롯 편집위원님들, 애써주시는 학우님들의 노고에 감사드립니다.

뛰어난 문필가들이 아름다운 글솜씨를 발휘하시는데 저는 창간호의 제목을 한번 생각해 봤습니다.

[선영대 학우들의 금광 찾기] 우리家 끝家지

앞으로 선영대 학우들의 다양한 취미를 살려 알찬 이벤트와 무궁한 발전을 기도합니다.

김호중의 인성

민영란

두 분의 대화에서 김호중의 인성을 잘 말씀해 주셨네요.

어른을 공경할 줄 알고, 착하고, 과묵하고, 때론 어리광도 부리고, 재치도 있고, 책도 많이 읽고, 더 무슨 말이 필요할까요. 주위에선 이렇게 칭찬만 하는데 너무 괴롭히는 사람이 있어 걱정입니다. 생각만 해도 가슴이 답답한데 본인은 얼마나 마음이 아프고 괴로울까요.

하지만 현명하니까 잘 헤쳐나가리라 생각합니다. 우리가 울타리가 되어주고 뒤에서 힘차게 응원해주면 우리의 가수 김호중은 씩씩하게 무대에 나가서 천상의 목소리를 오래오래 들려줄 거라 믿습니다.

민트향과 함께!

어느 날부터 아내는 트롯에 빠져 늦은 시간까지 감탄사를 연발하며 깔깔거리다가 눈물을 펑펑 흘렸다.

결혼한 딸아이가 가까이 살면서 자주 집에 와서 식사도 하고 술한 잔씩 마시며 서로를 알아 가고 있는데 아내는 내내 호중군 이야기로 처음과 끝을 맺었다. 그렇게 서서히 중독되어가는 줄도 모른채 우리는 식사 자리에서 또 술자리에서 호중군에 대해 어린 시절부터 지금에 이르기까지 듣고 또 들었다.

영화관에서 천상재회가 나올 때 나는 울컥 눈물이 쏟아졌다. 그러면서 아내를 더 이해하게 되었고 나이 들어가면서 어디 아픈 곳이라도 생겨 누워 있으면 뭐 하랴! 호중군 응원하면서 즐겁게 살아가는 아내를 존중하고 사랑해야지.

아내가 호중군의 팬이 되어 우리 가정에는 더욱 웃음꽃이 피고보라색의 꿈을 꾸게 되었다. 그것은 우리를 사랑으로 행복으로 따뜻함으로 나누는 넉넉한 삶을 가지게 했다.

우리 가정은 또다시 행복과 사랑으로 넘쳐나고 있다. 학우와 함께하는 민트향을 바라보니 가슴이 뭉클하며 앞으로도 늘 응원하리라고 다짐해 본다.

남편 등록시키기

민트향

드디어 남편이 눈팅만 하다가 등록을 했네요.

사실 보이지 않게 응원도 많이 해주고 선글님을 존경하고 있는 눈치였는데 용기가 안 났나 봐요.

제 프린트기가 컬러가 아니라 장학증서도 만들어주고 동기님 몇 분들 것도 군말 없이 해서 내밀어 줄 때 고마웠답니다. 뒤에서 호중님을 좋아해 주고, 영화관도 같이 가주고, 영화 보는 내내 훌쩍거리며 손등으로 눈물을 닦아 내는 모습을 보면서 남편이 어찌나 고맙던지 감동했습니다. 이런 남편이 고마워서 총장님께 외조상을 신청했어요. 장학증서를 당당히 책상 앞에 세워두고 딸들과 사위에게 자랑하던걸요.

"너희들도 등록해 그럼 엄마가 만들어 줄걸."

꼬드기기까지 한참 웃었네요. 사는 재미가 납니다.

노후에 편안하게 살려면 마누라 소원을 들어줘야 하지 않을까요?

우리 집에는 이제 평화가 찾아왔고 남편이 밥상이 달라졌다고 하네요.

호중님은 가정의 평화까지 이루게 해주셨으니 이제는 세계의 평화를 위해 나아갑시다~

자석처럼 당기는 힘

민혜성(텔레파시)

그동안 댓글은 써보지 않았지만 갈수록 늘어나는 학우들을 보면서 마음이 꿈틀거려 써 봅니다.

김호중은 자석이다!!

선영대 학우들을 비롯하여 호중의 찐팬들은 호중만 나타나면 자동으로 끌려 자석에 붙는다. 살아오면서 나부터도 알 수 없는 마력에 이끌려 붙어있으니 말이다. 늪에 빠져 허우적거리다가도 자석만 보이면 앞 다투어가서 붙으려 한다. 참 기이한 현상이다. 곰곰이 생각해보았다,

꿈을 향해 묵묵히 걸어가는 한 청년의 모습이 너무도 아름다워서 일지도 모르겠다는 생각이…

어느 날 홀연히 나타나 수많은 사람들을 홀리고 있으니, 자석이 아니고 무엇인가!! 서광이 비치는 호중 얼굴을 떠올리며 내 생애 끝나는 날까지 응원할 수 있어서 참 좋다.

망설이던 제 마음을

바람산들(서명숙)

이 창간호 편집을 위해서 동력자로 함께 하자는 영광스러운 제안을 받았지만, 자신의 부족함을 내세워 사양하는 소극적인 행동에 약간은 실망스럽기도 했습니다.

우리의 자랑스러운 가수 김호중이 '할 수 있다'라는 네 글자를

마음속에 새기며 어려움 속에서도 포기하지 않고 꿈을 향해 달려 왔습니다. 그 도전정신으로 누구도 범접할 수 없는 '가수 김호중' 이 되었던 것을 나에게 접목시켜 보기로 합니다.

경연 첫회부터 누구 못지않게 사랑하며 응원해 오던 찐 팬임을 스스로 인정하는 한 사람입니다.

내가 그토록 아끼고 사랑하는 김호중 가수를 위한 창간호를 발간 한다는데, 나도 그 책 속 어느 한 페이지라도 참여하고 싶다는 간절함을 지울 수가 없어서 '할 수 있다, 해 보자'라는 마음으로 도전해 봅니다. 며칠 동안 품고 망설이던 제 마음의 생각을 올려봅니다. 혹시 저도 이 창간호와 함께하는 영광을 누리게 된다면 저의 소극적인 태도에도 변화가 오겠죠?

옳은 말씀을

박경숙

선글님의 한 말씀 한 말씀이 너무나 옳습니다. 30살의 한 청년으로 인하여 우리는 많은 기쁨과 마음속 깊은 곳에서 우러나는 사랑을 끄집어냈습니다. 정말 찐한 사랑 말입니다. 육체적, 정신적으로 아픔을 가지고 있는 분들도 그 사랑 때문에 기적이 나타나는 것 같습니다.

선글님의 말씀대로 우리는 김호중 가수를 기다리고 보호해야 하는 이유들이 더 많을 줄 믿습니다. 선한 생각과 실천에 항상 감사드립니다. 계속 함께 응원하겠습니다 ^^

부모님, 보고 싶고 그립습니다

박귀선

저희 아버지는 저를 젤 많이 사랑한 만큼 간섭도 정말 많았지요. 비 오는 날 친구 집에서 놀다 밤늦게 들어올 때 대문 앞에서 동생이 문을 열어주기로 했는데 발을 딛는 순간 눈에서 번개가 번쩍 터졌답니다.

반성문을 써서 내 책상이 아닌 오빠 책상 앞에 붙여놓고, 동생 단속을 제대로 못 한 오빠가 책임져야 하니 저보다 오빠가 혼났지요. 밥상머리에 둘러앉아 기도도 하고 믿음도 좋으셨어요.

세월이 지나 건강이 안 좋으셨을 때도 제가 가면 손수 방울토마토를 씻어 접시에 담아 주시기도 하셨습니다. 평생을 새벽 5시면 일어나고, 늦게 일어나면 빌어먹는다고 할 정도로 부지런하고 공부도 열심히 하고 건설계에선 알아주는 우리 아버지가 오늘은 많이 보고 싶습니다.

"아버지, 잔디가 예쁘게 손질되어 있는 단독 집에서 바로 뒤 따라가신 어머니와 다정히 손잡고, 저희들 사는 모습 보고 계시죠. 아버지 첫 손자 종완이는 효도를 한답시고 매주 저희 집에 도장 찍으러 와 온 식구 밥 먹고 소동 치다 갑니다. 이게 사는 거지요."

너무 좋은 생각이십니다

박도화

익히 알고 있는 내용일지라도 우리 가수 소식에 늘~ 목말라 있는 우리에게 알아듣기 쉽게 정리해 알려 주시니 참 좋아요. 우리 가수가 무엇을 했는지, 어디에 선행을 실천했는지, 어떤 소식이 있었는지 마음이 따라갑니다.

학우님들 환절기에 건강 조심하시고 남은 오후도 유쾌+상쾌하게 보내시길 빕니다.

총장님, 어찌 그리 말씀도 술술

박선희

그 속에 톡톡 튀는 알맹이를 넣어서 잘하십니까?

덩달아 저도 칠푼이가 되었네요. 그 칠푼이가 왜 그리 기분이 좋은지요. 꿈도 찾지 못하고 하루하루 지낸다고 할까요. 그런데 이 나이에 이런 재미 주시니 그저 감사할 뿐이에요.

사람들 만나는 자리에 김호중 노래자랑, 선영대학 자랑, 백인숙 방송국장님, 정원 꿀벌 자랑에 장미가 내 얼굴 가깝게 다가와 나를 쳐다 볼 때는 나이를 잊고 내 맘이 설레니 어쩌면 좋아요.

비 오는 날은 저도 김호중 처럼 비가 좋고, 그가 부르는 노래가 더 좋답니다. 영상에 보이는 정원과 나무 사이로 보이는 하늘도 고향하늘처럼 정겹네요.

김호중의 노래를 기다리며

박성자

김호중 가수의 입대 전야, TV프로에서 '아무도 모르게 파트너' 나와서 비대면 공연을 했지요.

당장 아침이면 사회 복무처에 출근해야 하는데 밤새도록, 아니 새벽 늦게까지 생방송으로 공연하는 그의 모습은 최선을 다해 저희에게 남겨주는 선물이었습니다.

〈배웅〉, 〈이등병의 편지〉를 들으며 울컥했습니다. 훈련 잘 마치고 더 건장하게씩씩하고 멋진 별님으로 돌아오시기를 기도합니다. 오셔서 멋진 무대에서 좋은 노래 들려주셔요.

멋진 삶을 위하여

박소민

이 나이 되도록 아무것도 내세울 것 없는 존재로 살고 있지만, 저 자신에게 최선을 다해 희생하고 살았다고 생각합니다. 우리 학우님들이 각 가정이 유지된다는 것 또한 박수받아 마땅한 삶이기에, 오늘 해 주신 말씀에 힘을 얻어요.

왠지 어깨에 힘이 실리며 더 열심히 묵묵히 감사하며 살 수 있으리라 믿습니다. 김호중 노래를 들으며 이젠 나의 기분을 더 좋게 하고 긍정적인 사고로 멋진 시간을 보내고 싶습니다.

보약 같은 엔돌핀

박숙자

호중씨가 TV에 나오면 무조건 가까이 다가갑니다. 그의 노래엔 돈으로 살 수 없는 보약과 같은 엔돌핀이 들어 있지요. 저절로 웃음이 나오고 좋기만 합니다. 호중씨는 저의 희망이고 에너지원입니다. 종로선글tv의 재미있는 댓글을 추려 책을 내도 좋을 것 같습니다.

늘 우리 가수를 위해 총장님과 학우님들 노력해 주셔서 고맙습니다.

배려, 한없이 좋은 말이지만

박순희

저는 댓글을 안 쓰는 개근상 수상자인데, '배려'에 대한 말씀을 듣고 옛날 일이 생각나서 글을 씁니다.

80년대 얘기인데요. 출근길 버스에서 내리는데 앞에 내린 여자아이가 쓰러진 걸 보고 망설이다가 도와달라고 소리쳤지만, 출근길인지라 도움받기가 힘들었어요. 하는 수 없이 택시에 그 아이를 태우고 병원에 가서 절차에 따라 제가 부모 대신 수술동의서에 서명해야 했어요. 남편 도움으로 비용도 지불해야 했습니다.

그 뒤 경찰서에 몇 번이나 불러갔는지 모릅니다. 상황 설명을 해도 소용없었고, 나도 모르는 복잡한 절차로 힘들었습니다. 지금은 추억이 되었지만, 그 당시에는 얼마나 후회했는지 모릅니다. 남들처럼 모른 체하고 갈 걸 괜히 오지랖을 떨다가 낭패를 당한 것 같습니다. 저는 배려하느라고 한 일이고, 뭘 바란 건 아니었는데 그 부모님들이 원망스러웠어요. 버린 자식이라고 상관 말라며 전화를 끊어버리고 연락이 두절되어 애를 먹었는데 지금쯤 그 여고생은 어디선가 잘 살고 있겠지요?

'배려' 한없이 좋은 말이지만 저처럼 황당한 일을 겪을 수도 있어서 두서없이 처음으로 써봅니다.

다시 한 번만

박연정

2010년 어느 날, 남편이 옷 단추가 잘 잠기지 않고, 글씨도 쓰면 점점 작게 쓰고, 한쪽이 떨림이 있어 병원을 찾았더니 파킨슨이란 청천벽력 같은 병명이었다. 다행히도 약을 먹으면서 일상생활을 할 수 있었고 5년이 지날 무렵, 자주 넘어지고 머리의 해마가 기능을 다 하였단다. 약을 먹을수록 근육이 굳어져 가는데 안 먹을 수는 없고, 7년째 될 무렵 넘어지면 일어날 수 없었다.

나도 회전근개가 끊어져 치료를 받아도 힘을 쓸 수 없고, 둘이서 몸부림치다 침대에 오르지 못해 거실 바닥에 자는 날도 있었다. 가족과 상의 끝에 요양병원에 입원하면 물리치료도 받고 도움을 받으리라 생각하고 입원하였다. 거동이 자유롭지 않으니 누워있는 시간이 많고, 근육은 점점 굳어가고 그러기를 3년 5개월, 어느 날 남편을 저세상으로 먼저 보냈다.

별님 만나서 〈다시 한 번만〉을 부르던 날, '나쁜 날보다 좋은 날들이 왜 그리도 많고 많은지~'〈배웅〉을 부르던 날, 그 절절한 노래를 들으며 내 가슴이 익숙한 그대를 한번 안아보고 싶은 님을, 집을 나설 때 따뜻하게 한번 안아줄 걸 후회했다. 별님! 좋은 노래 들려줘서 고맙소 고맙소 늘 사랑하고 감사하오.

제 나이 올해 65세

박옥서

23세에 5남매 장남과 결혼해서 43년간 시어른 모시고, 3남매 키워서 결혼시키고, 남편의 건강이 좋지 않아서 병원에 자주 다녀야 하는 일상생활 중, 별님의 노래를 듣고 지금까지 힘들게 살아온 마음속 응어리가 눈 녹듯이 녹았다.

영화관에서 딸하고 첫 화면을 보는 순간, 반가움의 눈물이 주르르 흘러내려 감당이 안 되어서 옆자리에 앉아있는 딸애 보기에 부끄러웠다.

수많은 가수의 노래를 들어봤지만 이렇게 마음을 주고 마음을 빼앗긴 이런 감정을 느낀 적은 처음이다.

내 나이 5년 후면 70세가 되는데 아들에게 나의 진심을 농담처럼 말하기를 "아들아 지금부터 적금 들어 70세 생일날 별님 초대해서 파티를 해다오" 했더니 사위도 함께 동참하겠다고 한다.

별님 노래를 들으면 마음이 편안하고, 행복하고 앞으로 변함없이 사랑하는 마음으로 영원한 팬으로 살아갈 것이다.

미녀 삼총사가 짜잔~ 나타나셨네요

박옥이

드디어 책이 나오는구나! 아직도 설마 댓글로 책이 나오랴? 하고 반신반의했었나 봐요.

세 분 말씀 들으며 약간 소름이 돋았답니다.

황혼 육아에 지쳐 몸과 마음이 우울할 때 만난 별님의 노래는 나를 위로해 주고 녹여 주었어요.

별님을 넘 좋아하면서 만나게 된 선영대 생활, 카페, 스밍 등등…

모두 경이로운 경험이고 하루하루 설레는 맘으로 참여해 봅니다.

여고 동창 4명의 단톡방은 온통 호중 관련 이야기뿐입니다(사실 예전에는 성형수술 이야기가 많았었거든요~ㅜㅜ)

별님에 대한 사랑과 식구들의 저력을 보여줄 기회가 찾아왔습니다. 공적인 출판을 위해 호이팅 할 것을 다짐해 봅니다.

그리움, 유월의 잎새에 얹어

박옥자(자야)

1. 흐드러지게 피었던 벚꽃잎이 떨어져 흩날리는 것을 보니, 내 눈물이 떨어지는 것 같아 마음이 찡하네요. 가지마다 꽃송이 달고, 좀 더 꼭 붙잡고 있었으면 좋을 텐데.

   2년 전 암으로 고생하다 하늘나라로 벚꽃 구경 떠난 양반이 보고 싶네요.

   가수의 〈천상재회〉를 들으며 그리움으로 빈자리를 채웁니다.

2. 며칠을 흐린 기억 속에서 출렁이듯 보냈어요. 꽃이 진 자리에 오월이 오더니, 이파리들 푸르게 또 유월이 왔습니다. 세월이 가서 제가 늙어 가는 것은 그렇지만, 우리 가수가 눈앞에 나타난다는 사실은 즐겁습니다. 그러니 유월은 특별한 달이네요. 반갑게 맞이하여 뜻깊은 달이 되도록 열심히 살아갈 거에요.

사랑하는 마음 가득한

박유자

책의 발간을 축하드립니다. 다들 너무 수고가 많으셨고, 두 분의 유쾌한 방송 감사드립니다.

지숙님 건강은 어떠하신지요? 호중씨를 사랑하는 마음 가득한 시 가슴이 아려옵니다.

제6부

내 가수의 선한 영향력

음악 감상실의 추억

박인순

저는 젊은 시절에 세운상가 주변에 있는 제약회사에 근무했어요.

종로2가에 있는 음악 감상실 '디쉐네' 또 무교동에는 '쎄시봉'을 번갈아 다녔고, 클래식 감상실은 '르네상스'였죠. 저의 20대는 참 낭만적이고 멋있는 시간이었어요. 음악을 좋아하는 친구들과 만나고, 윤형주 가수를 좋아했고, 〈딜라일라〉 노래를 좋아한 미니스커트의 예쁘고 발랄했던 소녀였어요.

긴 세월이 흐른 뒤, 지금은 깊은 감동을 주는 테너 호중에게 매료되어, 그 옛날 음악 감상실을 쏘다녔던 그때로 회귀한 것 같은 벅찬 감동의 나날을 보내고 있습니다.

호중을 사랑하는 학우들과 매일 안부를 나누며, 서로 위로하며 선한 영향력을 나누는 선영대학에 입학했고, 20학번 당당한 학생으로 등교합니다.

그 옛날 세운상가를 지나서 음악 감상실을 다녔던 순수한 젊은 시절의 못다 한 행복함을 가슴에 품고 오늘도 선영대학 교정에서 서성입니다. 학우님들도 얼른 달려오세요. 저랑 같이 활짝 웃으며 공부 시작해요.

정말 댓글이 재미있습니다

박점숙

정말 댓글이 재미있습니다. 9월에 책이 나오면 꼭 사서 읽어 봐야 될 것 같아요. 책 내용이 기대됩니다.

영덕 바닷가에서 먹던 초콜릿의 맛

박정림

저도 어릴 적 외삼촌 집에 풍금이 있어 맘대로 두들기다 반주도 조금 넣던 기억이 새롭네요.

조그마한 항구를 끼고 있던 영덕의 바닷가라 가끔씩은 미군 배가 정착해 있어 아이들이 줄 서서 얻어먹던 초콜릿의 그 맛은 잊을 수가 없었지요.

또 어느 날 까만 깨가 뜬 동동주를 친구를 불러 한 사발 들이켜 술에 취한 채, 집 가까운 초등학교 운동장 아카시아 나무 밑에 모래를 끌어모아 방을 만들며 놀다 잠들어버려 엄마들이 난리가 났었죠. 그다음 날 학교에 가니 '술쟁이'라고 소문이 나서 헉^^ 지금 생각해도 아찔해요.

애기귀신 나온다는 목넘어 계곡은 여름밤이면 동네 목욕탕이었어요. 술쟁이 친구들 잘 살고 있제?

지금은 거울 앞에서 선 할머니가 되었지만, 멋쟁이로 남고 싶은, 한참 흑백영화 같은 어린이로 돌아가 있는데 7살 손주가 전화가 와 떠들어댑니다.

"할머니 엄마 아빠랑 키즈까페 함께 가요. 할머니도 마스크 하고 오세요."

"할머니는 친구랑 수원지 간데이~ 늬들끼리 잘 놀다 오거라."

7남매의 맏이로 늬들 알제?

박정숙

저는 20학번 어리바리 7학년 6반이며, 1회부터 하루도 빠짐없이 눈팅과 청강만 하다가 오늘은 용기를 내어 댓글을 달아봅니다.

저는 노래 '노'자도 모르고 살다가 친구의 권유로 호중의 천상재회 노래를 듣던 중, 가슴이 터져 나갈 듯이 툭 트이면서 30년 불면증이 치료되었습니다. 그때부터 블랙홀에 빠져 헤어 나오지 못하고 하루 종일 폰을 손에서 내려놓지 못하고 있습니다. 나보다 더 사랑하는 호중 바라기로 살며 나이가 야속하다고 한탄도 해 봅니다.

저는 7남매 맏딸로서 지난달 고향으로 내려가 7남매(딸이 다섯) 다 모아 놓고 호중에 대한 홍보를 3시간 동안 했습니다. 호중 매력과 뮤직 닥터의 체험도 들려주고, CD를 나눠 주면서 모두가 엘리트인 7남매와 제부가 호중을 좋아하게 만들었어요. 다들 손뼉을 치면서 언니가 사는 모습이 너무 좋다며 감동하여 제 마음이 구름 위를 둥둥 나르며 돌아왔답니다. 요즘은 카톡으로 '그대 고맙소' 시간 알려주고 선글 방송도 보내주며 삽니다.

대단해요

총장님처럼 이렇게 자료 분석을 완벽하게 하며 조목조목 경영 철학으로 우리 가수, 우리 별님을 평가 대상이 아닌 배움의 정석으로 귀하게 강연하는 방송 본 적이 없어요.

영상을 몇 번씩이나 보면서 느낀 건 그저 입이 떠억 벌어지면서 말이 나오지 않아 댓글을 한참 후에야 하게 되었습니다.

미래의 국보, 보물 : 트바로티 김호중

박종려

국립중앙박물관에서 '새 보물이 납시었네' 전시회 관람 후 출구에서 질문지를 만났다.

1. 내가 생각하는 미래 국보와 보물은?
2. 그 이유는 무엇인가요?

일행들에게 '먼저 가'라며 질문지를 쓰는 내 가슴은 콩닥콩닥 뛰었다.

1. 트바로티 김호중
2. 불우한 환경을 극복하고 봉사하며 꿈을 향해 노력한 아름다운 청년, 천상의 목소리는 코로나로 지친 사람들에게 위로와 힘이 되어주는 빛이요, 소금이다. '그대 고맙소.' '살았소. 살겠소' 친구가 왠지 수상하다며 돌아오더니, 잘 보이는 곳에 반듯하게

196   제6부 내 가수의 선한 영향력

꽂아둔 내 설문지를 용케도 찾아 읽고 놀린다.

"너 단단히 미쳤구나. 보물은 물건을 말하는 거여, 으이그~"

내겐 보물 1호가, 누가 뭐라 해도 〈트바로티 김호중〉인 걸 어찌하랴.

훗날 내 바람이 반드시 이루어질 듯한 뿌듯함으로 친구들에게 〈천상재회〉를 들려주며 자랑했다. 김호중 가수의 노래로 날마다 가슴속에 보라별빛이 반짝인다.

어차피 내 사랑

박찬원♡예닮

지나가는 사람들이 빙그레 웃는다. 분명 노할머니인데 머리 빛깔이 예사롭지 않다. '아! 보라소녀.' 어릴 적부터 보랏빛 라일락 향기 그 첫사랑 꽃말처럼 아련한 보랏빛 연정을 일으킨 이가 김호중 가수다.

그가 내 첫사랑이 되어 돌아와 주었다. 경연에서 열연했을 때부터 호중씨 찐팬들 사랑에 나는 감히 낄 수도 없음에 그저 어깨너머로 그리워만 했다.

기타를 가르치는 예별 선생님도 매일 호중씨 노래에 취하며 소녀적 감성을 일깨워 응원한다. 컴맹인 내게 카페도 가입시켜주며 폰 컬러링도 〈천상재회〉로 넣어 주셨다. 홈쇼핑에 나오는 광고 상품도 구입하고, 앨범을 사서 가슴에 꼭 안고 디카로 추억앨범도 남긴다.

호중씨 앨범 속에서 첫사랑, 고마운 선생님, 천국에 가신 할머니도 만난다.

어느새 나도 보라 소녀가 되어 별님을 품었다. 티셔츠도 잠바도 온통 보랏빛이다. 가슴속 깊은 곳에서 내뿜는 노래는 나를 취하게 한다. 그가 내 안에 있어 행복하고 감사하다. 그가 만인의 연인일지라도 난 괜찮다. 어차피 내 사랑일 테니.

멋진 노래로 나의 첫사랑 〈애인이 되어줄게요〉 잊었던 감성을 깨워주고 사랑할 수 있는 기적을 주었고 그 기적을 간직하며 날마다 호중씨의 건승을 축복한다.

아무 걱정하지 말아요

박추자

날마다 이런 벅찬 일이 일어나도 되는지 꿈만 같습니다. 날아갈 듯한 이 기분. 해외에서도 우리 가수 호중씨를 생각해주는 그 사랑이 너무나 크고 대단함에 존경스럽지요. 그러니 호중씨, 외로워하지도 슬퍼하지도 기죽지도 마시고 몸 건강히 군 복무 마치고 우리 곁에 오셔요, 십일만이 보라 우산을 펼치고 기다리니까 걱정하지 말고요. 우리 복덩이 김호중 가수 사랑하고 고맙소!

안녕하세요?

방송 중에 나오는 영상, 물이 흘러넘치는 계곡, 보기만 해도 시원합니다.

코로나 때문에 어디 나가지도 못하는데, 여행에서 촬영한 것을 이렇게 보여 주신다고요?

제가 다녀왔던 그 계곡에도 지금 물이 흐르고, 나무들은 잎을 늘어뜨리고, 새들은 숲으로 날아가겠지요?

발을 담그고 우리 가수의 노래를 듣고 싶습니다. 풍경이나 나만의 길이 좋겠어요. 하긴, 어떤 노래를 불러도 우리 가수의 노래는 영혼을 흔들고 온 가슴에 스며드는 것을요.

천둥이 치는 밤엔

박희자

간밤엔 번개와 천둥이 치는 밤이었어요. 죄를 많이 지었는지 무섭더군요.

그럴 때 좋은 방법이 있어요. 바로 김호중의 노래를 찾아서 듣는 거예요. 목소리가 워낙 맑고 크기 때문에 오히려 천둥이 무섭다고 도망갈 것 같아요. 감히 천둥과 비교되는 음성, 천상의 목소리가 바로 김호중의 매력이거든요.

비 온 다음 날은 놀랄 만치 날이 맑아요. 햇살이 잎사귀 사이를 비추면 맑음이 음표처럼 딸려 나오더군요. 그러면 또 김호중의 웃음과 선한 행동들이 뒤따라와요. 이번에는 햇살과 비교되는 모습, 지상의 아름다움과 환한 밝음이 김호중의 모습이거든요.

제가 좀 너무한다고요? 그래도 제 맘이니까 뭐 어때요?

할머니의 가수가 손주 가수가 되길

박희정

여태 72년을 살면서 연예인 관심 가져 보기는 처음인 저가 신기하기도 하고 이해가 안 될 때도 있습니다.

하지만 제 맘 어느 곳에 그런 열정이 숨어 있었는지 호중의 노래에 스며들고 빠져 삽니다.

뭐라고 딱 꼬집어서 말하진 못하지만, 자식들이 줄 수 없는 삶의 즐거움이 그의 노래에 있습니다.

호중을 늘 응원합니다. 제 손주들도 김호중 팬으로 만들고 싶어요.

"할머니의 가수가 내 가수가 되었다."

이런 말 꼭 듣고 싶어요.

그리운 별님

반정화

아침을 먹다가 총장님이 내 댓글을 읽어 주셔서 깜짝 놀랐어요. 별님 카네기홀에서 공연할 때 함께 가서 축하해 주려고 선영대학에 입학했거든요. 아플 때나 기쁠 때나 별님 노래를 들으면서 하루를 보내는 호중바라기예요.

별님이 사회복무 잘하고 있을까 걱정도 하고, 잘 되기를 기도도 하고, 늘 별님이 그립습니다.

나의 버킷리스트

반희선

2020년 6월, KBS 평화음악회에 김호중 가수가 실버합창단과 함께 〈친구여〉를 부를 때, 제 소망의 싹이 움트기 시작했습니다.

중고등 시절엔 합창반에서, 결혼 후엔 교회에 다니면서 성가대와 중창단에서, 성인 일반 합창단에서 활동을 해 왔고 노래 듣기와 부르기를 좋아하기에 당연히 실버합창단에 눈길이 갔습니다.

나이 들어도 음악에 대한 열정은 그대로였기에, 백 코러스로 부르시는 그들의 모습을 보면서, 팬 합창단이 결성된다면 별님이 공연하는 곳마다 따라다니며 같은 무대에 섰으면 하는 바람이 생겼습니다.

김호중이 카네기홀에서 공연하실 때, 합창단원으로 무대에 같이 선다면 얼마나 좋을까 상상해 보며, 저에게도 이루고 싶은 버킷리스트가 생겼답니다. 더 나이 먹기 전에, 더 건강 잃기 전에, 그 꿈이 이루어질 수 있다면 참으로 행복한 팬이 될 것 같아요. 제 꿈이 멀지 않은 날 이루어지길 간절히 기도합니다.

김호중도 카네기홀에서 꼭 노래를 불러주세요. 그 버킷리스트를 공유하는 기쁨으로 오늘도 호행합니다.

별님 노래로 식물이 잘 자란다니까요

방영숙

몇 십 년 만에 글씨를 쓰려니까 받침이 맞는지 틀리는지 모르지만 써 봅니다.

어느 날 우리 부부에게 암이란 병이 찾아왔어요. 항암과 치료를 하러 산골로 이사를 했지요. 이곳에 익숙하기도 전에 코로나로 인하여 자식들과 친구들을 만나지도 못할 때 TV에서 별님의 노래가 나와 빠져들었지요.

찬송가만 듣고 부르던 나였지만 어느새 별님의 노래는 나의 일상이 되었습니다. 어느 가수를 좋아한 적도 팬이 되어 본 적도 없는 내가 별님 팬이 되었습니다.

노래를 듣고 TV를 보고 앨범을 사면서 가수가 힘들어 보이면 안쓰럽고 기뻐해도 눈물 나고 보고파도 눈물 나니, 두 아들의 엄마이고 두 손주의 할머니가 이래도 될까 생각도 듭니다.

울 낭군과 동생댁은 이런 나를 보고 한심한 듯 바라봅니다. 그러든지 말든지 별님 때문에 식물이 잘 자란다고 큰소리를 치기도 합니다. 하얀 도화지에 별님 그림을 그려 봅니다. 별님의 보랏빛은 용기와 희망 또한 하늘과 땅의 북두칠성이 아름답게 빛나며 어둠은 물러가고 반짝반짝 밝아지는 그림입니다.

제 촉을 믿어요

배미숙

처음부터 우리는 예사롭지 않다고 생각하였는데 역시 세월을 허투로 지나지 않았지요.

1년이라는 시간을 보내고 보니 더욱 가슴과 피부에 와 닿아 한 가수를 사랑하는 이 많은 우리 학우들의 뭉쳐진 힘이 세계 이슈를 만드는 게 아닌가. 회오리바람을 일으킨 우리 가수님의 명보컬과 열렬한 팬인 울 총장님의 큰 그림의 리더십 덕분도 있겠지요.

10~100만 대군을 이끌고 가며 아주 멋진 순항을 하리라 믿어 의심치 않아 선영 학우들은 잘 따르리라 생각이 들어요. 노력해 주시는 분들께 감사를 드리고 울 가수님이 부르는 천상의 노래가 우리나라 국민은 물론 전 세계인들까지 용기와 희망과 위로가 되길 바랍니다.

김호중 기념관을 꿈꾸면서

배연자

1. 김호중 가수의 선한 영향력이 수많은 팬들에게 꿈과 희망을 줍니다. 용기를 잃은 분들께는 노래로 힘을 드리고, 아픈 분들께는 치유를, 후배들에게 '꿈은 이루어진다'는 자신감을 심어 줍니다.

가수의 기념공간이 만들어진다면 얼마나 좋을까요? 그곳에 수많은 청년들이 모여 음악을 이야기하고, 미래를 기약하고,

함께 만들 아름다운 세상을 논합니다. 우리 같은 할머니들도 음악 듣고 손뼉 치고 떼창하며 즐거워할 겁니다. 시니어 합창단과 봉사단을 만들고, 사회의 그늘진 곳을 찾아 음악을 들려줍니다. 상상만 해도 기분 좋고 행복한 일입니다.

2. 선영대학 개교 1주년에 사회기여를 배웁니다. 일어나자마자 웃고 또 웃으며 개교 1주년의 기쁨을 나누려고 달려왔어요. 날마다 갈 곳이 있고, 만날 사람이 있고, 날마다 정담 나눌 친구들 있어 나는 오늘도 살맛 나는 할무니랍니다. 고객존중과 진실한 상도덕과 맛으로 승부를 걸었던 교촌 창업주 회장님의 통 큰 사회기여에 박수를 보내드립니다.

가끔 결석도

배옥련

오늘도 어김없이 등교했습니다. 그러나 지각해서 죄송합니다. 복습으로 열공하겠습니다.

어려운 것은 넘어가고, 잊어먹는 것도 있으니까 이해해 주세요.

돌아서면 잊어먹는 이 습관을 어찌해야 하나요? 그래도 김호중 가수 이름과 노래를 잊지 않는답니다.

오늘은 〈고맙소〉와 〈골목길〉을 들으며 남은 시간도 함께 할래요.

호기심, 그리고 버킷리스트

Sungin Bazan

1. 저는 호기심이 많은 편입니다.

   특별한 씨앗을 발견하면 싹틔우기를 해야지만 직성이 풀리는 사람인데요.

   꽃씨와 과일씨로 식물을 가꾸는 장승연님의 행복한 모습을 상상해 보며 부러워하는 중입니다.

   제가 미국에 살 때는 정원을 꾸며 갖가지 열매를 땄고, 시금치도 심어서 나물을 무쳐 먹었던 기억이 납니다. 이곳에서는 고작 꽃을 보는 것으로 끝입니다. 도시의 생활이란게 뭔가를 가꾸거나 싹틔우는 일이 쉽지 않기 때문이죠. 염소똥만한 분꽃 씨앗을 깨트리면 가루분 냄새가 난다고 하니 꼭 해 보고 싶고 또 꽃씨를 발아시켜 볼 꿈을 꾸고 있습니다.

2. 이제야 깨닫게 되네요.

   버킷리스트가 많으면 많을수록 내 인생이 더욱더 풍성해질 거란 걸요.

   내 버킷리스트는 무엇일까? 아직도 꿈꿀 시간이 남아있다는 것은 행복한 일입니다. 꿈 꾸는 사람은 아름답다고 하죠.

   별님 콘서트에 꼭 가는 것, 별님이 더 큰 가수로 우뚝 서는 것을 보는 일, 별님 응원을 오래오래 계속 하는 일, 언젠가는 우리 별님을 만나는 일, 반짝이는 그 눈을 가까이에서 바라보는 일… 그리고 우리 가족의 건강과 평온이 늘 나와 함께 하는 것입니다.

경쟁하듯이?

어머나~ 가수의 찐팬들이 마치 경쟁하듯이 사랑을 표현하고 자랑하는군요.

참 감사해요. 우리 가수님은 정말 사랑스럽죠. 매시간 봐도 보고 싶어요. 저도 마음을 뺏긴 사람이에요.

울 가수님이 제대한 후 그 천상의 목소리의 인기가 방방곡곡에 울려 퍼져 많은 사람들에게 위로와 치유가 되길 원합니다.

우리 선영대 학우들은 서로 우정을 쌓으면서 행복하게 그날을 기다리기로 해요.

그저 감탄만 나오네요.

참 대단한 분들이 함께 하셔서 그저 감탄만 나오네요. 무엇보다 총장님, 그 탁월하신 소통 능력 존경합니다, 연자 형님의 열정도 정말 아름답구요,

우리가 사랑하는 가수는 어깨 뽕 팍팍 올라가도 되겠습니다. 이런 대단한 분들의 응원과 사랑을 한 몸에 받고 있으니까요.

새 삶

배정희

2002년 월드컵 때 저의 인생은 혼란 속에서 아우성을 쳤습니다. 지금은 울 별님을 마음에 품고 나름 편안하게 살고 있고, 우리 아리스님들을 형제 삼아 저 혼자 열렬히 짝사랑합니다. 살게 해 주어서 고맙습니다. 제 마음에도 새순이 움트고 꽃이 피는 나날이 되었으니까요.

날마다 노래 한 곡 소개해요

배주은

1. 슈만의 〈트로이메라이〉 우리 가수님의 원대한 꿈이 영글고 만개하여 흩날리는 날을 기다리며 '별님 한 모금 나 한 모금' 뜻을 담으면 어떨까요?

   감성도 풍부하고, 천상의 목소리도 지니고, 운동도 잘하는 멋진 우리 가수님. 인성까지 좋고 사랑과 정도 많으니 최고의 멋쟁이라고 부르고 싶습니다.

2. 별님과도 연관성이 있고, 날짜와 계절, 사회 분위기와 시의적절한 노래를 찾아 날마다 한 곡씩 학우들께 소개하고 있습니다. 음악을 좋아해서 머릿속에 차곡차곡 담았던 곡들을 하나씩 꺼내놓으며 함께 듣자 청하니 신이 납니다.

   아침에 일어나면 제일 먼저 날짜를 봅니다. 6월 6일은 현충

일이니 나라를 위해 목숨 바친 호국 영령들을 위한 기도의 노래를 떠 올리고, 그런 노래의 제목들을 뽑아봅니다.

뒤이어 여름이 따라오니, 살짝 뜨거우면서 경중대는 그런 음악을 뒤져보고, 날씨가 흐리고 비가 내리면 경쾌한 노래이거나, 비와 관련된 음악을 찾아봅니다. 머잖아 100곡 소개에 닿을 것 같아요. 만약 저의 뇌가 말랑말랑해지고 있다면 그건 오로지 별님 덕분입니다.

세계무대에서 활약을 기대하며

배화

함께 배우는 영어가 너무 재미있습니다.

제가 배운 영어는 외국인 앞에 서면 한마디도 못 하는 문법 위주의 학교 영어 공부였는데, 이렇게 쉽고 재미있게 공부할 기회를 만들어 주셔서 감사드리고, 엄청 고급 영어를 하실 줄 알았던 총장님께서 허당 영어로 용기를 주시니 저도 감히 용기를 냅니다.

쉽게 강의해 주시는 이근철 선생님 감사합니다. 이 모두가 가수로 인하여 만들어진 좋은 기회라고 생각하니 우리 가수가 더 소중하게 느껴지고, 앞으로 세계무대에서 활약하게 될 가수도 함께 강의를 들으며 열심히 공부하면 좋겠습니다.

학우들이 만드는 선영대학

백남심

와와 드뎌, 행폭대학(행복이 폭발하는 대학) 선영 자율대학 총장님께서 선글라스를 벗고 근엄한 모습으로 나오셔 취임사를 전하네요. 프레젠테이션까지 만들어 보여 주시니 전하는 말씀 모두 기록하며 들을 수 있었습니다.

'마누라를 빼앗겼어요'로 시작한 대학, 마누라를 빼앗겼다는 말은, 가장 소중한 것을 빼앗겼다는 뜻이 담겨 있었는데 1년이라는 시간 속에 그토록 소중한 것의 버금가는 것, 또는 그 이상의 것을 얻었다는 감회가 새로우시죠? 조목조목 정리해 주신 말씀이 넘 좋아서 옮겨 봅니다. 나를 태워 행복을 만드는 대학, 나누어서 함께 하는 대학, 벽돌 한 장씩 쌓아가는 대학, 꿈을 현실로 만드는 대학, 그 꿈을 향해 한 발 한 발 다가가고 한 장 한 장 쌓아가며 함께 채워가는 대학, 선영 자율대학의 현주소네요.

향수, 철학, 치유, 소망, 노래, 회한, 사랑의 과일들이 영글기 시작해서 선영문집이 그 발간을 앞두고 있습니다.

과일의 일곱 가지 좋은 풍미 다 담아서 특별한 맛을 내는 新선영 眞선영문집을 기대해 봅니다.

우리 학우님들이 직접 쓰고 편집하여 우리 힘으로 만들었으니 그 가치가 더 없이 소중하겠지요.

희망의 등불이 되어

1. 우리는 누구나 후회하고 반성하며 살아갑니다.

    지난 시절, 누군가를 미워하고 비난하며 상처를 주기도 했습니다. 이웃과 친구에게 좀 더 잘해 줄 걸, 후회도 합니다.

    수업료 전교생 전액 면제인 대학에서 옛날을 생각하며 공부하고 배웁니다.

2. 어슴푸레한 어둠 속, 달밤에 환하게 피는 박꽃처럼, 어느 날 어느 순간에 희망으로 다가와 준 우리 가수

    '우리가 끝까지'라는 희망의 등불이 되어 우뚝한 우리 가수.

    나의 가슴, 아니 수많은 학우의 가슴 저 깊숙이 자리 잡아 꼼짝을 못하게 하는 우리의 가수. 복무 잘하고 어여어여 우리 곁으로 달려올 날만 기다리면서 오늘도 힘찬 박수로 응원합니다.

삶의 기쁨

별님을 알고부터 내 인생엔 변화가 생겼습니다. 천상의 목소리를 가진 별님의 노래를 듣다 보면 마음이 설레어 묘한 기분에 생기가 돋습니다. 선영대 학우님들과 같은 마음을 소통하며 댓글에 대댓글 써 주시는 자상함도 삶의 기쁨이 되었습니다. 별님 덕분에 만난 인연 소중히 간직하렵니다.

절대 기죽지 마세요

베고니아

내 사랑 별님이시여 맘 밟혀 하지 말고 군대 잘 다녀오세요. 걱정 말아요. 때가 되면 가고 때가 되면 온다지요. 어디든 별님 소리 따라갈 테니 어디 가든 기죽지 말고 앞만 보고 가시게나. 우리가 꼭 지키고 있을 테니 아무 염려 마시게나. 내 사랑 김호중. 별님과 아리스는 사랑입니다.

염려증, 미안해요

베로니카

정말 대단하십니다. 왜냐고요? '우리 가수 군대 가면 어떤 스토리로 이 방송을 진행할 수 있을까?'라고 염려했는데 그것은 저의 괜한 '염려증'이었습니다.

선영대학이라는 기발한 아이디어… 금요일마다 생활영어와 배꼽 잡는 댓글 읽어주기 등등 정말 무에서 유를 창출하는 훌륭한 한국의 인재 중에 인재입니다.

가수의 입대 전 〈배웅〉 노래하는 모습을 저의 뇌리에서 지울 수가 없네요. 아가가 추운 데서 놀다가 방으로 들어온 모습처럼 보여서 따뜻한 가슴으로 감싸주고 싶은 심정이었답니다.

님을 두고 떠나야만 하는 서럽고 애틋한 눈동자, 눈물을 감추어야만 하는 그 선한 눈빛을 잊을 수가 없네요.

〈배웅〉 노래를 배워 남편 앞에서 멋지게 불렀더니 천재라고 하네요. 그 긴 곡을 악보도 안 보고 잘 부른다고요.

세월이 달구지라면, 앞장서서 끌고, 오늘 제대하는 날로 만들어 버리고 싶지만~~^^

스승의 날 방송을 들으며

문득 초등학교 1학년 때 담임 선생님이 생각이 납니다.

제가 어릴 때 병원에서도 포기할 정도로 건강이 안 좋았다고 했습니다. 목도 가누지 못하고 걷지도 못했는데 기적적으로 초등학교 입학 한 달 전쯤 회복이 되어서 걷게 되었고, 학교에 다니게 되었습니다.

그런 제가 안쓰러워 어머니가 담임께 말씀드렸고, 선생님은 제가 넘어질까 봐 항상 옆에서 잘 보살펴 주셨습니다. 태어나 처음 보는 미끄럼틀을 올라가기는 했는데 내려오지 못하고 망설이는데 선생님이 올라오셔서 저를 안고 내려오셨고, 선생님 댁이 우리 집을 지나가야 했는데 맞벌이하는 부모님 부재를 아셔서인지 퇴근 후 꼭 들러서 머리 한 번이라도 쓰다듬고 가셨습니다.

저를 많이 예쁘다 해 주셨던 '정계종' 여선생님이십니다. 선생님의 성함 잊을래야 잊을 수 없는데 제가 나이가 들어 뒤늦게 찾으려고 노력해 보았지만 찾을 수가 없었습니다.

좀 더 일찍 찾아 은혜를 보답했어야 했는데 많이 후회가 됩니다. 선생님 뵙고 싶고 고맙습니다.

훈련소에서 인기 짱!

변정화

　사랑하는 별님! 훈련소 입대하는 날, 짧게 자른 모습 귀엽고 예뻤어요. 훈련 잘 받고 오세요.

　별님은 축구도 잘하고, 운동도 못하는 게 없으니 훈련 잘 받고 오리라 믿어요.

　훈련소에서도 인기 짱일 것 같아요. 돌아올 때까지, 아니 언제까지나 별님 노래 들으면서 응원하고 기도할게요.

계절과 사랑

변해인

　봄이 오면 꽃들이 활짝 피고 봄의 사랑이 첫 봉우리를 내밀며 찬란한 핑크색과 새빨간 버찌 입술들은 다이아몬드처럼 영롱하니 눈부신 햇살의 환한 미소가 꽃들을 숨 멎게 하네. 4월의 아이는 사랑스런 봄의 아이. 하지만 가을이 오면 피어나는 꽃은 간다. 화사한 꽃들이 져버리고 푸르른 나뭇잎이 바람에 날리듯 사랑도 도망치듯 빠져나가네. 한때 당신의 사랑이었던 그 사랑도 바닥에 떨어져 찬 바람 속으로 사라져가네. 이제는 작별을 고해야 할 시간이야. 사랑했던 사람들도 때가 되면 사랑과 함께 가고 결코 한곳에 머물지는 않거든. 한 때는 너의 것이었지만 이제 겨울이 오면 거친 바람에 찬 눈이 오고 마음마저 얼어붙지. 다시는 믿고 싶지 않아도 사랑은 거기 있었어. 그러다 흔적도 남기지 않고 사라지지. 꿋꿋이 버텨야

해. 겨울이 다가와서 마음을 얼어 붙게 만들었지만 한때는 사랑으로 채워졌던 가슴이었잖아. 겨울이 지나고 여름이 오면 모든 얼음과 눈을 녹이고 있으니 너의 친구들이 도울 준비가 된 걸 알면 너를 도와 상처받은 마음을 어루만져 준다면 응어리진 마음이 다시 힘차게 움직이리. 한때는 그 자리에 있던 사랑 지금은 가버리고 없는 사랑이 물이 얼고 또 녹아 다시 물이 되듯이 혼자가 아니란 걸 잊지 마. 여름사랑의 마법 같은 거지.

열매를 맺을 사랑

변향숙

온갖 꽃들과 향기로 화려했던 4월도 떠날 차비를 마쳤나 봅니다. 참으로 많이 분주했던 나날들이었습니다.

좋았던 순간은 기억으로 남고 행복했던 시간들은 추억으로 남겼습니다.

내리는 봄비는 여린 나뭇잎을 초록으로 물들이고 그를 향한 내 맘은 그리움으로 물들입니다.

당신을 좋아하니 내리는 비도 좋고, 당신을 사랑하니 스치는 바람에도 설렙니다.

신록과 장미의 계절이 다가오는데 욕심으로 살지 않고 감사로 살게 하며 별님과 모든 이에게 기쁨의 향기가 가득한 5월이 되었으면 좋겠습니다. 아름다운 수목원 길을 따라 거닐고 싶은 아침입니다.

어제 편지에 "다른 분들에 비해 보잘것없지만…"이라 썼는데, 응원하고 사랑하는 대상에 그런 게 어딨어요? 선곡 중에 '잘 가라 봄!' 1년 뒤에 다시 보자, 우리 사랑이 싹터서 열매를 맺을 거야. 빨리 여름 오고 가을, 겨울, 다시 봄 되면 아~~~ 행복한 여름이 곧 도착하겠지요?

노래의 물결을 일으켜 주소서

별님그리기

이별이 싫다던 내 가수, 잠시의 이별은 또 다른 만남이 되기 위한 유보의 시간인 것, 지난날의 추억 영상으로 위로받으며 기다리리라.

〈만개〉 티저 영상만으로 벅찬 가슴 쓸어내립니다. 얼른 돌아와 우리들의 가슴에 노래의 물결을 일으켜주소서. 감동의 폭포를 흘러 보내주소서.

추억이 돋는 방송이군요

별바라기

우리나라 최고의 고층 빌딩인 삼일로 빌딩에서 근무했었기에 종로 일대를 많이 다녔는데 오늘 종로 이곳저곳을 소개해 주시니 옛날 추억에 반갑네요.

건물에 음식 냄새가 나면 안 좋다고 구내식당이 없던 관계로 종로 2가, 3가 주변에 지정 식당이 있어 많이 가 봤어요. 그리고 제가 알기로는 세운상가가 우리나라 최초의 주상복합인 걸로 아는데 맞는지 모르겠네요.

단성사 맞은편에 허리우드 극장 영상을 보면서 저도 같이 걸어가면서 총장님 말씀을 듣는 것 같아요. 날도 더운데 영상 찍으시느라 고생하셨고, 덕분에 잘 봤습니다.

그리고 '김호중 소리 거리' 준공의 첫 삽을 뜨게 된 것 축하하고 함께 기쁨을 나눕니다.

솔향님이 소환해 준 기억

별사랑

세상에 많은 사람들이 살고 있는데, 그중에도 정말 진실로 사랑을 위하여 사랑하며 살아가는, 아름다운 사람들이 많네요.

오늘 솔향님의 인터뷰가 내 삶에 커다란 감동으로 오네요.

누군가 한 사람으로 인하여, 정열과 추억과 기다림의 삶이 있는 이 세상이 가슴 벅차게 좋아요. 그리고 눈물 가득히 아름답네요.

솔향님 좋은 풍경 보여주시고, 작년의 기억을 소환해 주셔서 고맙습니다.

내 가수의 선한 영향력

별이랑

참 좋은 아침이네요. 오늘의 강의 내용 하나하나가 정말 뜻깊어요.

삼각지 국수(배혜자)에서 CEO(10월 25일) '배려' 참 가슴 따뜻한 말이네요.

이 모두가 김호중 가수의 선한 영향력이라 생각합니다. 김호중의 팬임에 자랑스러움을 느낍니다.

저도 나름 괜찮은 친구

보나송이

오늘 아침 작은 배려에 대해 강의를 들으면서 저도 작은 배려를 했던 기억이 있습니다.

중학교 때 방학하기 전 7, 8월분 수업료를 납부해야만 학기말 시험을 치를 수 있었지요. 그런데 옆에 친구가 갑자기 어려워져서 납부할 형편이 아니라는 걸 알게 되었어요.

저도 납부 전이었기 때문에 서무실에 달려가서 여쭤보았지요.

"선생님, 한 달 분만 납부해도 시험을 볼 수 있어요?"

아버지께서 주신 수업료를 그 친구와 한 달 분씩 나누어 내고 시험을 치렀던 기억이 납니다.

그 친구 지금은 어디서 어떻게 지내고 있는지 보고 싶어요. 지난 어린 시절 생각해보니 우리 가수처럼 저도 꽤 괜찮은 친구였네요.

별님 캐리커처

보드리맘

다른 학우들처럼 긴 댓글을 쓰지 못해 아쉬워요.

제가 한쪽 손이 자유롭지 못하거든요. 한때는 실의에 빠졌지만, 별님 만나서 노래 듣고, 학우들의 댓글 읽으며 행복하게 살고 있어요.

매일 아침 놀라움을 반복하고 있어요. 훌륭한 선생님들과 함께 하는 선영대 학생이 된 것을 무한한 영광으로 생각합니다. 별님 캐리커처 '심쿵' 합니다. 전시회를 통해 많은 작품을 보고 싶네요.

영상을 보며 보고픔을 달랩니다.

보라냥

우리 가수가 보고 싶으면 저는 창원에서 열린 '소년소녀합창단 정기공연' 영상을 봅니다.

성악 목소리의 고음이 너무 아름답게 들립니다.

사람들을 위해 요리하는 순간, 별님 목소리를 반찬 위에 살짝 얹어 주고 싶은 마음입니다.

많은 사람들이 별님 노래로 더 많은 행복을 찾고 즐거움을 알았으면 좋겠어요.

자부심

　어려운 상황에도 노래를 포기하지 않은 가수님께 고맙고 팬들에게 부끄럽지 않게 열심히 살겠다는 글을 보면, 넘치는 사랑이 혹시 부담 되지는 않을까 걱정되기도 합니다.

　우리 가수는 예의 바르고 공손하고 진심으로 사람을 대하는 것 같아 자랑스럽습니다. 그 가수의 팬인 것이 자랑스럽습니다.

오늘도 좋은 하루 보내세요.

　음원 스밍 리스트 변경되었습니다. 15곡으로 담아주세요.

　가수를 응원하는 방법이 여러 가지가 있겠지만, 스밍이 큰 응원이라고 압니다. 사랑합니다. 학우님. 우리 열심히 돌리자고요. 노래마다 감정이 다르니까 들을 때마다 느낌이 달라요.

인격 좋은 별님

　학우님들과 같은 마음으로 함께하는 이 공간이 행복합니다. 김호중 씨의 노래는 그의 도전 정신, 불굴의 의지 가슴을 울리는 천상의 목소리, 명랑한 웃음소리, 정직하고 순수한 모습 등 정말 사랑스럽습니다. 항상 김호중을 사랑하고 응원합니다.

감동입니다

남외경 님, 안녕하세요? 님의 아름다운 글 즐겨봅니다.

총장님 말씀은 속이 다 시원합니다. 사람들 저마다의 생각이 다른데 이러니저러니 비판은 좋지 않은 것 같습니다.

우리 호중님 노래는 가사 한 글자 한 구절 온 정성을 다해 정확한 발음과 맑은 음성으로 부르는 모습이 감동입니다.

누가 나를 지탱하게 하는가?

남편이 돌아가신 그 해, 저도 영양실조로 쓰러지고 뇌경색 진단을 받았지요. 일 년 후 자궁암 수술과 치료도 받아 잘 살고 있었는데 갑자기 15년 동안 함께한 애완견이 제 품을 떠나니 충격이 컸었지요.

어느 날 TV를 켰는데 하얀 슈트를 입은 가수가 노래하는데, 앉지도 못하고 그대로 서서 끝날 때까지 하염없이 울었어요. 〈천상재회〉였어요. 그가 김호중임을 알게 되었고 찐팬이 되었지요.

딸들이 코로나로 만류했지만 〈그대 고맙소〉 영화를 기어코 보았어요. 굿즈, 자서전, 앨범도 구매하며 적극적인 팬 활동도 시작했어요. 멜론, 뮤빗, 소리바다, 지니, 플로 등 스밍하며 유튜브 프리미엄도 가입하고 클래식 앨범도 넉넉히 구매하여 샌프란시스코 사는 사돈에게까지 '우리가'와 함께 보내 드렸어요.

며칠 전 통화로 아주 노래를 잘한다고 하기에 카네기홀 초청 이야기도 했더니 딸이 뉴욕에서 만나 공연 가자고 하니 너무나 기뻤지요. 큰딸 내외도 팬 카페 가입해서 아리스가 되었어요.

김호중 가수가 이루고 싶은 꿈이 '옛날에는 부모님 가수였는데 이제 제 가수가 되었어요.' 이런 말 듣도록 손녀들에게 김호중을 좋아하도록 권유해야겠어요. 전화 벨소리와 컬러링도 호중님의 노래입니다.

제 아침의 비타민입니다.

빈마마빈체로

아침 7시면 방송을 켭니다. 오늘은 어떤 재밌는 이야기가 내 식탁 위에 앉을까, 궁금해하면서요.

다양한 강의는 물론, 학우들의 인생 경험담이 재미와 감동을 줍니다. 누군들 어렵지 않은 인생살이가 없겠지만, 저마다의 노력과 태도로 열심히 살아오신 이야기 들으니 제 삶과 비슷한 부분에서는 웃음이 납니다.

감동과 용기를 얻습니다.

군대 잘 다녀오셔요

빛계절

김호중이란 명품가수가 행여 다칠세라 걱정됨과 안타까움으로 조심히 잘 다녀오길 두 손 흔들며 인사합니다. 바쁘게 살아가는 시간이지만 별님 노래 들으며 선영대 학우들과 즐겁게 별님 이야기로 서로 소통하며 응원하렵니다.

혼자 가면 외로운 길을 선영대 학우들과 함께 걸으니 힘이 나고 신이 납니다. 언제나 이 자리에서 기다리고 있을게요.

추억 부자 그리고 감사

사마라아M

문득 제자들과 하루 종일 비를 맞으며 산행했던 기억이 났습니다. 30여 명의 아이들을 데리고 꿈을 확장시키고자 지리산 종주 산행을 했던 일입니다.

중1 아이들은 아직 어려서 자신들의 배낭을 메고 걷기에도 힘들었지만 '함께'라는 무기로 성삼재, 세석평전, 장터목을 거쳐 정상인 천왕봉에 도착했을 때, 서로 얼싸안고 소리를 지르며 환호했던 기억이 생생합니다,

몇 번의 고비를 이겨내고 낙오하는 친구들의 배낭을 대신 짊어지고 초콜릿 한 조각도 함께 나눠 먹었던 추억들도 새록새록 떠오릅니다. 그 아이들이 지금은 40대가 되었답니다.

지금 생각하면 무모했고 주변 선생님들도 만류했지만, 아이들과

함께 기차 여행과 산에서 캠핑하면서 비를 맞으며 도전했던 지리산 종주는 참 행복한 일이었습니다. 그걸 계기로 7년을 계속하게 되었답니다.

오늘도 김호중과 정주영 회장님, 윤여정 배우의 인생을 말씀해 주셔서 너무 감사합니다.

'신이 내려주신 가장 큰 것은 인간에게 감사하는 마음을 주신 것'이라고 어느 책에서 읽었습니다.

김호중의 노래를 들으며 함께 하는 학우들께도 고마움 전합니다.

'김호중 로봇' 탄생에 가슴이 쿵쾅

사월이

오늘 방송은 독특하네요. 주변에 고스톱 좋아하는 이들이 많아서 설명은 잘 알아들었네요. 인생도 고스톱의 원리라고 설명해 주시니 그 말씀이 답인 듯합니다.

드뎌 '김호중 로봇' 탄생에 가슴이 쿵쾅거립니다.

굽신굽신해도 부끄럽지 않은

사정숙

저는 남대문 시장에 있어요. 저희 가게에 우리 가수 사진을 40장 정도 붙여 놓았답니다. 좋아하는 마음을 숨길 수 없기 때문이죠. 가수 팬들이 오시면 넘넘 좋아하지요.

우리는 처음 만난 사이임에도 오래전부터 알던 것처럼 가수 이야기에 정신이 없어요.

가수 사진에 관심을 보이는 분이라도 오면 열렬히 홍보도 하지요. 우리 가수 많이 사랑해주시라고 굽신굽신 부탁도 합니다. 그래도 낯부끄럽지 않아요. 좋아서 웃음만 자꾸 난답니다.

나는 화전민이다

산(박종숙)

10년 전 파주 소재의 산으로 들어올 때는 도저히 사람 살 곳이 아니었다.

산은 잡목으로 꽉 찼고, 그나마 공간은 개장사가 점유하고 있었다.

나는 두 팔 걷어붙이고 내 권리를 찾아서 맨몸으로 뛰어들었다. 개장사를 쫓아내고, 산을 깎았다. 산림조합의 '숲 가꾸기' 제도를 이용하여 길을 만들었지만 살아갈 일이 막막했다. 아침에도 긍정, 저녁에도 긍정, '할 수 있다. 하면 된다.'를 되뇌며 장비를 동원했다. 대충 바닥을 만들어 컨테이너를 몇 개 들여놓고 여기서 사는 걸로 결정, 문제없다.

61세, 환갑(10년 전)이 된 나는, 새 삶을 개척하기 시작한다, 삽자루와 곡괭이, 호미와 낫이 전부이지만 컨테이너 안에서 먹고 자고 살면서 산을 깎는다. 풀을 베고 모아서 불을 지르고, 돌을 굴려 외발 수레에 담아 한곳으로 밀어다 놓고, 흙을 모으고, 뭔가를 심고, 아침부터 해 질 녘까지 반복하다 보면 어느새 해님은 넘어가고, 돌산은 높아지고, 흙 땅은 낮아진다. 내가 지금 산을 옮기고 있는가? 맞다. 나는 화전민이다. 이 산에 나 혼자 살기 뭣해서 젊은 총각을 모시고 산다. 그의 이름은 김호중!

김호중을 만난 후 첫 경험

산타곽

1. 다사다난한 일들을 1년 동안 압축해서 겪음
2. 교문 앞에서 서성이며 노심초사
   (김천예고 여러 차례 갔으나)
3. 아미들과 친해지기
   (덕질 잘하기 위해, 팬 활동의 비법 전수받으려고)
4. 엄마에게 반항하기
   (팬 활동하자고 협박과 설득하다가 포기)
5. 한 사람의 목소리에 집중하기
   (별님 노래나 음성 안 들리면 불안)
6. 연예인 때문에 공부해 보기
   (영어, 클래식, 종로선글tv, 발성 공부)
7. 가족이나 지인 외 다른 사람 위해 불공드리기 처음
8. 얼굴도 모르는 많은 사람들과 실시간 채팅하기
9. 엄청난 양의 삼행시, 댓글 쓰기
10. 직접 보지도 않는데 이렇게 설레는 건 뭔 일?
    (사진전, 영화, 자서전, 앨범)

모든 것이 다 자율적인 선영대학

삼(3)월의 봄꽃

학점과 출석일에 얽매이지 않으며, 개인 사정에 따라 수업 시간이 자유롭고 모든 학부 수업을 들을 수 있다. 총장님의 매력은 처음보다 더 환해진 얼굴빛과 맑은 웃음이며, 비타민 바이러스라 이름할 만하다.

가수에 대한 이야기를 중점으로 엮어 나가지만 한곳에 머물지 않고 날마다 '다양한 수업강좌'를 연다.

누군가는 박사학위와 경력을 강조하겠지만, 의무교육부터 박사학위의 전공 분야까지 다양한 분들이 출연하여 삶의 깊이를 들려주신다. 삶의 인생 선배요, 스승인 학우들의 강의가 최고다.

내 삶의 특별한 그 사람

서금주(아비가일)

2020년 3월, 우연히 채널을 돌리다 만난 '트바로티 김호중'이란 아름다운 청년이 내 가슴에 후~ㄱ 하고 들어오더니, 걷잡을 수 없는 불씨를 던졌다.

영혼을 울리는 목소리와 함께 화면으로 뿜어져 나오는 그 카리스마, 아무도 범접할 수 없는 아우라가 수많은 이들의 마음을 순식간에 사로잡아버렸다.

지극히 이성적이고 평범하던 내 삶의 패턴이, 폭풍처럼 휘몰아치는 사랑의 늪으로 빠져들어 '호중앓이'가 시작되었다.

70세가 넘도록 한 번도 경험 못한, 상상조차 않던 연예인 덕질이 시작되었다.

평생을 함께한 가족은 물론, 지인들도 깜짝 놀란 시선으로 바라보았지만, 정작 나는 모처럼 찾아온 달콤한 행복감과 나른하던 일상에서 탈출, 뭔가 의욕이 샘솟고, 역동적으로 변한 자신을 발견하고 또 한 번 놀랐다.

"이번 생신 선물은 뭐가 좋을까요?"

"김호중 팬미팅 티켓!"

"어이구, 호중씨가 효자 중에 효자네. 우리 엄마를 이렇게 행복하게 해주니"

고마워하며 손주들까지 동원해서 피켓팅에 성공, 앨범 구매 땐 밤잠을 설치며 '밀리언셀러' 달성을 위해서 열렬했다.

이 청년에게 포로가 된 이유는 그의 음악에 대한 열정과 팔색조 같은 매력, 또한 굴곡진 삶의 여정과 끝없이 펼쳐지는 다양한 음악적 스펙트럼 때문이다.

저도 함께 하고 싶어요

서덕순

별을 사랑한 이야기 너무 좋아요.

김호중 가수를 위한 실체적 응원 방법이라고요? 저도 함께 하고 싶어요.

배연자 홍보처장님
청문회가 무슨 필요합니까?

서명순

방청하는 내내 배꼽 잡으며 화려하게 걸어오신 발자취에 존경을 보냅니다.

여장부에 카리스마가 넘치는 행보에 박수를 보내며 든든하다는 말씀드립니다.

박영호 입학처장님도 환영합니다. 세 분 말씀 들으니 시간이 아쉽게 즐겁고 화끈합니다.

꿀잼이었는데, 홍보처장님 능력을 펼칠 기회가 더 많아지길 바라며 앞으로 활기찬 행보가 기대됩니다.

첫 벽돌을 놓으신 이름 모르는 학우님께

서미연

가을 아침에 넘 감동입니다 벽돌 하나하나가 기념관이 되겠지요.

님은 첫 벽돌이 되고, 첫 삽입니다. 님의 뜻에 동참하고 싶어요. 꼭 건강 챙기셔서 호중씨도 만나고, 손 꼭 잡으세요. 콘서트도 가시길 바랍니다. 저 또한 호중씨 노래로 치유가 된답니다. 우리 가수 김호중은 매력덩어리, 호탕한 웃음소리와 애교와 눈물도 많음과 남을 배려하는 마음이 아주 선하게 보이지요.

선영대에서 맞는 아침

서성이

오늘도 선영대학에서 하루를 시작해요. 예전에 우리 아버님께서 말씀하시기를 옷 잘 입은 거지는 당당하게 얻어먹는다고 하셨어요. 그 이유는 굶는 것은 남이 몰라도 의복이 빈약하면 남한테 무시당하고 자신감이 떨어지니, 스스로 당당하게 자존감을 잃지 말라는 뜻인 것 같아요.

날마다 방송을 들으며 지식과 지혜를 얻고 있어요.

달인들의 힘과 사랑을 믿어요

서수자

영리하고 똑똑한 젊은이들이 못한 책 출간을 황혼에 접어든 할머니 세대가 하고 있다며 총장님이 놀라네요. 그 말의 확신을 드리고자 선글도 벗었네요. 진실된 표정이 드러나고 호남형 깔끔한 용모가 훨씬 지적이고 세련돼 보여요. 황혼에 접어든 사람들의 인생 이력들은 몇 권 책을 출간할 분량들이 되지요.

인생, 그거 호락호락하지 않아요.

김호중처럼 겨우 열 살 때, 인생이란 무대에 주연으로 데뷔해서 艱難辛苦를 다 겪은 사람도 있겠지만 그것은 극히 드문 사례일 뿐, 대부분의 젊은이들은 조연의 인생 무대에서 연기하다가 이제 겨우 주인공을 맡아 직장, 사랑, 결혼 같은 어려운 문제를 풀어가는 여정에 오르는 중이지요.

그러니 험난한 인생 여정을 다 헤쳐 온 황혼 세대들의 스토리가 얼마나 눈물겹고 억울하고 감동에 비밀스럽고 조마하기까지. 우여곡절들을 풀어놓으면 그야말로 스펙터클한 인생 드라마예요.

이번에 선영대 학우들이 댓글을 모아 책으로 출간한다는 것은 여러 여건상 어렵지만, 또 한편으로는 어벤져스 군단이 꼭 해낼 일이라고 생각해요.

이미 겪어낸 저마다의 인생 드라마들과 어려운 일들을 대수롭지 않게 처리해온 수많은 경험들이 축적되어 있는 인생의 달인들이기 때문이지요. 달인들의 힘과 능력과 사랑이 김호중에게 닿기를 빕니다.

좋은 일이 있었어요

서영숙

친구들과 대천 바닷가에 가서 조개구이를 먹고 있었는데, 김호중의 〈유 레이즈 미 업〉 노래가 밖에 매달아 놓은 스피커로 크게 흘러나오기에 미친 듯이 홀려 그곳으로 가서 끝까지 듣고 나니 하염없이 눈물이 났어요. 마치 호중님이 저희를 위해 노래해 주는 것 같았어요.

멀리까지 가서 또 다른 감성을 느끼고 왔지요. 참 신기한 일이죠. 제가 그 옆에 와 있는 걸 어찌 알았을까요?

월요일은 월래 웃는 날이쥬?

서울 삽다리

충남 예산 삽교가 제 고향이지요. 삽다리는 삽교의 옛 지명이고요. 서울로 상경한 지도 벌써 40년이 흘렀네요. 뒤늦게 호중님을 막내아들로 얻은 호중애비입니다. 트바로티 호중에 푹~ 빠져 허우적거리다 포기하고 호중애비로 남기로 했죠.

이 방송을 즐겨듣고 있어요. 항상 웃음 주시고 기쁨 주심에 감사드립니다. 健.愛.幸.勝하세요. 함께 응원해요. 월욜은 '월래 웃는 날'이쥬?

별사랑 할미꽃

선영 이

총장님을 비롯한 모든 학우님들! 평생 처음 써보는 댓글이라 떨리네요.

눈팅만 하다가 솔 카페에서 맘 좋은 아리스는 만나 용기를 내었지요.

선영대와 제 이름이 같아서 영광이지만 좀 망설이기도 했어요. 선영대의 좋은 의미에 누가 되지 않을까 해서요.

하지만 모든 아리스님들처럼 선한 영향력을 갖고 살아가려고 노력하고 있으니~ 용기 내어 행복한 마음으로 입학을 신청할게요. 장학증서는 선영대와 같은 '별사랑 할미꽃'으로 하겠어요.

별님, 보양식으로 장어구이 어때요?

선이

별님이 사콜. 신청자와 급조된 '자기야' 통화에서 이렇게 말했다.

"내 회 몬 묵는 거 니는 모리나? 회 무모 배탈 난다."

놀란 상대방이 우물쭈물할 때 별님이 회심의 미소를 짓는 장면은 봐도봐도 귀엽다.

내는 바로 이렇게 답했을걸.

"자기야, 회는 몬 묵고 우리 장어구이 무로 가자. 억수로 맛있거든!"

우리 별님에게 여름 보양식으로 장어구이 보내고 싶다. 반지르하게 기름기 촬촬 흐르는 장어를 양념장에 찍어 깻잎 뒤집어 쌈 싸 먹는 모습 보고 싶다. 마늘과 생강과 방아잎 넣어서 한입 가득 먹는 거 생각만 해도 입맛이 다셔진다.

'별님, 언제든지 콜하세요. 제가 장어를 항그석(한가득) 숯불에 구울게요.'

김호중의 위대한 사랑을 들으며

선형순

위대한 사랑을 들으면 날개가 달리는 느낌입니다.

그런 김호중을 응원하는 많은 사람들이 모여서 더 많은 사연을 쓰고 모아서 책을 만드는 대학입니다. 모든 끝에는 가수 김호중이 존재하지요. 함께 모여서 선한 영향력을 행사하는 참 아름답고 행복을 주는 대학, 선영대로 어서 오세요. 누구든지 환영합니다.

동행

성경희

1. 유한한 인생길 가는 중에 일생일대의 소중한 인연으로 만난 김호중, 피나는 노력 끝에 이루어진 오늘이겠지요. '파바로티를 좋아했던 소년'에서 '카네기도 접수한 청년'이 되었으니 뼈를 깎는 노력에 감동하고 열렬하게 응원을 하지요. 연일 쏟아져 나오는 호중님에 관한 굿뉴스로 '요즘엔 인생 살맛난다.'는 이 땅의 수많은 호중엄마들에게 박수를 보냅니다.

2. 박영민 님의 생신을 축하하는 행시
   박 : 박아지에(아궁~ 바가지라고 나무라실 듯) 담긴 시원한 물을 벌컥벌컥 들이키는 서부의 말 탄 사나이처럼 멋진 분일 듯 싶어요.
   영 : 영민하시기에 호중님을 선택하셨고, 지혜로우시기에 선글의 학우님이 되셨으니 우리는 국민학교 1학년 때 가슴에 달았던 이름표 만큼이나 자랑스럽기까지 한 행운이지요.
   민 : 민들레 씨앗들이 사방에 퍼져가듯이 우리들의 서정적이고 아름다운 꿈들을 선한 영향력으로 함께 해요. 알프스 산자락에서 부른다면 가장 어울릴 듯한 호중님의 감동 노래를 들으면서 하이디의 미소를 머금으며 동행해요.

함께 응원해요

성남옥이

배연자 언니, 대단한 열정과 활기로 호중 사랑이 넘칩니다.
건강 잘 지키시어 김호중 가수가 월드스타 될 때까지 함께 응원해요.

딸을 대신하여 감사 전해요

성락주

얼마 전 미국에 있는 딸의 암 수술 소식으로 학우들의 염려와 성원을 넘치게 받은 사람이에요. 덕분에 좋은 소식 전해 드리네요. 수술 결과 항암 및 방사선치료를 안 받아도 되는 깨끗한 결과가 나왔어요. 정말 기쁘고 또 큰 은덕을 받음에 감사를 어떤 말로도 표현할 길이 없어 글로 다시 한번 고마움을 전합니다. 이 모든 것이 선한 영향력이겠지요? 저도 갚음 하며 살렵니다.

아이디어 뱅크

성하

종로선글tv는 반짝이는 아이디어 뱅크이지요. 새날 첫 출근을 기분 좋게 시작하니 보약이 따로 필요 없을 것 같아요. 내 인생에 새로운 활력소이자 보약 같은 별님이 수많은 학우들을 만나게 해 주는군요.
학우들이 들려주는 삶의 이야기들을 읽으며 도서관에 쌓인 수천 권의 책들이 정겹습니다.

저마다 사는 모습은 다를지라도 우리 별님 사랑하는 마음은 하나로 뭉치네요.

호모닝!

세월이 가면

선글님, 호모닝입니다. 계절의 여왕이라는 오월도 마지막을 향해 걸어갑니다.

별님이 좋아하는 비가 추적추적 내리고 있는 아침, 선영 행복방에서 학우들과 인사 나눕니다.

사람이 살아가는데 소통과 정과 사랑은 꼭 필요한 요소가 아닐까요?

이렇게 소중한 마음을 나누는 선영대학은 멋진 곳입니다.

선영대학

소민

비가와도 눈이 와도 행복이 폭발하는 선영대학입니다.

다듬어지지 않은 원석을 보석으로 탄생시키는 선영대학입니다.

작가가 수천 명인 선영대학입니다.

열혈 인문학 강사가 수천 명인 선영대학입니다.

허당끼와 카리스마가 공존하는 총장님… 오늘도 자부심 뿜뿜~

사연마다 웃음과 눈물이

> 손금숙

　오늘 아침 방송 들으며 하루를 시작합니다. 재미있는 소식 감사해요.

　세상에는 참 많은 사연이 있고, 많은 이야기가 쌓여 있지요.

　그런 다양한 사람의 삶을 이렇게 알려주시니 고맙습니다.

　언젠가는 저도, 제 속에 쌓인 사연을 실타래처럼 풀어낼 날 있을 거예요.

끝없는 배움, 덕질

> 손영자

　와우, 시간이 정말 빨리 갑니다. 기다림은 느리지만, 하루하루는 빨리 가네요. 공부는 머리 아픈 일이라 생각했지요. 멜론도 가입하고 스밍도 해 보고, 댓글도 달아보고, 팬카페도 가입하고, 저야말로 나이 먹어 많이 배우고 있습니다. 호중군이 어디 있다 이렇게 홀연히 나타나서 여러 사람을 즐겁게 해주는지 길을 걷다가 호중군을 만나면? 너무 반가워 아무 말도 안 나오고 눈만 크게 뜨고 어머나! 하며 우물쭈물할 것 같아요. 울 별님은 사랑입니다.

제7부

You Made it Happen!

위대한 사랑

손정혜

언제 내가 이런 사랑을 해보았던가? 지금까지의 내 기억 속엔 이런 사랑 결코 없었어요.

멀리 있어도 아주 가까이에서, 그의 향기와 그의 따뜻한 눈길을 느끼며 마음속엔 알 수 없는 희열로 가슴이 벅차오르지요.

하루 또 하루 그의 안부를 궁금해하며, 그에게 모든 것을 허락해 달라고 신에게 간절한 기도를 합니다.

오늘도 호중님을 향한 위대한 사랑을 하고 있지요.

온 마음으로 사랑하다

손화춘

어언 일 년이 되었네. 미스터트롯 경연에서 성악가가 나와 '태클 걸지 마라'며 사람 마음 훔쳐갔네.

〈천상재회〉 부르면서 남의 감정까지 이입시켜 대중 모두 울게 하고, 최하점수 받아들고 마스터께 인사하는 매너는 만점 받아 마땅한 상남자였지.

그때 모두 분개하여 지금 십일만 대군 넘었네. 많고 많은 호중 장르 어디 한 곡 모자랄까. 듣고 또 들어도 감동 감동일세. 코로나 19로 집콕하며 우울할 때, 호중 노래 듣다 보면 내 마음이 행복해져. 거리 두기 외로울 때 호중 노래 듣고 또 들으며 외로움이 호중 사랑 시간 되고.

남편 구박 뒤로하고 몰래 하는 사랑처럼 지금까지 호중 노래 외고 또 외웠네.

가만히 생각하니 남편과 한집에 산 지가 38년, 각자 자기 일에 충실하다 보니 지금껏 그냥 평범한 부부로 그렇게 살았네. 장학증서 작성 방송보고 남편한테 부탁하니 컴퓨터로 사삭~~ 순조롭게 뽑아주네.

동시대를 살았는데 '난 왜 컴을 못할까' 지금이라도 배워야 되나, 살짝 고민이 되네.

모두 파이팅 하세요~^^

솔내

오늘은 광복절! 특별한 날을 기념합니다.

샤론애플님 손녀의 노래와 건강식 피자도 선보이고, 백령도 영상과 설명을 어쩜 그리 잘하시는지요?

몇 년 전 백령도 다녀왔는데 뱃멀미는 했지만 기암괴석이 정말 아름다워 눈 호강했던 기억이 나네요.

눈앞이 북한이라 주민들은 항상 긴장모드로 살겠다 싶었습니다. 모두 파이팅 하세요~^^

호중님 보세요!

1. 인간의 삶에 주어진 웃음과 눈물의 양은 같다고 해요. 지금까지 호중님이 많이 웃고 살았는지, 웃음을 아끼고 살았는지 생각해 봐요. 힘든 시간 모두 지나면, 나중엔 웃는 일이 훨씬 많대요. 지금은 웃음을 저금하는 중이예요.

2. 사람이 살다 보면 온갖 일이 생겨요. 그 경험치가 또 우리에게 힘과 맷집이 되지요. 호중씨도 모든 것을 이겨내고 잘할 거라고 믿어요. 멀리 보고 걸어가면 돼요. 작년에 너무 숨 가쁘게 뛰었잖아요. 조금 천천히 걸으며 숨 고르기를 하면 어떨까 싶어요. 지금 뜀뛰기 하며 내년, 그 이후를 위한 체력과 실력 다듬기를 하면 될 거예요.

3. 호중님은 푸르른 오동나무랍니다. 보랏빛 어여쁜 꽃으로, 그늘로, 그 아래 이웃들 앉아 쉬고 봉황이 찾아와 깃드는 최고 품격의 나무예요. 단단하고 곧게 능력을 키우면 어떤 노래와 어떤 재능이 뻗어 나와 뭇사람들에게 기쁨과 꿈과 희망을 줄지 믿음이 함께 자라네요. 호중님께 신흠이 쓴 桐千年老恒藏曲(동천년노항장곡) '오동나무는 천년이 가도 그 가락을 품는다'를 전합니다.

감사는 웃음과 행복을 낳고

송미소

좋은 아침입니다.

여기 오신 모든 분들 건강하시고 행복하세요. 아침마다 만나는 반가움에 마치 오랜 시간 인사를 나누며 함께 했던 것처럼 친숙하게 느껴진답니다. 같은 곳을 바라보며 한 사람을 사랑하기 때문일 거예요.

행복은 멀리 있는 것이 아닌, 자신의 발밑에 존재합니다.

웃음과 감사를 따라다니는 것이 행복이기 때문이지요.

우리들의 응원은

송숙

그 동안 가끔 귀팅만 했는데 별을 사랑한 이야기 제목이 맘에 들어요. 그 별이 자신의 재능을 맘껏 발휘하도록 우리들의 응원은 이어지겠지요.

오타를 오해하는 저의 오지랖

송재복

너무 멋지게 노후의 제2 인생을 살아가는 학우님들 사연 들으며 저 자신을 되돌아보곤 합니다.

내년이면 70인데 한 번쯤 저의 지난 삶을 글로 적으며 되돌아보는 것도 괜찮겠다는 생각을 했습니다.

결혼 후 바로 미국 와서 두 아이 키우며 산 평범한 이야기 일지라도 며칠 전 오타에 대한 말씀을 하실 때 제가 오래전 했던 생각인데요. 처음 김호중이 경연에서 4위로 입상한 뒤에 방송에서 불러주는 좋은 노래 들으며 '저렇게 제일 노래 잘하는데. 어째서 4위 밖에?' 댓글 읽다가 든 생각이었는데 투표하신 분들의 오타 때문이 아닐까? 하고요. 많은 표가 무효라고 했었는데, 그중 많은 표가 김호중 표일 거라 생각했답니다.

나이 들어 눈도 침침하고, 손가락 감각은 무뎌지고, 너무 작은 자판에 이래저래 오타투성이입니다.

빈체로!

> 송정남

가수는 노래 제목 따라간다는 말씀, 발전하기 위해서는 선의의 경쟁자가 필요하다고 하신 문금순 학우님 말씀이, 우리 호중 가수의 앞날을 정확하게 예견하는 말씀이라 마음에 콱 박혔어요. '빈체로'란 낱말을 〈네순도르마〉 부를 때면 마음에 간직하듯 연습했다고 했어요. 〈태클을 걸지 마〉, 〈나만의 길〉 등 수많은 노래 제목이 가수의 앞날을 예시해 주는 듯합니다. "OST를 불러야 한다"라고 요점을 콕콕 짚어 주시니 놀랍습니다.

오늘은 늦게 지각을 해서 면목 없지만 우리 대학은 무엇이든 나무라지 않고 감싸주는지라 마음 놓고 등교했습니다. '김호중에게 아내를 빼앗겼어요.'라는 제목에 구독하기 시작한 게 무엇이 끌어당기듯 하루도 보지 않으면 못 견디는 방송이 되었네요. 애인도 아닌데, 한번을 빠지지 않고 총장님을 뵈었어요.

지나간 선영대의 역사를 들으니 감동의 눈물이 납니다. 저는 요즈음 호중 가수 인성과 총장님과 선영 학우들께 누가 되지 않으려, 착한 마음 교양 있는 행동하며 살아야지 하고, 저 자신을 다스린답니다.

선영 대학생이란 것, 그리고 아리스라는 긍지를 가지고 오늘 이 시간도 행복합니다.

빗장을 열어요

송주은

호중님의 클래식 음악을 들을 때면 귀만 열고 모든 것에 빗장 걸어두지요.

엔도르핀은 쏟아져 흐르고 집중을 위해 가만히 눈을 감아요. 내가 마치 그 장소에 있는 듯한 이 느낌은 뭘까요?

늘 함께해요, 여러분!

우리는 호중님 덕분에 듣는 귀가 열렸고, 칭찬하는 입이 열렸고, 세상을 바라보는 따스한 눈길이 열렸으니까요.

우리의 바람

수경이

첫째, 김호중과 아리스의 만남을 위해 음악관을 만든다.(콘서트나 정기공연을 하고 다각도로 활용할 수 있다.)

둘째, 김호중은 젊은이들의 희망의 아이콘이다.(지쳐있을 젊은이들에게 희망과 미래를 꿈꾸게 해 줄 수 있다.)

셋째, 김호중은 어른들에게 보람을 준다.(응원으로 후원하는 일 외에 봉사활동이나 취미활동 등 공유하고 싶어 한다.)

넷째, 김호중 그 자체가 트랜드다.(성악, 발라드… 모든 장르는 물론 예능, 축구 등 운동도 활약할 수 있는 전천후다.)

다섯째, 김호중은 소통의 창구다.(학우들이 취미와 특기로 봉사단을 만들어 김호중 나무로 넓은 그늘, 잎사귀, 열매… 소통으로 그 가치를 무한 창출한다.)

여섯째, 김호중은 융합하는 에디톨로지다.(선한 영향력으로 사람들을 이어주는 가교역할을 한다.)

저의 버킷리스트는?

수민

첫째, 세계 일주 가는 것(성지순례 포함) 하나밖에 없었는데…

둘째, 호중님 노래하는 모습 눈앞에서 보는 것

셋째, 선글님 만나 보는 것 등이 저의 희망 사항입니다.

오늘도 학우님들 행복하세요.

약속

저에게 있어 약속이란 지키기 벅찬 희망의 약속, 바람의 약속이 었던 것 같았어요.

지금은 먼저 약속을 해 놓고 약속을 지키기 위해 어렵고 힘들어 스트레스 받는 것보다 정말 무리하지 않고 지킬 수 있는 약속만 하지요.

그 약속 중에 중요한 내용은 '우리 별님 끝까지 응원하기'랍니다

치유의 아티스트

곱게 자란 사람은 바른길 하나만 길이라고 생각하지만, 많은 것을 겪은 사람은 넓고 깊은 마음으로 세상 모든 걸 품을 줄 아는 대 범함이 있지요.

호중님은 많은 일을 겪어 왔기에 부르는 노래에는 세상 모든 사람들의 마음을 어루만지는 감동을 넘어 상처를 어루만지는 치유의 아티스트가 될 것임을 저는 믿습니다.

〈오 솔레 미오〉 연주를 배우며

어릴 때부터 노래 부르기를 좋아하여 교내 합창단, 대학 신입생 환영회에서 축가도 불렀지요.

오랫동안 엄마로 며느리로 직장생활까지 바쁘게 살다가 퇴사하고는 무료하고 우울했는데, TV에서 김호중의 웅장한 목소리에 반해 경연 마지막 날까지 오직 김호중만을 응원했었지요.

그 후 온종일 김호중 노래와 기사, 고교 시절 출연 영상, 파파로티 영화 등을 샅샅이 찾아서 보고 듣기에 하루가 모자랄 지경이에요. TV 출연 시청과 서울콘서트, 생애 첫 미팅 무비 관람은 물론 가수가 모델로 방송하는 모든 홈쇼핑 판매 물건과 자서전 음반을 구매하여 지인들과 나눔 하며 잘못된 정보를 바로잡기에 바쁘게 지냈어요.

늦은 나이지만 요즘은 피아노 레슨을 받고 있으며 김호중 노래에 맞춰 〈오 솔레 미오〉 연주를 배우고 있어요.

처음에는 찐팬 생활하는 내게 불 지르던 남편이 요즘은 아침마다 "선영대학 가야지" 하며 동행해주고 가족들도 협조해 주어 고맙게 생각해요. 김천에 김호중 거리가 완성되면 가족들과 여행 가기로 했어요.

아버님, 저도 사랑에 빠졌어요

책 편집을 위한 출판 위원 33인이라니, 문득 33이란 숫자가 돌아가신 저의 시아버님을 떠올리게 하네요.

충북 영동에서 태어나서 대구 사범대학 다니시던 1941년에 항일 결사조직인 '연구회'에 가입해 민족 인재 양성 운동을 벌이다 체포되어 옥고를 치르셨지요. 별정직 공무원을 하시면서 81세 돌아가시기 전까지 항상 책상에 앉으셔서 공부하시는 모습이 자손들에게 귀감이 되었고 올곧은 성품으로 평생을 오직 아내만을 사랑하시며 아들 넷, 딸 하나 다 훌륭하게 키우시고 사회에 공헌하며 살아가는 지도층이 되셨고, 대통령 표창장을 비롯한 수많은 상을 탔지요.

(여담이지만) 어머님이 돌아가신 뒤, 72세에 이대 메이퀸 출신과 사랑에 빠지셔서 서정적인 편지를 주고받은 순수한 분이셨지요. 그때 제 나이 30대 때라 저 '연세에도 사랑에 빠질 수 있나?' 궁금했었는데요. 이 나이 되고 보니, 나이는 숫자에 불과하다는 것을 알아요. 저도 한 청년과의 사랑에 빠졌는걸요.

군대 이야기

생동감 넘치는 군대 이야기를 이렇게 웃으며 들어보긴 처음입니다. 남편, 아들, 네 명의 사위가 있어도 그 흔한 군대 이야기는 없었죠. 오늘 수업에서 군대 이야기를 하니까 많이 낯설긴 하네요.

처음 듣는 많은 사연들에 제 귀는 날마다 열리고 있어요. 어쩌면 사는 모습과 생각하는 내용이 이렇게 다를 수 있을까요? 종합 철학 도서 한 권을 날마다 읽고 있어요.

승리하리라

승리 빈체로

살면서 누구나 꽃길 인생이길 바랍니다. 돌이켜보니 힘들고 불편했던 그 길이 지금의 나를 건강한 태도의 길로 인도한 것 같아요. 우리 가수님도 오랜 세월의 불편, 힘듦, 흔들림이 강한 아리스의 가장이자 11만 아리스의 수장으로 자리매김하게 되었다고 생각합니다. 세상에 우연은 없다고~~~준비된 자만이 이룸을 누릴 수 있음을 확신합니다.

변치 않는 엄마의 마음

시계초

영어 표현에 Once a mother always a mother 라는 표현이 있어요. 우리말에 '한번 해병은 영원한 해병이다'라는 말과도 유사하지요. 이 세상 다 변해도 엄마는 똑같은 마음으로 똑같은 자리에서 똑같은 사랑을 영원히 줍니다. 천재 가수 김호중을 향한 사랑입니다. 그저 아까운 자식 사랑입니다. 뭐든지 다 자식을 위해 자발적으로 하는 그런 진실하고 깊은 사랑입니다. 자식의 성공을 보는

게 우리 엄마들의 행복입니다. 그러하니 김호중 가수의 미래는 무궁무진할 겁니다. 아리스의 진한 사랑으로 더욱 비상할 겁니다. 김호중 군이 병역의 의무를 마치는 날까지 꾸준히 아름다운 영향력을 기대합니다.

예뻐지는 비결

신경희

며칠 전 오랜만에 커피숍에서 참신하고 고지식한 친한 친구를 만났다. 나를 보고 어떻게 자꾸 젊어지냐고 계속 2번씩이나 물었다. 그래서 "갓 30된 총각을 짝사랑해봤냐? 내 사랑이 이 나이에도 먼저 공개적으로 애인이 되어준다잖아. 그래서 그 총각이 먹으라는 것만 먹고, 그 총각이 써 보라는 화장품만 쓰고, 이젠 하루라도 그 총각 목소리만 안 들으면 잠이 안 와"라고 했더니 친구가 심각한 표정으로 주변을 두리번거리며 눈치를 보면서 작은 목소리로 (니네 남편은 아직 모르나?) 해서 "친구야 난 절대 신경 안 써. 너도 짝사랑 한번 해 볼래? 소개시켜줄게. 난 그 총각 사진도 핸드폰에 넣고 다녀" 당당하게 사진을 보여줬더니 캬~~~~ 그다음 장면은 상상해 보셔요.

내가 장난이 심했나요? 그냥 이뻐지는 비결을 말했을 뿐인데요.

'김호중 기념공간' 후원회에 대한
종로선글tv 입장발표 방송을 들으며

신동금

'이 봄은 우리에게 어떤 꿈과 희망을 남기고 지나가려는 걸까?'

알 수 없는 내 마음은 궁금증이 가득하고 어느새 소녀 감성이 되살아나 그 시절로 되돌아가고 있다.

추억이 많은 사람이 행복하다는 말이 생각난다. 여기 이 자리에서 나는 수많은 학우들과 함께 추억과 기념을 쌓아간다. 내가 아끼고 좋아하는 한 가수를 수많은 언니들과 손잡고 웃으며 응원하니 즐겁고 신난다.

'김호중 가수', 그의 무엇이 우리를 이렇게 사로잡을까? 불가사의한 힘은 어디에서 나오는 것일까?

'노래 실력과 인성, 선한 영향력, 자상함, 예의 바름, 착함, 사회성, 잘생김까지' 너무 많아서 다 쓰지 못한다.

삶의 활력소

신동숙

날마다 강의를 듣기만 하다가 오늘 용기를 내어 댓글에 처음 참여합니다. 호중군의 노래를 듣고 사진을 보며 미소를 짓는답니다. 학우님들의 댓글에서 호중군의 이야기를 듣는 것이 삶의 활력소가 되었어요.

저랑 함께 사는 사람

신미숙

작년 여름에는 눈이 짓물렀죠.

주변 여건이 우리 호중님을 절벽의 낭떠러지에 세웠을 때 '그 마음이 얼마나 아플까?' 눈물은 쉴 새 없이 흘러 마를 날이 없었고 제 속은 찢어지듯 쓰리고 아렸어요.

그 여름 끝자락 팬미팅에 가서 〈천상재회〉를 듣는 순간, 내 머리 위에 뭔가 때리는 것 같은 그 소리!

제 마음에 더 큰 울림이 온 것은 〈어느 60대 노부부 이야기〉를 듣는 순간이었어요. 호중님이 집중하면서 노래를 부르는데 얼굴이 4분 전과 완전히 달라져 몰입하는 걸 보고, 자신이 살아보지 않은 60대, 부부의 이별을 표현하던 그 모습이 가슴에 남아 제 안에 둥지를 틀었고 그 이후로 호중님은 우리 집에서 저랑 함께 살고 있답니다.

김호중 로봇을?

신복순

총장님은 미술대전에 로봇을 출품하신다고요?

세운상가의 두 명장과 김호중 로봇을 만드신다고요?

비디오, TV, 스피커, CCTV, 앰프 등등으로 만들겠다는 호중로봇 정말 기대가 됩니다.

호중엄마 이야기

처음엔 방송 나간 뒤에 댓글이 15개 전후였는데 지금은 큰 나무로 수많은 잎사귀 댓글이 자랐어요.

이 코로나 시국에 행복한 하루하루예요. 호중군 아니면 슬픈 현실을 갱년기와 함께 어찌 보냈을지 감사하네요.

주변에 호중군을 알리다 보니 어느덧 저는 아들 하나 더 생겨 버렸어요. 손님들이 '호중엄마'라고 불러주네요. 호중군이 두 팔 벌려 노래하면 아리스 군단은 그 품 안에 푹 안기는 기분, 우리는 호중군과 진짜 한 식구이지요.

군백기(군 복무로 인한 공백기) 없는 1호 가수 만들기에 오늘도 스밍으로 열일하고 있어요.

문금순 님 이야기 들으며

귀한 방송, 영화계 산증인 문금순 님의 어록을 듣게 해 주셨네요.

영화계를 항상 화려하게만 보는 저의 잘못된 인식을 되짚어 보는 계기가 되었어요.

시골뜨기라서 그 시절의 영화를 못 봤지만 퇴색해 가는 여배우들의 이름을 들으니 새롭네요.

별님 이야기를 하시다가 뒤죽박죽 다른 이야기로… 반복하시는 모습이 우리들의 모습과 꼭 같네요.

괜찮습니다, 저도 그러거든요. 별님과의 비슷한 환경 속에서 힘겹게 살아오신 여장부시네요.

살날이 얼마 안 남았다고 하시지만 목소리 힘은 젊음이 넘쳐 보여요.

저에게도 새로운 도전을 할 수 있다는 용기를 주신 문금순 님의 건강을 위해 기도할게요.

호중아들 보는 낙으로 사는 언니, 그리고 배려심

신정희(1)

어제는 형부를 급작스레 잃은 치매초기의 큰언니의 이사 준비를 도와주고 왔어요. 정리할 것도 버려야 할 것도 너무나 많았어요. 언니의 머릿속에 든 아름다운 추억은 버리지 않고 간직하길 바라면서요.

아들이 둘인데 한 놈은 전날 와서 잠깐 들여다보고 약속 있다면서 낼 일찍 온다 하고, 또 한 놈은 이사 날 일찍 오겠다고 전화만 했다네요.

이런 말이 떠오릅니다. 훌륭하게 키운 아들은 나라의 아들, 잘 키운 아들은 장모님 아들, 백수 아들은 엄마의 아들이라고요. 언니는 호중님 찐팬이라 '호중아들' 보는 낙으로 살고 있기에 챙겨간 신동아 책 호중아들 나왔으니 보라고 쥐어주고 왔는데 참 맘이 아프네요.

선한 영향력을 퍼트리는 선영대 학우들의 배려심을 되짚어봅니다.

흰색 지팡이를 더듬으며 가시는 분이 길을 건널 때까지 눈을 못 떼고 지켜보거나, 연로하신 분이 무거운 봇짐 든 걸 보면 그냥 지나치지 못하지요. 지하철 안에서 길 찾아 헤매는 분이 내 눈에 보인다는 것이 기본적인 배려심이 있다는 그 증거. 이것은 아주 사소한 관심과 역지사지(易地思之)의 마음에서 출발한다고 생각합니다.

내 가슴에 배려심을 키운 그대!

신정희(2)

트바로티 호중님은 노래뿐만 아니라 엔도르핀이 팍팍 나오게 하는 신기한 마력을 지닌 자.

이 나이에 처음 느끼는 이 감정, 그 누구도 나를 이렇게까지 행복하게 해줄 수는 없지요.

여기 선영대학으로 모이신 아리스는 기본적인 배려심을 모두 갖춘 분들이지요. 선영대학(선한 영향력)이니까요. 저 또한 그리 살려고 노력하지요. 어디를 가나 이런 분들이 계속 내 눈에 들어온다면 이미 내 마음이 선영!

가요계의 거목으로 성장하길~

신현희

가을을 알리는 비인가요? 촉촉하게 대지를 적시는 빗줄기와 함께 차 한 잔의 여유를 즐기시길 바랍니다.

새로운 소식을 전해 주셔서 좋아요. 총장님의 말씀을 들을 수 있는 선영대학생이라는 자부심으로 뿌듯하네요. 호중님의 마음이 더 단단해지고 생각은 깊어져서 가요계의 거목으로 성장하길 바라는 마음입니다.

처음 느껴보는 가수 사랑

심미숙

우리 학우님들은 청춘이 아닙니다. 어린 청춘은 시간과 시절에 따라 움직이겠죠. 그러나 아리스는 내 가수라는 개념도 처음이고 내 가수 사랑도 처음인지라 시간과 시절에 따라 움직일 줄도 모릅니다.

설령 안다 해도 이 나이 먹도록 평지풍파를 겪은 세대인지라 묵묵히 기다리는 것에 익숙해 있습니다. 또한, 어린 청춘들처럼 그때그때 분위기나 기분에 따라 움직이질 않습니다. 진정으로 나라 사랑하는 마음으로 김호중 가수를 응원하는 것입니다.

그는 바로 대한민국의 자랑이자 대한민국을 대표할 수 있는 인재이기 때문입니다.

20개월 동안 호중군의 노래로 그동안 해 오신 방송들을 재방송

보면서 기다리면 됩니다. 제대 후에도 우리가 살아있는 동안은 무조건 우리들은 별님을 사랑하고 응원하렵니다.

마누라 말은 잘 들어야

심재수

마누라 등쌀에 못 이겨 선영대학에 입학을 하려 합니다. 내 마누라 경연을 보다가 김호중에게 빠지더니 이제는 "당신이 대학을 안 나왔으니 입학시켜주겠다"고 해서 "이 나이에 무슨 대학이냐?" 선영대학에 입학하라고 해서 인생을 편하게 살려면 등록해줘야 할 것 같아서 강제로 입학합니다.

2021~0807~2301 심재수. 전공은 '마누라(오산tv 정정애)가 무서워서 선영대 입학한다'로 해주세요. 참고로 대학에 못 가 본 내가 선영대 입학하게 되어서 좋기는 합니다.

학우님들 덕분에

심파티코 서영

오늘은 또 무슨 신나는 이야기가 나올까, 기다림에 목이 빠지는 나날.날마다 눈 호강, 귀 호강으로 여러 가지를 배웁니다.

세계 유명한 분들과 경제인들과 비교하여 김호중 가수가 살아온 삶의 철학을 논하여 주시는 말씀 들으며 저절로 어깨가 으쓱해지는 이 기분, 총장님과 학우들은 알랑가몰러~

별님 덕분에 입학

쨍글이

아침 7시를 기다립니다. 김호중 별님을 알면서 기쁨과 슬픔… 가족보다 다른 사람을 더 걱정할 수 있다는 경험도 해 보았답니다. 또 하나 별님 덕분에 선영대에 입학하여 경제 공부도 하여 상식도 늘게 되어 호중씨의 선한 영향력 도움을 받았네요. 이번에 호중씨의 음반구매는 사재기가 아니라는 것도 학문을 통해 알게 되었습니다. 음반이 100만 개 판매되어 대박 나게 우리 함께 노력해요. 별님, 학우님 오늘도 모두 모두 행복하세요.

꽃보다 창간호

아름뜰 이경숙(도서관장)

"창간호의 존재 의미, purple은 테너 김호중을 사랑하는 이유라네"

●P(patriot) 역경 극복의 국가대표 트바로티 ●U(unique) 유일무이한 강력한 팬덤 ●R(royal) 왕자다움으로 선한 영향력의 행복아이콘 ●P(prime authority) 인간미와 실력의 최상권위자 ●L(lastingly) 클래식 보컬의 독보적 존재로 영원히, 세계로 ● E(echo) 폭풍 감성으로 영혼을 울리는 마력.

우리는 테너 김호중의 음악과 현덕을 사랑하는 팬덤으로 감동, 치유, 힐링하는 이야기의 주인공이며 새로운 문화 창조의 주인공이다.

도서관에 매일 쌓이는 신간서적(댓글)으로 엮어지는 창간호의 의미는 매우 크다. 테너 김호중이 부른 노래로 폭풍처럼 다가온 신드롬은 가슴에 소용돌이 되어 분출되고 있으며 이는 이 시대 장년기와 third age의 삶과 희망이요, 꿈이다.

그뿐인가! 살아있는 역사, 대한민국을 일으킨 내조자들의 숨결이 있고, 희로애락이 있으며 IT 문화가 젊은이들만의 전유물이 아니라는 외침이 있다.

창간호는 행복을 주는 문화적 산물이다.

서예 하는 아림

아림

저는 85년부터 서예를 해 왔습니다. 제 呼는 松林이었는데 뒤에 선생님이 雅林(맑은 숲)을 하나 더 보내주셨어요.

해서체를 주로 써 왔는데, 인향만리(人香萬理)가 기억에 납니다. 사람의 향기가 만 리를 간다는 말이 얼마나 좋은지요.

다른 댁에 가훈도 여러 번 써 드리고, 나름대로 열심히 써 오긴 했지만, 쓰고 나면 늘 부끄럽고 조심스럽답니다.

사군자를 많이 쳤는데 매화와 대를 즐겼습니다.

이제는 김호중 응원하는 재미로 노래 듣는 맛에 흠뻑 빠져서 삽니다. 제가 좋아하는 호중 가수의 노래는 〈고맙소〉입니다. 컬러링도 〈고맙소〉입니다. 늘 고마운 마음으로 살아가면서 행복합니다.

낭중지추

캬아~~ 너무 멋진 선배님들, 가슴 속에 묻어두고 산 열정 맘껏 발산하시기 바랍니다.

저도 하고 싶은 일이 생기면 속으로 끙끙대지만 말고 분출하고 살려구욤.

그런데 시댁에서 그러면 안 되겠지요????~~ㅎㅎ~

조신하면서도 현명하고 싹싹하고 지혜로운 며느리 되도록 어제도 오늘도 내일도 노력할게요.

호중 가수가 즐겨하는 손 모양 만들며, 오오오옥케이!!

학우들의 능력

선영대에 훌륭한 분들이 많으시네요.

여러 분야에서 이름을 날리는 분들이 김호중을 응원하는 한마음으로 모이셨으니 얼마나 멋진 일인가요?

우리 김호중 가수도 엄청 기분 좋고 행복할 거예요. 노래 실력이 좋으니까 이렇게 인정을 받는 것이랍니다.

뮤직닥터 김호중

안영숙

김호중 가수의 노래를 들으며 아팠던 분들이 치유 받고 호중씨를 사랑하시는 거 보면 그의 힘은 정말 위대합니다. 타고난 재능과 노력으로 이렇게 많은 사람에게 선한 영향력을 줄 수 있으니 귀한 보배이지요. 이런 청년이 있어 우리는 행복하게 살고 있음에 감사라네요.

군 복무 성실하게 잘하시고 내실 있는 시간 되세요. 많이 아끼고 사랑합니다.

종합비타민으로 내게 온 호중님

안은순

선영대학은 저에게 큰 행복을 주네요. 갑자기 세상 등질만큼 아팠는데 호중님 볼 수 없을 것 같은 마음에 눈물이 하염없이 흐르더이다. 자식들이 생각나야 되는데 호중님이 먼저 시야에 떠오르니 이 무슨 일인지 생각이 들기도 하고 열심히 의사선생님 말씀 따르고 저도 열심히 치료받고 있어요. 언니와 함께 종일 호중님 재방송도 유튜브도 찾아보며 웃지요. 내게 종합비타민이신 호중님을 생각하며 이겨 내지요.

갤럭시 워치가 필요해서 아들에게 부탁했더니 "엄마 여러 색이 있는데 어떤 색으로 할까?" 하네요.

"아들아, 당연히 보라색이지" 했더니 웃으며 다음 날 사 왔네요.

집안 곳곳이 호중님 사진, 달력 보더니 이상한 미소를 짓는 아들은 질투하는 걸까요?

열심히 건강 체크하고 좋은 음식 많이 먹으려 노력하고 있어요. 우리 함께 행복해요.

소금 친 배추처럼 처져 있다가

안주인

며칠 총장님과 학우님의 통화를 들으면서 저 자신에 대한 회의가 생깁니다.

글 쓰는 재주도 없고, 그림을 그릴 줄도 모르고, 인물이 좋지도 않고, 내세울 게 아무것도 없는 자신을 돌아보게 됩니다. 노래를 들을 줄도 모르고, 스타킹이라는 프로가 있는 줄도 모르고, 오직 평생을 야구만 보고 살았답니다.

11월이 되면 소금 친 배추처럼 축 처져 있다가 우울증 비슷하게 시들시들하고, 3월이 되면 다시 살아나는 인생을 살았는데, 지난 겨울은 호중씨로 인해 지겹지 않게 잘 보내고 이제는 빠져나올 수도 없습니다.

앞으로 호중씨 노래 들으며, 학우들과 함께 즐겁게 살아갈 작정이에요.

고3 아들아 미안!

안지수

아들이 고3입니다. 그런데 엄마라는 사람은 수험생 아들은 관심 밖이고 호중의 앨범에만 온 신경을 쓰고 있습니다. 큰아이 수능 때는 몇 주 전부터 도시락 준비하고 기도하고 난리를 쳤지요.

아들의 시험 날, 이토록 평화로운 마음을 유지할 수 있는 제 자신도 진짜 신기합니다. 호중을 만나고 모든 것이 많이 변했어요. 예전에 중요하다고 여겼던 것들이 별일도 아니고 세상을 바라보는 기준이 많이 달라졌어요. 나를 변화시켜준 그 능력이 어디까지일까요?

엄마가 여유를 찾아 느긋하게 바라보기만 하니, 아들도 마음 편안하게 공부하고 수험 준비를 하고 있습니다. 제가 여유 있으니 아들을 쳐다보는 눈빛도 다정하고 모든 것이 평화롭습니다.

자매들이 생겼어요

앨린

선영대학 총장님과 여러 아리스님들,

7학년 2반이나 된 저는 호중님을 너무 좋아하다가 공식 카페에 가입하고 호중님에 대한 모든 것을 공유하고 싶었어요. 어떻게 하나? 고민하던 어느 날 어떤 분이 호중님 노래를 들으며 지나가기에 불러 세워 "나도 호중님 좋아하니 같이 공유 좀 하자" 했어요.

그 인연으로 한 분 더 소개 받아 세 사람이 서로 만나서 호중님 영화도 같이 보고 지금까지도 잘 지낸답니다. 우리 지역 아리스님들과 20명 정도 함께 카톡도 하며 응원하고 있어요. 호중님 덕분에 느지막이 좋은 이웃과 자매들을 얻으니 참 복이 많지요. 고마울 따름이에요.

세상에 이런 일이

> **야생화(이경희)**

아~~ 감동입니다. 평생 안 하던, 덕질이란 말 자체를 모르다가 늦바람나듯 좋아하는 음악가를 위하는 모임에서 책을 만든다니 반가운 마음에 가슴이 뜁니다.

트롯에 관심도 취미도 없던 내가 김호중을 만나 성악이 보태진 트롯이 사람의 감성을 이렇게 아름답게 순화시킨다는 것을 알았습니다.

나 살아생전에 가장 잘한 일 중 하나는 내 가수로 호중씨를 만났다는 일입니다. 그의 아름다운 음성이 우리나라 뿐 아니라 세계로 뻗어 나갈 것을 확신합니다.

"김호중을 사랑합니다."

어버이날, 방송을 들으며

양순금

모든 어머님 아버님 어버이날을 축하드려요. 짝짝짝 ~~~

오늘 고된 마음 이곳에 놓고 가세요. 혼자라고 느껴질 때 주위를 한번 들러보세요.

나를 이끌어 주고 응원하는 누군가는 우리의 서로에게 스승이지요.

어머님 나를 낳으시느라 서 말 서 되의 피를 흘리고, 여덟 말의 젖을 먹이며, 뼈가 검고 가벼워지도록 나를 키우시느라 애쓰신 내 어머니,

어머니라고 부르기만 해도 가슴이 뜨거워지는 내 어머니, 나에게 모든 것을 내어주고 빈껍데기 같은 몸을 지고 사는 어머니, 지금은 이 세상 계시지 않는 어머니,

오늘만큼은 목 놓아 소리 내어 불러 보네요. "어 머 니~"

새 소리 들리는 청라 언덕과
김광석 거리를~

양연석

활짝 웃는 일요일 아침 선글방송 들으며 하루를 시작합니다.

바람돌이 학우님 사연 들으며 가슴 뭉클하고, 돼지고기 삼 형제로 배꼽 잡고, 청라언덕 3·1절 운동으로 숙연해집니다. 차분하고 깔끔한 목소리로 답사 여행을 해 주니 참 좋습니다. 저는 대구를 못 가봐서 코로나 끝나면 꼭 한 번 가 보고 싶습니다.

진정성 있는 말씀

양옥이

선글 회장님의 말씀을 들으면 그냥 믿음직한 분이라는 걸 확신하면서 시청하다 보니 김호중 가수는 탄탄한 큰 기업과 손을 잡으신 것 같다는 생각이 듭니다!

선글 회장님은 김호중 가수에게 조건 없는 사랑을 주시고 행복해하십니다!

오늘도 진정성 있고 감명 깊은 말씀에 감사드립니다.

남편도 팬이 되었어요

양옥진

오늘 따라 울 남편 "호중이하고 종로선글인가 선그라슨가 땜에 시끄러워서 못 살겠다" 하면서 쌩하고 방문을 닫고 들어가네요.

나도 섭섭하고 화가 나서 설거지를 투당 투당 하면서 볼륨을 낮추고 살살 듣고 있는데

"이봐라~ 여보, 이리 와 봐라! 호중이 나왔다. 빨리 와 봐라."그러는 것 아니겠어요.

그 순간 조금 전에 섭섭했던 마음도 잊어버리고 "어~ 그래?" 하면서 뛰쳐나가 우리 호중이를 봤지요.

옆에서 남편도 같이 보더니 "아, 그놈이 참 잘 생겼데이. 고마 당신이 반할 만하네. 노래도 역시 잘하네 아, 그놈 인물이네." 그 말에 그 동안 섭섭했던 마음 다 잊어버렸지요.

호중님의 〈천상재회〉를 듣고 이렇게 고급스런 노래로 변화시킬 수 있음에 어찌나 가슴이 먹먹한지 울어 버렸지요.

그 일이 있고 난 후부터 날마다 잘 보지 않던 TV 켜 놓고 우리 호중님만 기다리고, 그의 노래에 빠져 버린 남편은 선영대 21학번으로 등록했어요.

모든 것이 감사

양해리

신동아에 실린 우리 가수님 이야기, 이미 알고 있지만 책 속에 실린 짧은 일대기를 다시 보게 되니 더욱 우리 가수님이 소중해졌어요. 김호중 가수님을 응원하는 아리스의 봉사활동 모습은 아름다움이지요.

가수님의 노래가 좋아서 작년 2월 초에 팬이 되었고, 그가 겪는 차별에 울분을 토하다가, 그의 노래와 함께 가수님이 살아온 길을 따라 뒤쫓아 다니며, 아프고도 힘든 시간들을 품게 되었어요.

그래서 우리들은 전우처럼 끊어질 수 없는 어마어마한 단결력과 에너지를 갖게 되었다고 느껴요.

가수님이 낸 에세이 자서전이 출간된 1년 후 팬들이 쓴 댓글로 책이 만들어진다는 놀라운 일이 일어나다니 우리 가수님을 사랑하는 팬들 참으로 감사드려요.

감동 또 감동

김호중 자서전에 이런 말이 있어요. "오늘의 무대를 잘해야 내일의 무대가 주어진다."

참 멋진 말입니다. 그런 무대를 보니 감동을 받을 수밖에 없었지요.

저는 〈태클을 걸지 마〉 부르는 것 듣고 눈여겨 보았지만 다른 참가자들도 살펴보다가 〈무정 부르스〉 듣고 감동을 받았고, 〈이대팔〉 부르는 것 보고와 ~ 다양한 매력이 있구나, 느껴 원픽으로 결정했습니다.

경연 내내 응원하며 우승하기를 바라며 네케, 포스팅, 커뮤, 유튜브 등에서 열심히 응원했어요. 결과에 좀 섭섭했지만 그래도 국민 사위가 되었지요.

늘 무대에서 한 음 한 음 의미를 두어 정성 들여 부르고 그가 온몸으로 노래하는 모습을 본 펜들은 진정성에 반하며 함께 웃고 함께 울며 감동을 받습니다.

음악이여 영원하라!

호중님과 제시카가 함께 부른 적 있는 〈원 서머 나잇〉을 들으며 귀가 쫑긋해지면서 눈시울이 붉어졌어요. 곡의 원 작곡가 겸 배우 피아니스트인 Chelsia Chan에 얽힌 추억 때문이었지요.

어린 시절에 당시 한국을 휩쓸었던 그녀의 영화와 노래들에 푹 빠져 수십 년을 오로지 지켰지요. 2006년 여름, 30년 만에 내한 했을 때 정말 눈앞에서 만나보게 되었지요. 십대 소녀 적에 혼신을 다해 그려놨던 초상화를 직접 내밀어 거기 사인을 받았고, 그 뒤 우리나라에 들를 때마다 공항에서 한 테이블에 끼어 식사를 하며 가사 해석 때문에 열심히 공부했었어요. 영어로 마주 보고 떨리는 대화도 했고 팔짱 끼고 그녀 앞에서 감히 노래도 부른 적이 있었어요. 제겐 아름다운 추억이에요.

이제 호중님 덕분에 죽은 감정이 다시 살아나 물결처럼 요동치는 거 학우님들이라면 다 공감하실 거예요. 온통 호중님 음악으로 가득 채운 채 하루하루를 보내고 있어요.

때로 미로 속에 헤매고 안개 속에 갇혔지만, 노래하는 사람이 되고 싶어 빛을 잘 찾아온 우리 호중님. 환상적 헤어라인과 완벽한 슈트 빨에 얼굴 표정과 함께 분출되는 그 걸출한 음악이여 영원하라!

선한 향기의 선영 학우

엄님

노래를 잘하는 가수는 많아도 감동을 울리는 가수는 그리 많지는 않지요. 가수 김호중은 장르를 가리지 않고, 노래를 잘하고, 좋아하고, 그의 노래를 들으며 많은 사람이 열광하고, 기뻐하고, 치유 받고 있지요.

그의 노래에서 마음이 움직임을 얻고 더구나 힘을 받아 만난 학우들이다. 선한 향기를 서로 소통하기도 하고 실천하는 선영 학우들의 현재를 주어진 이 마당을 사랑합니다.

별님을 향한 나무 한 그루

엄숙희

과일이 주렁주렁 달려 몸과 마음을 풍요롭게 해 주는 한 그루의 나무가 되고 싶다.

태양이 뜨겁게 비추면 가지마다 핀 꽃잎으로 뜨거운 태양을 막아주고 싶다.

강물을 건널 땐 굵은 가지를 늘어뜨려 다리를 놓아 주고 목말라 할 땐 줄기에 고인 물로 갈증을 풀어주고 싶다.

그렇게 별님을 향한 한 그루 나무가 되고 싶다.

높이 날아오르세요

여명

바람이 셀수록 연은 높이 난다는 말씀에 공감합니다.

그러고 보면 호중님을 그렇게 괴롭히던 그 음해성 모함도 호중님이 더 높이 날기 위한 밑거름이 되었다고 생각하면 꼭 나쁘기만 한 것은 아니었다며 위안을 갖습니다.

거의 가지 않았던 영화관을 혼자서 찾아갔습니다. 영화 〈그대 고맙소)를 두 번이나 봤었지요.

　호중님이 아니었다면 절대로 일어나지 않았을 일, 별것 아닌 것 같지만 저로서는 제 삶의 큰 변화입니다.

　수많은 사람들을 변화시킨 그 힘으로, 높이 날아오르세요. 저희가 바람이 되어 드리겠습니다.

봄볕처럼

연제맘

　선영대학 총장님의 음악 감상 시간, 저의 친정집 담 옆에 큰 살구나무가 있어 봄이면 꽃이 흐드러지게 피었었지요. 덕분에 잠시 동심으로 돌아가 동네 한 바퀴 추억 여행을 했어요.

　노래로 하나 되어, 한 가수를 응원하는 따뜻한 마음이 봄볕처럼 퍼집니다.

난생처음

염수연

　생애 처음으로 김호중의 팬이 되어서 살아가는 요즘 행복합니다.

　오래전 라디오가 유일한 전파 매체였던 시절에 콘테스트에 뽑혀서 KBS 어린이합창단원으로 활동하며 '누가누가 잘하나' 프로에 녹화 출연도 하고. 여고 시절에는 음악선생님을 짝사랑한 기억도 납니다.

성악을 전공하지 못한, 아쉬움의 푸른 시절은 다 갔지만, 마음은 늙지 않아서 함남부녀회에서 지역 합창단원으로 활동하고 있으니 노래와는 뗄 수 없는 인생을 살고 있습니다.

코로나로 힘든 요즘, 천상의 목소리로 진심을 담아서 노래하는 호중별님의 목소리는 감동으로 위로를 주고 희망을 줍니다.

내 짝사랑 김호중

염화용

문화사를 귀에 쏙쏙 들어오게 풀어내시는 근철샘은 백만 불 이상이에요. 호중씨 사랑으로, 문화사 강의까지 들으니 할매도 삶에 있어 활력소가 됩니다. 그런데 이상하게도 호중씨 만나고부터는 할매 소리가 듣기 불쾌해지네요. 힘이 빠지고 무력감에 빠졌었는데 그의 노래를 듣고 나서는 나이를 잊은 채 점점 소녀가 되더니 심지어 콩닥콩닥 짝사랑을 하고 있네요.

오늘도 가수 김호중의 노래를 들으며 그와 동행합니다.

트바로티 별

예별티처

어느 날 내 가슴에 들어온 별 하나. 그 별 이름은 트바로티. 군대 생활 끝내고 돌아오는 날이 왜 이다지도 긴가요. 고개를 쭉―내밀고 기다립니다.

별님 부재중이지만 노래를 선물해 주고 갔으니 그 노래를 들으니 입대하기 전과 같은 내 삶이라오. 오늘은 미국 코리아 방송에서 별님 팬들이 나와서 저도 함께 시청했죠. 만개가 울려 나올 때 다들 꺄악~ 미국에서도 가수 호중님 팬들이 많다니… 또 다른 감동이네요. 저도 방송 보며 감동과 기쁨으로 댓글 창에 보라 하트를 빵빵 쏘며 '고맙소 고맙소' 했답니다.

별님 이렇게 잘 기다리고 있어요. 잘 마치고 제자리로 돌아오는 아름다운 풍경을 기대하고 기다립니다.

전문가의 도움을

예쁜여우

방송에서 주신 말씀 오늘을 살아가는 데 많은 도움이 됩니다. 호중님도 어떤 문제나 일이 발생하면 꼭 전문가와 동행했으면 하는 마음 간절합니다. 등잔 밑이 어둡다고, 우선 일어나는 일에 대해서 항상 어떻게 해야 좋을지 판단력이나 촉이 안 생길 때가 많을 거니까요.

법적인 문제는 변호사에게, 회계사와 세무사의 도움을 꼭 받으셔서 문제가 발생하지 않도록 조심하시기 바랍니다. 물론 우리 가수는 우리가 지켜야 되겠지만요.

호중, 연락주세요

과찬, 넘치는 사랑, 폭발하는 반응, 수많은 손뼉에 정신이 없습니다. 선영대 학우님들은 저마다의 능력으로 각 분야에서 일가를 일구고 있습니다.

저 예삐는 부족한 점이 많으니 모든 걸 사랑으로 감싸주세요. '잘한다 잘한다' 칭찬을 해 주시면 물불 가리지 않고 매진하는 뻔뻔함이 있습니다. 좋게 말하면 불굴의 의지에 열정적이며 칭찬받으면 용기백배, 힘이 절로 납니다.

호중씨 캐리커처 그리는 일이 제 하루 일과 중 가장 중요한 시간이 되었답니다. 호중씨 얼굴을 얼마나 뚫어지게 보았냐면, 사진이 닳아서 구멍 날 지경? 제 머릿속 수많은 풍경들 장면 장면마다 호중씨의 포즈와 표정, 의상과 액세서리, 구두와 시계가 세트로 떠오릅니다.

앞으로 어떤 그림들이 더 나올지 저 자신도 기대됩니다. 확실한 것은 무궁무진하다는 사실이지요. 호중씨는 표정만으로도 천만 가지의 스토리를 지닌 아티스트니까요. 과연 그의 잠재력은 어디까지일까? 무한대로 뻗지 않았을까요? 그의 탁월함과 비상함은 물론, 순수미와 자연미까지 끊임없이 그려내야지요.

제가 그린 캐리커처에 대하여 호중씨가 '이건 어떠세요? 저렇게도 그려줄래요? 스탈은 이걸로요. 세련된 코디 부탁해요.'

이렇게 주문하는 날이 오길 기다립니다. 호중씨, 연락줘요. 언제 어디서든 콜~

기쁜 소식 감사

오경숙

일이 있어 늦어져도 아무 부담없이 방송보며 느낌을 남길 수 있어 좋아요. 생신 맞으신 분 축하드리며, 호중씨 기쁜 소식 감사합니다.

왜 이래요?

오고택

김호중 음악 들으면 왜 이래요?

날이 추운 것도 아닌데 코끝이 시리고 멍멍해지면서 눈물이 고여요. 하루에 여러 번 이런 증상이 있습니다.

큰 병은 아니겠죠? 여러분도 이런 증상이 나타나면 제 말을 생각하세요. 우리는 동병상련의 동지라고 말입니다.

정말 멋집니다

오명숙

오늘도 선영대 학우들을 위해 명인& 명장 찾아다니며 수고하는 모습, 총장님 아니면 누구도 할 수 없겠다는 생각이드네요. 홍보처장 배연자님 볼 때마다 깜짝 깜짝 놀라네요. 경험치 많고, 폭넓은 인간관계까지 정말 멋집니다.

바쁜 일상

어느 날 김호중 가수가 찾아왔어요. 인생은 60부터라고 했던 게 남의 일인 것으로 생각했는데 내 인생에서 김호중을 만나고부터 더 부지런하게 제2 인생을 살고 있어 행복하네요.

선영대학에 등교도 해야 하고 출근 준비하고 바쁘다 바빠!

오늘도 웃으며 강의를 들을 수 있어서 감사드립니다.

영원히 찐팬으로

종로선글님, 최고인 방송임을 인정하며 김호중 팬들의 귀한 말씀과 이근철 쌤 영어 수업은 특별합니다.

뇌경색으로 시력과 기억력을 잃은 남편께 반복 듣기로 기억력을 되찾게 하고, 또 뇌세포 재생에 도움이 되니 감사드립니다. 김호중 자서전을 읽어주었고, 팬미팅 영화를 딸이 예매해 줘서 나란히 앉아 봤더니 8학년을 앞둔 남편이 눈물을 펑펑 흘렸습니다. 아무리 다른 가수와 비교해도 김호중 노래와는 비교가 안 되지요.

눈 앞에 펼쳐지는 김호중 장르의 독보적인 음악은 세계를 향하여 뻗어 나갈 테지요.

분명 노래로 대한민국을 빛내리라 확신합니다.

걸림돌을 뛰어 넘어

오솔길

걸림돌도 어떻게 활용하느냐에 따라 디딤돌이 될 수도 있지요. 앞에 놓인 거대한 돌덩이를 딛고 일어나 멀리 도약하십시오. 눈앞의 돌이 걸림돌이 아닌 도약의 발판이 되는 디딤돌이라 생각하세요. 독보적인 목소리로 많은 이들의 가슴에 울림을 주는 별님을 열렬히 응원하겠어요.

용기

오순환

결석 없이 매일 듣고 있었지만 실수할까 봐, 보잘것없는 내용일까 봐, 댓글도 달지 못하고 있었는데 시간이 흐를수록 점점 멋지고 훌륭한 재능 기부자가 늘어나는 모습을 보았습니다.

선영대를 위해 헌신하는 학우들이 점점 많아지면서 더 소극적으로 변해가는 제 모습을 보면 답답함이 있었습니다. 오늘 강의를 듣고 용기 내어 댓글을 달았고, 학우들의 댓글도 읽기로 자신과 약속했습니다.

행복이 배로 늘어날 것 같아 아주 기분이 좋네요.

예삐님, 시어머님과 다정한 캐리컷!

옥구슬

오늘은 시어머니 백신 접종 날이라 일찍 아침을 먹고 수업 듣는데 제 얘기가 나와서 깜짝 놀랐어요.

캐리컷을 보고 있는데 눈물이 나네요. 올해 87세이신 시어머님이 아프시기 전, 85세 생신 때 바다가 보이는 유채꽃밭에서 같이 찍은 모습입니다. 예삐님이 친정엄마와 함께인 것처럼 다정하고 정겹게 그려주셨어요.

친정 부모님은 돌아가신지 40년이 되어 갑니다. 신혼 때 어렵던 시절이라 용돈 한번 드리지 못하고 맛난 것 한번 대접하지 못했던 아쉬움이 남아 있는데, 지금은 홀로 계신 시어머니 수발 중에 있습니다.

지난해 죽음의 문턱을 넘기신 후 회복 중에 계셔요. 부족하지만 "네 부모를 공경하라"는 말씀 가슴에 새기며 학우들의 감동 사연과 보석 같은 댓글들, 별님 노래를 들으면서 힘을 내고 하루하루 감사한 마음으로 살아갑니다.

가족들께 방해가 될까 이어폰을 끼고 듣다 보니 귀에 알레르기가 생겨 고생도 했지만, 요즘은 볼륨을 작게 하여 이어폰 없이 듣기도 합니다. 함께라서 더 행복한 날입니다.

이육사의 광야에서

옥봉

오래전에 배웠던 이육사의 시를 외워보는 시간입니다.

그 거친 광야에서 독립을 위해, 해방을 위해 싸우셨던 선조들의 애국심을 배웁니다.

이육사의 삶과 가족 이야기를 들으며 어쩌면 우리 이웃에도 특별한 분이 살고 있을지도 모른다는 생각이 듭니다.

나라 사랑에 나와 남이 없는 것처럼, 호중 사랑에도 우리 모두 힘을 합칩시다.

여전히 푸릇푸릇한 마음

옥자김

아침밥 준비하면서 강의실에 들어왔어요. 학우님들 덕분에 저도 늘 감사하며 살고 있어요.

상추씨 뿌리고 냉이도 캐 왔어요. 내일 아침에는 냉이 무침, 황태뭇국 끓여서 선영대학에 등교할게요.

향긋한 봄 내음을 학우들과 함께 맛보며 느끼고 싶어요.

우리들도 인생의 봄길은 이미 지나온 듯싶지만, 마음은 여전히 푸릇푸릇하잖아요.

반갑습니다

올핫세

오늘도 건강하고 밝은 목소리로 방송하십니다.

아름다운 풍경도 보여주고, 맛있는 음식도 소개하는 모습이 아름답습니다. 우리 가수에게도 맛있는 것 먹여드리고 싶어요. 제 손으로 만든 음식을 대접하고 싶답니다.

언젠가는 그 꿈 이루어질 날 있을까요?

출근길의 선영대 출석

우경희

매일매일 직장에 출근하며 대학에도 등교할 수 있어서 참 좋습니다.출근하는 차 속에서 듣느라 댓글 제대로 달지 못해도 마음은 항상 학우들과 함께해요.

우리 건강 잘 지켜서 오래오래 응원하고 사랑을 보내기로 해요. 아시죠? 제가 더 이상 말씀 안 드려도요.

여보, 고마워요. 사랑해요!

웃음꽃 만개(한스마일)

황선이 학우님 사연을 듣고 황망히 앉아 눈물만 흘리고 있네요. 제 남편께 넘 죄스럽고 미안하여 마음이 아파요.

"고마워요", "사랑해요" 표현 한번 못한 저 자신이 원망이 되네요.

저는 32년 전, 급성 바이러스성 임신 당뇨로 혼수상태에 빠져 중환자실에서 기적적으로 깨어나 보니 췌장이 망가져 1%의 인슐린도 분비되지 않아 인슐린 의존형 당뇨로 살았어요. 합병증으로 만성신부전증이 생겨 5년을 투석하다 7년 전 신장, 췌장을 동시에 이식받다 출혈이 멈추지 않아 재수술까지 받고 덤으로 살고 있어요.

제 남편은 직장생활 하면서 32년 동안 불평 한마디 없이 지극정성으로 간호해 주었고 '장한 남편상'을 받았어요.

제가 수전증이 있어 매일 귀팅만 해서 죄송합니다.

오늘, 제 남편께 제대로 못한 말을 하고 싶어요. "여보, 고마워요. 사랑해요!"

호중씨는 다 계획이 있었구나!

유맹희

총장님은 한국사와 세계사, 영어 과목까지, 없는 것 빼고 모두 다 있는 다양한 정보의 창고를 소유하셔서 학우들이 수준높은 소양과 실력을 연마하도록 채찍질해 주시네요.

'이토록 호중씨는 다 계획이 있었구나' 클래식 음반이 나오자마자 이근철 선생님의 영어 무료 강의를 듣게 해 주시네요. 호중씨의 월드 클래스와 글로벌한 활동에 발맞추려면 어찌 공부를 게을리하겠습니까?

뭘 알아야 어디 가서 명함을 내놓지요. 열심히 공부하겠습니다.

[D-523일] 김호중 팬으로 산 첫 경험, 배꼽 잡는 이야기

유명숙(반디나비)

1월 1일, 새해 인사 전화가 와서 1시간 20분 동안 대하소설을 쓰던 중.

"올해는 몸을 만들어 애기를 가져볼 계획을 세워보렴"

은근히 압박과 내 소원을 말하듯 들이밀었더니 갑자기 돌발질문이 들어왔다.

"어머님의 올해 계획은 무엇이세요?"

"코로나 땜에 봉사도 못가니 취미 생활인 규방 공예나 하면서…."

"그 다음은 김호중 응원하실 거죠?"(결승전에 투표해 달라, 팬미팅 티켓 구해 달라, 앨범 나왔을 때 사 달라)

"이제 호중이는 걱정 없겠더라. 누구도 못 건드릴 만큼 위상이 높아졌어."

"어머님, 이제 절에 가시면 배 아파 낳은 아들 기도 좀 해 주세요. 김호중은 그 다음으로 하시구요."

너무나 당황해서 버벅거리다 큰소리로 "아무렴, 배 아파 낳은 자식이 먼저지!"

난 완전 철없는 시어머니, 생각 없는 시엄마, 개념 없는 시엄니로 전락했다. 세상 풍경 중에서 가장 아름다운 풍경은 모든 것이 제자리로 돌아가는 풍경이라고 호중님이 수없이 노래했는데 난 돌아갈 자리를 잃어버린 것 같다. 어떡하지?

"며늘아가, 니는 왜 아직 안 넘어오니?"

영재요?

유소리

우리 아들놈들, 학창시절 얘기 나오면 누가 더 멋지게 꼴등했는지 내기하는 거 듣고 얼마나 기가 막히던지~~ 우리 아이들이 학교 다닐 때 성적을 비관하여 잘못된 길을 선택하는 아이들이 많았죠.

그래서 저도 아이들 성적을 익히 알고 있으니 물었죠.

"아들 저런 경우 너는 어떤 생각이 들어?"

그때 우리 아들의 대답이 걸작입니다.

"엄마, 아까운 인생 죽기는 왜 죽어 땅을 파서라도 살면 되지."

그 말 듣고 쫌 부끄러웠죠. 그렇지만 우리 아들들 지금 잘살고 있어요. 아마도 엄마 닮아서 삶의 영재인가 봐요.

오늘도 일하러(살러) 가는 길, 선영대 학우들이 함께하니 외롭지 않습니다.

선한 길로 인도하는 별

유영근

하늘을 깨부술 듯 천둥, 번개가 몰아쳐 하늘 저편을 붉게 멍들게 하여도 하늘은 용서의 손길로 푸르게 더 푸르게 보답합니다. 호중 씨를 괴롭히는 많은 사람이 있네요. 우리 학우들도 용서를 베풀어 어두운 밤에도 빛날 수 있도록 별이 되어 봄이 어떤지요? 호중 님을 주축으로, 길을 잃고 헛된 소리 하는 사람들을 바른길로 안내하는 북극성이 되어 보아요.

배웅을 들으며

유정선

배웅은 손님이 가실 때 '안녕히 가시라' 또는 '자주 놀러 오시라' 등 인사이기에 제가 호중님을 배웅해 드리는 마음으로 입대 전야에 불렀던 〈배웅〉 노래를 들었어요.

학우님들도 호중님을 위해 열정과 기다림으로 사랑하시니 김호중 님도 훗날 누군가에게 선한 영향력 있는 가수가 되리라 의심치 않으며 오늘도 응원하겠습니다.

엄마 같은 사람이 왜?

유정연

책 출간 날짜가 발표되고 기대와 설렘 속에서 문득 작년 일이 생각나네요.

엄마의 인생에 갑자기 뛰어든 한 가수로 인해 늘 친구같이 동행하던 모녀 사이에 이상한 기류가 흐르기 시작했지요. "엄마 같은 사람이 왜?"

그 질문에 대답은 "엄마 같은 사람이니까. 너희들이 살아 보지 못한 세월을 엄마는 살아냈기에 너희들 눈과 마음에 보이지 않고 느끼지 못하는 진실을 다른 각도에서 볼 수 있고 느낄 수 있기 때문이겠지. 인생은 겪어낸 시간만큼 답을 내이주는 거지. 너도 그 시간을 살고 나면 그때 엄마가 그 가수에게 왜 그렇게 절실하게 애틋할 수밖에 없었는지를 이해할 수 있지 않을까?"

이번에 발간되는 책을 통하여, 우리들 세대가 펼쳐내는 소박하고 진솔한 이야기 속에서 우리 자식들이 '왜. 우리 엄마가?' 의문에서 '아! 우리 엄마였으니까'라고 이해할 수 있기를 소망합니다.

마음은 항상

유태수

저는 부산에서 돼지국밥집을 하고 있어요.

어제 우리 별님의 찐팬 한 분이 식당에 오셨어요. 저는 물 만난 고기처럼 별님 이야기를 쏟았답니다. 입에 침을 튀기면서요. 오랜만에 생기가 돌았어요. 온 몸에 별님 사랑의 기운이 퍼져서 정말로 신났답니다.

오늘은, 오랜만에 선영대에 출석합니다. 불량학생 용서해 주세요. 그래도 마음은 항상 선영대에 있고요. 별님 사랑으로 가득하단 걸 우리 학우님들은 모두 알 거예요.

캐나다에서 보내는 편지

유현자(캐나다 빅토리아)

이민 생활 35년(아일랜드, 미국, 캐나다), 바쁘게 살아오느라 한국 소식은 잘 접하지 못하고 살아왔다.

그런데 코비드라는 엄청난 시기를 겪으면서 뜻하지 않게 내 인생의 전환점을 맞게 되었다.

287

지인의 소개로 보기 시작한 프로에서 '가수 김호중'은 내 생활의 중심이 되었다. 하루 아침에 Lock down이 된 상태에서 그동안 보지 못했던 TV 프로를 다 보려는 듯 18시간은 컴퓨터 앞에서 시간을 보냈고, 모든 것은 호중의 일거수일투족으로 집중되었다.

그 깊으면서도 높고 맑은 목소리에 나도 모르게 눈물이 나고, 선한 모습에 내 아들 같아서 무엇이든 응원해주고 싶은 마음을 어쩌랴!! 육십 평생 어느 특정 연예인을 응원한다든가 어느 한 사람을 특별히 좋아해 보지 않았는데 이런 감정은 처음이라 나도 어리둥절했다.

지인의 권유로 내 개인 유튭도 만들어서 빅토리아 소개와 함께 호중을 응원하게 되었다. 게다가 종로선글 회장님의 권유로 '종로선걸'이라는 애칭과 함께 일요일마다 캐나다 소식 영상도 보내게 되었다. 선영인들과의 소통이 행복하다.

제가 보낸 별님 영상

유혜영

영상 올려진 것 보니 좀 더 잘해서 보낼 걸 아쉬워했답니다. 호중씨 노래를 들으면 가슴속 깊은 곳의 울림을 느끼고 행복하답니다 이 나이 되도록 살면서 가수의 팬이 되어 본 것도 처음이고, 팬미팅에 가며 설렜고, 이 나이 되어 모든 새로움을 알게 해 준 호중씨께 사랑의 마음 전합니다.

우리 함께

만남으로 행복하고, 웃음으로 즐겁고, 소통으로 유쾌합니다.

함께라서 왁자하고, 노래로써 신나고, 기다림도 정겹습니다.

선영대학 이름으로, 호중 가수 응원은, 변함없는 사랑입니다.

우리의 마음이 하나 되어 우리 가수를 더 높은 곳으로^^

만세~만세~만만세~~~

윤사월

내가 표현할 수 있는 최고의 감동 표현입니다. 이 말 뒤에 나오는 행동은 상상에 맡깁니다. 이렇게 좋은 선영대학에서 함께 공부하며 서로의 속마음을 나눌 수 있다니 저는 운이 좋았나 봅니다.

늘 운이 좋다는 소릴 듣고 살았는데 생의 끝자락에서 대박 홈런을 쳤네요. 내가 치는 홈런, 호중 가수 있는 곳, 어디든지 날아갈 것입니다.

행복한 만남!

윤순덕

낮에 쌍둥이 손주들 보느라 일찍 자고 일찍 일어나 딸네 집 출근하다 보니, 밤늦게 방송하는 미스터트롯 본 방송을 한 번도 시청하지 못했습니다.

3월 어느 주말, 미스터트롯 결승전에서 아름다운 청년 김호중의 〈고맙소〉 노래를 듣고 감동하여 단번에 반해 버렸습니다.

친구들이 저의 열정에 놀랍니다. 주중엔 손주 돌보고 주말엔 세 아이들 밑반찬 만들어 주면서 언제 김호중 광팬이 되었냐고요. 친구들한테 앨범과 사진 있는 마스크도 나누어 주었습니다.

어느 날, 내 곁에 홀연히 크나큰 선물로 와 준 김호중! 그립고, 보고 싶고, 점점 더 사랑이 깊어가는 나 자신에 놀라고 있습니다.

우리 애들도 이제 내 편이 되어 김호중 좋아하고, 손주들까지 할머니 따라쟁이 하면서 호중삼촌 아주 좋아합니다.

웃음으로 시작하는 선영 대학, 아무리 바빠도(지각은 종종하지만) 꼭 출석하며, 날마다 총장님 웃음소리가 반갑고, 학우님들 아름다운 댓글 보며 저의 글 쓰는 수준이 높아지고, 수많은 사연에 울고 웃으며 함께합니다. 선영대학에서 수많은 학우님들 만나서 교류하고 함께 응원하며 행복합니다.

우리 가수가 세계적인 음악가로

윤연숙

저는 작년부터 거의 빠지지 않고 눈팅과 귀팅을 하던 찐 팬입니다. 첫 번째 글은 8월 2일에 올리고 오늘 두 번째 궁금한 것이 있어 글을 올립니다. 9월에 발매되는 책을 사려면 어느 방법으로 사는지요?우리 가수가 세계적인 음악가로 인정받을 때까지 함께 응원해요.

선영대 학우님 호모닝

윤정희

  참여하고, 댓글 달고 싶은 마음은 굴뚝 같지만, 손가락이 자꾸 미끄러지듯 마음과 손이 따로 놉니다.

  그래도 학우들의 글 읽는 기쁨으로 행복합니다. 오늘은 이 학우님 댓글이 제 마음 같고, 내일은 저분의 댓글이 제 마음을 그대로 나타내는걸요. 같은 마음으로 한 사람을 응원하는 우리는 모두 가족입니다.

종신보험

윤종순

  지난해에 한 청년에게 종신보험을 들었다. 보험료는 덕질에 사랑을 플러스한 것이다.

  어느새 저물어 가는 삶 속에서 외롭고 쓸쓸함을 느낄 때 그 청년의 음원은 밝은 에너지와 넘치는 청량감으로 내게 활력을 주었다. 그의 고급진 노래를 듣고 있으면 저절로 즐거움이 따라왔다. 그의 음악성은 타의 추종을 불허하기에 나는 탁월한 선택의 보험을 든 셈이다. 그래서 행복하다.

  공카에만 11만이 넘는 아리스 친구가 생겼고, 새로운 도전의 선영 대학 학우들과 날마다 소소하게 즐기는 수다는 옵션이다.

  나는 오늘도 희망을 만난다. 삶이 익어가면서 우리와 친구 하자고 졸졸 따라다니는 두려운 녀석들은 바로 갱년기와 우울증과 치매라는 병이지만 이제부터는 두렵지 않다. 한 청년으로 인하여 세워진 선영대학이라는 종신보험이 이들을 잘 해결해 주리라 믿기 때문이다. 군 복무를 끝낸 가수가 우리들에게로 돌아오리라는 믿음, 돌아올 때는 더욱 성숙하고 깊어진 음색을 만날 것이라는 기대, 공부하는 가수와 공부하며 기다리는 팬들은 한마음이다.

내 종신보험은 최고의 가치를 품었다.

연둣빛 창모자의 주인공에게

윤진순

며칠 전 지인들과 피아골 연곡사에서 2박 3일을 보내고 왔어요

수줍은 소녀 같은 연두빛 아름다움에 철없는 멘트를 날렸죠 "나이야 가라…"

수필가는 이렇게 표현하는군요. '연두빛 창모자' 감격입니다.

첫 아이를 가졌을 때 입덧으로 봄이 무척 싫었어요. 그리고 가을을 좋아했죠. 쓸쓸함을 즐겼다고나 할까요? 근데 이젠 나이 탓 인가요. 아님 돌아갈 수 없는 아쉬움 때문일까요.

보이지 않던 것들이 보여지는 봄이 좋아지기 시작했어요. 봄바람은 여전히 싫지만… 기대하지 않았는데 이렇게 글 보내시니 톡여는 순간 놀라고 이름 불러 주셔서 또 한번…

심장의 두근거림은 젊어짐의 특효약일 것 같네요. 훌쩍 어디론가 떠나고 싶을 때 으아리가 예쁘게 핀 소담 수목원으로 핸들을 돌려 보겠습니다. 보내주신 사랑으로 건강 지킬게요^^

참깨를 볶는 꼬소함으로

윤태순

아침밥 준비하며 강의 듣다가 살짝 꺼 둡니다. 식사 준비가 끝나면 식탁에 폰을 놓고 남편도 들으라고 재방송을 켭니다. 함께 듣는 남편도 고개를 끄덕끄덕 하네요.

기분 좋은 아침, 행복의 깨소금을 마구마구 뿌립니다. 내 가족만으로는 살짝 아까워서, 선영대 학우님들께도 보냅니다.

고소하게요~ 우리 날마다 참기름 다글다글 볶으면서 꼬솜하게 지내봅시다.

설레이는 마음으로

윤해솔

오늘은 편집국장님이 반가운 소식을 가지고 오셨네요. 드디어 책을 마무리 하셨군요. 그간 수고 많으셨습니다.

아무런 도움도 드릴 수 없는 처지가 부끄럽습니다. 대단한 학우들이 많아서 좋은 글 많이 실려 있겠지요.

설레이는 마음으로 기대하고 있습니다. 힘써 주신 위원님들 큰 일 하셨습니다.

보라색 모자를 뜨며

윤해순

위로 세 언니가 학우로 등록하고, 저는 막내딸로 네 번째 학우가 되었습니다.

세상에 어떤 대학이 언니들과 어깨를 나란히 하고 네 자매가 같이 공부할 수 있을까요?

저는 보라색 모자를 열심히 뜨개질합니다. 바늘 코 한 땀 한 땀에 우리 별님에 대한 기도를 새깁니다.

이 모자를 쓰신 누군가도 별님을 위해 기도하며 사랑을 새기겠지요?

하루의 우선 순위

윤혜숙

선영 자율대학 총장님 취임사, 너무 소중하신 말씀 감사해요. 선영대학 입학생으로 자부심을 느끼네요. 바쁘다고 슬쩍 듣기만 하고 댓글조차 제대로 못 남기고, 아니 남기고 싶어도 글 쓰는 분들의 수준이 높아서 감히 낄 수가 없어서 써 놓고 지워버리기도 했어요. 너무 귀하고 귀한 호중 별님을 사랑하는 학우님들과 항상 같이 뜻을 이루고 있다는 생각만으로도 뿌듯하지요. 하루의 우선순위에서 종로선글의 선영대학교 강의에 귀팅하는 학우로서 오늘도 행복함을 고백합니다.

김호중 힘내세요

이강란

칠십 평생에 처음으로 팬 카페에 가입했어요. 삶의 의미를 잃고 우울하게 보내던 중 김호중의 노래를 듣고 자식처럼 사랑을 주며 삶의 의욕을 찾았지요.

그러나 요즘 다시 잠도 못 자고, 밥도 못 먹고 방송과 유튜브 채널 뒤지며 김호중의 얼굴이 밝은가, 그늘이 졌나, 살피며 맘 졸이고 있습니다. 사춘기에 잠깐 방황하다가 맘 다잡고 고난과 역경을 이기고 이제 우뚝 섰고, 아리스 식구 만나서 행복해하는 트바로티 김호중! 박수치며 기뻐하고 사랑해야 할 어른이, 그것도 배웠다는 사람이, 한 청년의 삶을 비난하고 난도질하는 행위로 온 국민을 분노의 숲으로 이끌어 가는 것을 보며 화가 납니다. 김호중을 잘 알지 못하는 사람들의 시선을 사로잡아 자신의 이득을 취하려는 나쁜 사람이 정말 밉습니다. 그러나 진실은 반드시 승리하고, 착한 뒤끝은 밝습니다.

별님 군대 가는 날

이경민

호중씨 군대 가는 날, 마음 한 켠이 찡하고 허전합니다. 군 생활 잘하고 건강히 돌아오세요.

참 소중한 내 가수 노래 들으면서 이 자리에서 만나는 그날까지 손꼽아 기다리겠습니다.

여우로 못 산 곰의 넋두리

이경임

1. 남편을 선영대에 입학시킨 학우들 부러워요. 우리 남편은 아무리 권유해도 요지부동, 트롯이 싫다네요. 오로지 조용필만 좋다 하네요.

   "〈My way〉 부르는 것 봐. 기가 막혀. 어떤 가수도 이렇게 못해"

   아무리 꼬드겨도 눈길 한번 안 주는 고집불통, 내 남편 하나 내 편으로 못 만드니 여우로 못산 곰의 넋두리예요.

   이만 포기하고 나만의 길을 가렵니다.

   My way~!

2. 워킹마니아, 나 또한 산행을 좋아해서 매주 성지에 가서 미사 드리고 등산을 했네요. 몸무게 많이 나갈 때 바위와 바위 사이를 지나쳐야 하는데 거기에 엉덩이가 껴서 못 나와 일행분이 뒤에서 밀고 앞에서 잡아당겨 간신히 빠져나왔던 일, 지금 생각해도 순간 난감했긴 하지만 웃음으로 정리했어요.

   항상 추억은 아름답네요. 우리 함께 운동해서 건강한 몸으로 살아갑시다.

응원합니다

이계숙

존경하는 총장님과 발명왕 차광수 회장님 김호중 로봇 응원합니다. 길이길이 빛날 카이로스와 크로노스의 시간 속에 함께 할 수 있음에 진실로 감사합니다. 돈키호테상 굿 아이디어입니다.

황혼기의 행복

이길숙

댓글을 모아 모아 책을 만든다니 이제 우리 학우들이 역사의 한 페이지를 남길 거대한 업적이 기다리고 있습니다. 당연히 잘해 낼 겁니다.

별님에게서 우리가 받았던 행복과 인생의 황혼기에 느낄 수 있었던 희열을 갚을 수 있는 우리 학우들의 저력을 보여줄 때입니다.

학우님들의 건강을 빌며

이담엔 무조건 행복해야 해

최옥영 화백님의 감동적인 사연에 마음이 뜨거워져서 나를 돌아보게 되네요.

자녀들을 다 훌륭하게 성장시킨 후 자신의 꿈을 찾아 문학과 그림을 공부하는 중 60세에 암이 찾아와 암 수술 또 심장병으로 쓰러지시고 또 백혈병까지 그 무서운 병마와 싸우며 얼마 남지 않은 시간을 시와 그림을 그리며 시집도 출간하셨네요. 매년 작품 전시회도 열고 귀중한 작품을 선영문화재단에 기증하신다는 소식에 눈물이 나네요.

남정렬 학우님의 암 수술 후 눈도 점점 나빠진다는 안타까운 사연에 또 한 번 기도의 사명을 갖고 호중님의 펜 카페에 나를 보내신 뜻을 깨달은 듯하여 두 분을 위해 작은 힘이나마 기도로 응원

감히 댓글을?

이대자

날씨는 무지 더운데 울 총장님은 신수가 훤하게 보이니 참으로 다행입니다. 학우님들 댓글이 어찌나 수준이 높은지 감히 댓글을 못 달겠더라구요. 그래도 총장님 안부를 여쭙자니 안 쓸 수가 없네요. 늘 응원합니다.

천지삐까리

이말순

-천 : 천수를 다할때까지
-지 : 지혜롭고 겸손하게
-삐 : 삐치지 말고 화목하게
-까 : 까탈보다 배려로 내면의 30%를 채워
-리 : 이해하고 감싸주며 별님 사랑 영원히 함께 해요.

세상이 아름다운 것은 사랑이 있기 때문이라지요.

제 삶이 즐거운 것은 별님이 있기 때문입니다.

별님은 그리움으로 나를 숨 쉬게 하네요.

노래를 듣고 영상을 보고 음원을 스밍하며 행복합니다.

제대를 기다리고 앞으로의 활동을 예상하며 기쁩니다.

선영대 학우들과 나누는 우정은 웃음이구요.

방송을 통한 배움은 마음의 양식입니다.

아침 7시 땡~ 만남은 반가움입니다.

서로서로 주고받는 인사와 댓글은 사랑입니다.

가수 김호중 군은 큰 그릇

이명순

내가 가진 능력이 어디까지인지 도전해 보려는 뚝심 그것만 봐도 대단하지요. 내가 잘하는 장르만 고집하는 가수들에 비하면 대단하다 못해 존경스럽기까지 했어요. 경연에서 노래 부르는 내내 마음이 조마조마했지요. 자식 바라보는 부모 마음처럼 심장이 쪼그라들고 안타까웠지요.

시간이 지나고 이제는 바람남도 짝사랑도 웃으면서 잘 듣고 있습니다.

멋진 청년, 빛나는 청년. 우리의 아들 김호중 화이팅 빈체로~

유머에 빵빵 터진 날

이동순

노트 필기하며 공감하는데 총장님의 유머에 빵빵 터졌답니다.

우리와 다른 문화, 가기 전 공부하고 가면 훨씬 더 얻을 것이 많더라고요.

저는 영국 여행이 젤 기억에 남아요. 미리 숙소와 항공편 예약을 다 해놓고 세 식구가 영국으로 출발했는데요. 일월인데도 어딜 가나 초록 풀밭이 펼쳐져 있고 온화한 날씨였어요. 수도 런던, 대학의 도시 옥스퍼드와 그리니치 스코틀랜드의 에든버러와 아일랜드의 더블린을 13일 동안 여행하며 짧다고 느낄 만큼 모든 도시가 개성있고 멋졌습니다.

셰익스피어 생가에 기차 타고 가는 길, 전원 풍경에 취해 있다가 잘못 탔다는 말에 당황 했는데 다행히 역무원이 친절하게 안내해 주셔서 무사히 갈아타고 다녀왔던 기억이 납니다. 조용하면서도 소박하고 예의 바른 모습의 사람들이 아주 인상적이었어요.

경제 대국 영국의 수도 런던은, 도시 곳곳에 오랜 역사의 고풍스런 건물과 함께 현대적인 신시가지엔 역동적인 젊은이들이 넘치더군요.

세계에서 처음 개통됐던 지하철 언더그라운드와 런던의 명물 빨간 더블데커를 타고 며칠 동안 머물며 박물관 미술관 국회의사당 궁전 광장들을 순례하듯 돌아다녔던 그 기억들이 우리 가족에겐 지금도 값진 추억으로 남아 있어요.

어린 시절이 떠올라 그리움에 사무칩니다.

이루비

1. 찔레꽃이 만발하면 하얀 왕관을 만들어 머리에 씌워 주시던 엄마, 밤새도록 손바느질 한 예쁜 천으로 치마를 맞주름 잡아 다림질해서 문고리에 걸어 놓았다가 명절날 아침에 예쁘게 입혀 주시던 울 엄마. 언젠가는 도랑을 건너다 코고무신이 벗겨져 물에 떠내려갈 때 신발을 잡으려고 물속에 뛰어 들어가 건져주시던 내 엄마. 돌아가실 때까지 저에게 한없는 사랑만 주시던 엄마께 저는 아무것도 잘해 드린 게 없네요. 그런 내가 어버이날이라고 아들에게 꽃다발을 받으니 못해 드린 게 후회되고 목이 멥니다.

2. 로니 한 언니 손자 샤인 군에게!

　우리 별님이 가슴을 때리고 두 번째 샤인 군이 제 가슴을 또 때렸군요. 할머니를 얼마나 진심으로 사랑하고 걱정하고 생각하는 마음이 '세상에 세상에는!' 이런 감탄사가 나오더군요. 할머니 걱정은 하지 말아요. 수술한 무릎도 빨리 회복되는 중이고 지식도 풍부하신데다 현명하고 우아한 품격으로 주위 사람들에게 존경을 받는답니다. 젊은 사람들과 소통도 잘하시니 오히려 저희들이 로니 한 언니를 따라다닙니다.

　미국에서 한국인의 자존심을 지키며 훌륭한 청년으로 성장한 샤인군이 선영대 학우라서 더욱 기쁩니다.

신부감 청문회

이말자

최소한 인숙님은 안 속은 것 같습니다. 옆에 짝꿍님이 훌륭해 보입니다. 적어도 30명을 만나보고 정하라구요?

우리 때는 더블 데이트는 꿈도 못 꾸었는데 세월이 좋아져서 연애 강의까지 듣네요.

우리 호중님은 선영대학에서 청문회를 통해 신부감을 골라 보면 어떨까요? 호중님한테 혼 날라나?

그냥 그러구 싶어요.

사랑합니다. 고맙습니다.

이명숙

선한 영향력을 널리널리 퍼트려 오대양 육대주를 누비고도 남을 대학으로 우뚝 서도록 한 알의 밀알이 되십시오.

김태원 교수님의 편지는 각박한 이 시대에 꽃이며 햇볕입니다.

밝고 환한 기운이 온 세상을 감싸안을 것입니다.

서수용선생님과 김호중 가수, 사제지간의 관계를 꼭 닮은 내용입니다.

이 세상 최고의 말은 '사랑합니다.' '고맙습니다.'

이 단어보다 더 귀한 말은 없네요.

버킷리스트 그리고 다시 하는 공부

이명자

김호중을 통해 새로 생긴 버킷리스트는 그동안 분주하게 살다 보니 정작 나를 위해서 한 것이 별로 없었다는 것을 알게 되었다. 이제는 마음껏 김호중 노래 들으며 메말랐던 나의 감정이 살아나 마음이 뭉클뭉클하기도 하고 설레기도 하여 풋풋한 20대 연애하던 시절로 되돌아간 기분이다.

평생 한 번도 사지 않았던 CD도 사고, 그가 선전하는 광고의 제품도 사고, 앞으로 카네기홀에서 콘서트를 할 때는 꼭 가야겠다는 또 하나의 버킷리스트가 생겼다. 기쁨이 파도처럼 넘실대며 나에게 달려온다.

그리고 새로 대학생이 되어서 초등학교 때처럼 공부를 열심히 하고 있다.

내 어린 시절 시험 기간에 졸지 않으려고 눈에 안티푸라민 발랐다가 눈을 못 뜬 적도 있었다. 시골에서 상경, 상고 졸업을 하고 대학은 형편상 포기, 방송통신대학을 졸업 후 61세에 한양사이버대학을 졸업했다. 배움의 열정은 컸고 늘 배움에 목말라 했다.

어느 날 만난 종로선글tv를 통하여 남은 인생에 필요한 종합예술대학인 선영대학 학생이 된 것이 내 가슴을 설레게 한다. 앞으로도 계속 인문학적 교양이 풍부한 사람으로 살려 한다. 삶의 수많은 나날이 배움과 감사로 쌓여가기를!

테너 김호중 현상

이명조

 그로 인해 지각변동이 일어났다. 국내 크래식 전공 전문교수들이 〈더 클래식음반〉하나하나씩 분석 리뷰한다.

 세계 클래식 음악코치 교수의 분석에 의하면, 【김호중, 그 만의 음악 세계는 '천부적 재능과 혼신의 노력에 음악성과 그것을 부여잡는 이성의 결과물'이다. 그는 노래에 임하는 자세가 진지하고, 냉철하며 철저한 분석에 의한 원곡자 취지를 존중하며 바르게 노래하기 위한 기본에 애쓴 흔적이 느껴진다며 일반적 성악가와 같지 않다, 라고 매회 새로움을 발견하고 놀랍다!】고 말한다. 김호중의 노래는 고급스럽고 우아하며 희로애락의 교향곡이라 감탄한다.

 클래식 대중화, 대중 속의 클래식 저변 확대, 일반인의 클래식 수준을 끌어올리는 데는 테너 김호중의 영향력이 작용한다. 그는 한국을 넘어 세계로 군백기 후 미국 '카네기홀'의 콜을 받고 있다.

 김호중은 고3 때 대통령 인재상을 받았고 *세종음악, 수리음악 콩쿠르*에서 1등 상을 받았다. TV프로그램 '스타킹' 출연에서 바리톤 김동규 교수는 18세 나이에 이런 성악 발성을 낸다는 것은 세계에서 보기 힘든 일이라고 극찬했다. 그러나 김호중은 자만하지 않고 태양이 아닌 별이 되기를 자청한다. 겸손한 인격의 자세로 그만의 카리스마가 수많은 사람들의 낙심과 아픔을 위로와 희망을 전하는 메신저이다.

지금 그대로

많은 학우들이 이 시간을 손꼽으며 맑은 정신으로 강의를 기다리고 있습니다. 시간이 바뀌면 놓치게 되고 집중력도 떨어질 것 같아요.

우리가 일을 하다 보면, 제시간 맞추기가 어려울 수도 있거든요. 언제 들어도 되니까 방송은 이 시간 그대로 해 주세요. 제 의견도 선영대학 운영에 일조할 수 있어서 기쁨입니다.

아아,,, 어머니!

이문연

어버이날 아침, 내 어머니 생각이 나요.

1950년 서울 수복 즈음 장독대에서 밖을 내다보던 나는 발을 동동 구르며 울었지요. 빨간 완장을 찬 사람들이 아버지를 줄로 묶고 끌고 가는 것을 보았는데 그날이 아버지의 제삿날이 되었지요. 30세에 혼자 되신 어머니는 오빠와 나를 키우느라 행상을 하시며 고생을 하셨는데, 4년 전 96세로 돌아가셨어요.

지금도 생각이 나고 특히 김호중의 할무니를 들을 때마다 줄줄 눈물이 나네요.

'나도 나도 니 에비(아버지)가 보고 싶다며 내 손 잡고 몰래 우시던'으로 개사해서 부르며 어머니를 그리워한답니다. 어머니는 얼마나 아버지가 보고 싶고 외로우셨을까? 내색도 않으셨지요.

제가 다행히 공부를 잘해서 명문 중고를 다녔고 서울교대 수석 입학에 41년 6개월을 초등학교 교사, 교감, 교장을 하고 정년퇴임을 했어요. 그것이 어머니의 자랑이고 기쁨이셨어요.

저는 평생 처음 팬카페에 가입하고 호중씨 앨범도 많이 사서 친구들 나눠주고, 광고 나온 물건도 다 사고 매일 호중씨 노래 들으며 감사하고 있어요.

어제는 작년보다 일찍 핀, 빗물을 잔뜩 머금은 찔레꽃을 보고 사진도 찍었어요.

총장님 찔레꽃 연주 잘 들었습니다.

별 만난 후 변화된 나의 모습

이미순

별님을 만나기 전에는 비 오는 날을 그리 좋아하지 않았는데 별님 만난 후엔 비가 왜 이리 예쁜지요.

또 보라색이 이리도 고급지고 아름다운지 이제야 느끼네요. 별님의 인연으로 만난 선영대는 그동안 보이지 않던 것들이 보이는 곳이지요. 보물 주머니가 가득 쌓여서 날마다 행복을 줍니다.

긴 인생길에 한 번도 만나지 못한 새로움을 발견하게 되어 놀랍습니다.

선영대의 심볼과 브랜드 이미지

이복남

한마디로 놀랍습니다. 총장님과 학우들의 경이로운 재능과 열정. 또 민들레 홀씨처럼 퍼지는 선한 영향력, 그리고 한없이 포근한 사랑. 널리 널리 번져서 우리 가수의 위상이 세계만방에 흩날리길 기원합니다. 엠블럼을 만들어 주신 김필연 학우께 감사드립니다.

You Made it Happen!

이상혜

이 공간, 선영대학 교정에서 귀한 말씀으로 저의 시각을 확장하게 되는 것이 얼마나 축복인지요.

You Made it Happen! 호중님의 UN 연설을 꿈꿉니다. 언젠가는 한국의 대표 청년으로 유창한 영어를 그 좋은 목소리로 연설하게 될 거예요. 간절히 원하면 이루어진다는 말을 믿어요. 그날을 기다리며 우리들은 각자의 자리에서 최선을 다하며 살아가요.

기미꼬 여사의 별난 호중사랑

이선녀

일본에 사는 기미꼬 여사님의 호중씨를 향한 절절한 사랑이 담긴 영상 잘 봤습니다.

김호중 가수의 노래가 건강이 안 좋거나 마음이 힘드신 모든 분에게 위로가 되어준다는 게 너무 좋네요. 저도 호중씨 노래로 힘든 시기에 위로받고 살아가고 있어요. 가수님의 노래가 국내는 물론 이렇게 해외까지 널리 퍼져 나가길 바랍니다. 아니, 지금 벌써 퍼져나가고 있는걸요.

이런 첫 경험?

이수미

남편 체격이 김호중과 비슷한데 키가 김호중보다 4cm 작아요.

남편보고 "당신, 까치발 한번 들어 봐" 하고 온 마음 다해 양팔 가득 꼭 껴안고(속으로 아~호중님 안으면 이런 느낌일까?~) 이런 생각해 본 것은 처음이에요.

그런데 남편 왈 "너 지금 호중이 생각하지?" 딱 들켰지요. 웃으면서 끄덕끄덕했어요.

팔색조 목소리의 가수

이수빈

〈짝사랑〉이나 〈무정부르스〉를 부를 때 저도 비평가님과 같은 생각을 했어요. 계속 자기 자신과의 도전을 이어가는구나. 잘 부를 수 있는 노래도 많은데 다양한 장르를 부르며 자신의 능력을 보여주는구나. 라고요. 다른 가수들은 자기가 진짜 잘 부르는 분야만 선곡하니까 좋은 점수가 나오는데 호중씨는 매회 도전정신으로 색

308   제7부 You Made it Happen!

다른 곡들을 선택해서 늘 긴장됐지요.

요즘 방송에서 다양한 노래로 인정을 받아서 다행입니다. 라디오에서 흘러나오는 것 보면 역시 내 가수 김호중의 노래는 자기만의 색깔이 분명해요. 호중씨는 계속 도전의 삶을 살았습니다. 지금까지 노래를 부르고 싶어서, 노래가 좋아서, 노래하는 사람으로 살고 싶어서, 다양한 노래를 불러온 거 대단합니다. 김호중 씨, 열심히 그리고 즐겁게 노래 부르고 지금부터는 꽃길만 걷길 바랍니다.

선영대학에서 이렇게 만났으니!

이숙영

1. 어디에나 있는 '노인대학', '농협대학', '주부대학'과 선영대학과는 차별화된 것이 무엇일까 생각해보니 소통과 칭찬, 격려와 감동입니다. 우리가 무슨 일을 시작하거나 무엇을 도모할 때 제일 중요한 것은 동참이지요. 함께 어깨를 겯고 소통하는 참여가 있어 앞으로 발전 가능성이 무한한 대학교입니다.

2. 60대 이상 세대는 경제성장의 과도기에서, 전쟁의 끝자락에서, 가난한 시대 이 땅의 설움 받는 여성으로 태어나 어려움을 겪으며 힘들게 살아왔습니다. 오빠와 남동생에게 교육의 기회를 양보하며 설움과 인내의 세월을 견뎌왔지요. 함께 모여서 배우고 같이 웃으며 노년을 즐겁게 보내려 하는 곳, 참으로 따뜻하고 정겨운 곳이지요. 여기에서 우리 학우들은 더욱 신나고 행복하게 지내시길 바랍니다.

3. 혼자면 외롭지만 함께라면 못할 것이 없지요. 서로서로 격려
   하고 응원합시다. 마음을 나누고 왕래하며 이웃이 되고 동무
   가 되어요. 김호중 가수가 맺어준 우리 '식구'들은 서로 감사
   하고, 우산이 되어주고, 나보다 더 사랑하고, 노래 가사를 닮
   아 고맙게 서로의 벗이 될 것이라 생각합니다.

제8부

바다처럼 깊어진 우리의 믿음…

추억은 힘이 세다

이숙희(복토끼)

50년 전 대구에도 몇 군데 음악 감상실이 있었어요.

한국전쟁 중에 서울에서 대구로 피난을 온 레코드 수집가가 8천여 장의 레코드판을 가지고 대구역 앞에 '르네상스'라는 고전 음악 감상실을 열었는데, 전시 중에도 문화예술인들의 사랑방으로 지식인들의 안식처가 되었다고 하네요. 전쟁이 끝나고 르네상스는 서울 낙원동으로 옮겨졌다고 하더군요.

1970년대에는 주로 음악 감상실에서 만남을 했지요. 음악과 다방의 새로운 문화를 접하며 클래식을 들었고요. 패티김의 〈초우〉, 〈연인의 길〉도 기억이 나네요. 그때 우리 집은 rcavictor라는 전축이 있었는데 아버지께서 아침이면 늘 베토벤의 전원 교향곡을 들려주셨어요. Sp, Lp 판이 굉장히 많았지요. 문화 교육의 도시 대구에서 어린 시절 느꼈던 그 클래식의 감동을 김호중 테너의 노래를 통해 뜨거운 마음으로 하루하루 감동으로 살고 있어요.

불현듯 노란 장미 아치가 있던 대봉동 옛집이 떠오르고, 잠긴 추억의 갈피를 헤아려보노라니 아련한 그리움입니다. 우리는 추억 속에 남은 옛날을 기억하며 살아가는데, 오늘은 김호중이 불러주는 〈내 마음의 강물〉에 잠기렵니다.

귀머거리, 장님, 벙어리 3년씩의
세월을 보내고

이순기

눈팅 귀팅 재방만 보다 시간 맞춰 본 지 몇 달, 이제는 눈만 뜨면 종로선글 방송을 보기 위해 남편 출근 시켜 놓고 방송 보면서 좋은 글에 매료되어 감동도 하고 댓글도 달면서 하루를 시작하죠.

오늘은 제 이야기를 잠깐 해 볼게요. 시골에서 자라 딸과 아들 구별하던 시대라 부모님의 혜택과 사랑을 많이 못 받고 자랐지만, 현모양처가 꿈이었고 중매로 만나 결혼했습니다.

애기 낳고 일찍 홀로 되신 시어머니 봉양에 남편이 외아들이라 사대 봉제사 집안 대소사 다 혼자 감당할 수밖에 없었습니다. 옛말에 귀머거리 삼년, 벙어리 삼년, 장님 삼년 이런 말이 있듯이 어느덧 22년이란 세월을 그렇게 보냈답니다. 그런데 어느 날 뒤돌아보니 내 이름 석 자는 어디로 도망갔는지 며느리란 호칭만 따라다니고 있었답니다.

힘든 세월 견디고 나니 시어머니도 돌아가셨고, 애들이 대학에 들어갔을 때 나만의 시간을 가져 농협 단체에서 모집하는 주부대학에 입학하여 제2의 인생을 시작하면서 제 이름 석 자를 걸고 부회장으로 봉사도 하고 문화도 즐기면서 많은 사람과 교류하며 지내고 있었답니다.

남편은 아직 현역에서 일을 하는데 코로나 땜에 꼬박꼬박 집에서 식사를 하고, 나도 모든 활동이 중지되어 호중님 노래가 아니었다면 우울증이 왔을 거예요. 제가 우울증을 두 번이나 죽을 고비를 겪어 항상 조심해야 하는 입장이거든요. 우리 학우님들과 오래오래 교류하고 지내고 싶어요.

방송 출연자를 보며 유년을 떠올리다

이순례

저는 전교생 26명인 시골 분교에 다녔는데 담임선생님 친구분이 군대에서 대장이라서 전교생을 초대해 주셨어요. 군인들만 타는 지프를 타고, 군부대서 탱크와 헬리콥터도 타보았던 경험이 생각납니다. 또한, 군의관이 분교에 와서 건강검진도 해 주셨는데요.

오늘 총장님 전우인 친구분이 나와서 들려주신 방송 들으며 그때 생각이 나서 감회에 젖습니다. 까마득히 잊혀져간 내 어린 날의 일들이 마치 엊그제 일인 듯 선명하게 기억납니다.

아름다운 열매

이순옥

1회 방송부터 시청한 사람으로 열심히 마음으로 응원하고 있어요. 기부하신 분들의 선하고 참된 뜻과 여럿의 마음이 합해져서 이 사회에 선한 아름다움을 끼치는 기부 모임이 되리라 믿어요. 혹시나 하고 걱정스러운 시선들이 많은 것 같지만, 얼마든지 극복할 수 있답니다.

누군가를 응원하고 아끼는 일은 자기 자신을 믿고 자신을 사랑할 때 가능합니다. 그러니까 우리가 한 가수를 응원하는 것은 어쩌면 자기 자신을 응원하는 일이기도 합니다. 선한 기부 행렬이 계속 이어져서 아름다운 열매가 맺히길 빕니다.

교오양을 쌓는 방송

이순희

이근철 교수님과 함께하는 음악 미술 문학, 인문학 여행 기대되어요. 편집국장의 고향인 고성 소담 숲, 영상으로 아름다운 자연을 구경할 수 있어서 넘 좋았어요.

'교오양의 발견' 책 왔어요. 꼼꼼하게 읽고 있어요.

진실을 감지한 별님의 노래에 감전이 되는 듯 빨려들어 가네요. 우리 함께 별님의 음악과 좋은 생각으로 날마다 기쁨의 새날을 맞이해요.

함께 서울 구경

이승미

영상으로 서울 구경을 잘했어요. 서울의 사대문 안은 다른 곳에서는 만날 수 없는 품격이 느껴진다더니 역시나~입니다. 경복궁, 창덕궁을 중심으로 양반과 서민, 상인, 중인이 같이 살며 경계를 두어 차별을 했던 당시의 관습이 슬프게 느껴지는 건 현대인의 삶도 그렇게 다르지 않다는 것이지요.

옛날에는 반상이라는 신분 차이로 현대는 경제력으로 사는 곳이 달라지기 때문이지요. 총장님이 잘 설명해 주시는데 저도 뒤따라 열심히 걷느라 목도 아프고 다리도 아프니 인사동에서 전통차 한 잔 마시고 잠시 쉬어가는 시간도 필요하지요.

인사동 입구에 있는 공연장은 주말에 국악, 사물놀이 등의 공연이 있고, 뒷벽에 조각된 일월오봉도라는 그림은 조선시대 임금님이 앉는 어좌 뒤에 펼친 병풍으로서 해는 나라님이고 달은 왕비님으로 다섯 개의 산봉우리는 조선을 의미하므로, 오직 임금님만 사용했다네요.

또 송해 거리는 상징물은 없지만 오랜 세월 새벽에 목욕을 하고 시락국밥 집에 가서 아침을 드셨기에 매일 다녔던 길이 송해 길로 지정되었고, 낙원상가 지하에 가면 쌀밥이 맛있는 집이라고 수요미식회에 소개된 적이 있었는데 정말 맛있었어요. 아마 먹성 좋은 우리 별님은 공깃밥 세 그릇은 순삭 할듯요.

기다림

이승형

선영대학 학우들의 호중님 사랑과 응원으로 탄생 될 책을 기다리고 있습니다.

어떤 이야기들이 담겼을지, 비밀의 빗장을 풀고 이야기보따리를 풀어낼지 긴장하면서요.

이젠 숨기는 일보다 털어내는 일이 더 많은 나이가 되었으니 부끄러울 것도 없습니다.

저도 호중님 사랑을 숨기지 않는걸요.

세계적인 아티스트로

> **이시은**

오늘 강의 들으며 돈의 올바른 사용법에 대하여 배웁니다. 나와 내 가족만을 위하여도 잘 써야 하겠지만 남을 위해서도 잘 사용하여야겠습니다. 길이길이 남기는 곳에 뜻깊은 곳에 사용하다가 이 생을 마쳐야겠다고 생각하게 되네요.

우리 학우들이 힘을 모아 아름다운 세상 만들어 가는 우리들의 가수 김호중 님을 위해 세계적인 아티스트로 계속 키워갑시다.

2008년 여름 어느 날

> **이신화(김천예고 설립자)**

힘이 느껴지는 범상치 않은 미남형 남학생 한 명이 학교로 전학을 왔다.

학교 교문을 통과하기까지 많은 우여곡절이 있었으나 음악 담당 서수용 교사(현 교장)가 학생에 대한 가능성과 힘든 사정을 얘기하며 교장인 나에게 도움을 청했다. 교장의 사명으로 학생을 도우며 '책임지자'는 마음으로 호중 학생의 전입을 기꺼이 허가했다.

김천예고 생활의 서막을 열어주긴 했으나 이로 인해 교사와 다른 학생들의 학교생활도 고려하여 조속히 공동체인 학교생활에 적응할 수 있도록 2학년 정혜윤 담임교사(현 예술부장)를 중심으로 친화력과 협동적 학급 운영을 함으로써 주효를 이루었다.

 모든 급우는 물론이고 호중군으로 하여금 모교에 대한 높은 긍지와 신뢰심을 가지게 되면 이러한 학습 분위기로 인해 일진월보(日進月步), 이때부터 10년 후의 음악 스타로서 꿈의 실현을 가능케 하는 확실한 모티브가 되었다. 노래 실력이 월등하여 장차 톱스타로서의 꿈틀거림을 어렴풋이나마 미리 감지하고 있었다고나 할까? 그 배경에는 서수용 교사와 정혜윤 교사 등 여러 교직원의 노고가 컸음은 두말할 나위가 없다.

 몇 개월 후, 감추어져 있던 보석의 진가는 유감없이 발휘되었다.
 당대 최고의 권위를 자랑하는 세종콩쿠르와 수리콩쿠르에 참가하여 대회 심사위원 전원의 최고 점수를 받아 무적의 1등 월계관을 쓰는 쾌거의 기억을 지금도 잊을 수가 없다. 그뿐만 아니라 3학년이 되던 해 TV 방송 프로인 '스타킹'에 출연 2연승을 거둠으로 일약 전국적으로 유명세를 타게 되었는데 그때 얻어진 별칭이 '고딩 파바로티'다. 수상 직후 호중군은 그간의 실력을 인정받아 차세대 젊은이에게 수여하는 '대한민국 인재상'을 받게 되어 큰 기쁨이 아닐 수 없었다.

 최근 TV 예능 프로에서 트바로티라는 새 별칭으로 '미스터 트롯'에 출연, 또 한 번 세상을 놀라게 했으며 국내뿐만 아니라 국제적으로도 '트바로티'로 주목을 받으며 열광하고 있다. 팬까페 아리스 회우들이 거금의 장학금을 학교에까지 전달해 주는 등 전국에서 김호중의 열기는 영원히 식지 않고 훨훨 타오를 것이며 이에 보답하고자 국내외 노래의 전도사로 주신 사명 다할 것으로 믿어 의심치 않는다.

하나님께 감사하는 마음과 함께 인생역정(人生歷程) 극기상진(克己常進) 하기를 간절히 바란다. 김호중 군이 오갔던 정든 학교길, 그의 뚜렷한 흔적은 영원히 기억될 것이리니.

선영 UI를 생각하면 가슴 벅참이

이연숙

emblem 민들레는 내가 좋아하는 아주 토속적인 꽃인데, 민들레 홀씨를 택해 주심에 또 감사드리고 싶어요.

짬짬이 시간을 내어 혼자 여행을 즐기는 편인데 언젠가 서울의 5대 고궁을 계획을 잡고 여행 중에 경복궁의 뜰에서 감탄 했습니다. 몇 년이 지난 세월이지만 선영 UI가 정해지면서 경복궁 뜰의 민들레가 생각났습니다.

땅이 보이지 않을 만큼 빼곡히 모여 가장 낮은 곳에서 겸손히 피어서 씨앗을 세상의 모든 곳으로 날려 보내는 민들레의 고귀함이 느껴집니다.

1박 2일 경복궁을 여행했지만, 아직도 다 보지도 못하였습니다.

향원정의 아름다움과 경회루의 특별함에 빠져 또 하루의 시간을 만들어 마저 경복궁을 걷고 싶습니다. 우리 선영의 민들레 홀씨, 우리의 가수 김호중과 선글 총장님과 선영 학우들 닮은꼴입니다.

봄날 내 일기장은

이연옥

 푸르른 봄날 코끝을 자극하는 향기로운 꽃향기에 벌과 나비가 모여들 듯, 우리는 심한 호중앓이로 선영대학에 모였어요. 학우들끼리 서로 다독이며 용기와 힘을 주며 아직 못다 피운 향기를 뿜어 꿈과 사랑을 위해 힘껏 뛰고 있습니다. 함께 할 수 있어 행복하고 서로를 응원하니 즐겁고 뿌듯합니다.

 아름다운 내 봄날 일기장은, 자연으로 돌아가는 그 날까지 영원히 꽃 피울 오늘의 명강의, 멋진 캐리커쳐를 그리며 봉사해 주시는 삐질란자 예삐, 반가웠어요.

가슴으로 낳은 막내아들

이연희

 날씨가 쌀쌀하니 막내가 더 보고 싶구나. 감기는 안 들었는지? 발목은 더 아프지 않은지? 밥은 어떻게 먹고 다니는지? 마음고생은 하지 않는지?

 너를 가슴으로 낳은 지 얼마 되지 않아 70이 된 이 어미의 가슴이 몹시 아프구나.

잘 보살펴 주지도 못했는데 항상 예의 바르고 환-하게 웃는 모습과 목소리는 국보급이라고 자부한단다. 너는 이제 대한민국을 넘어 세계무대에 설 몸이란다.

군 복무 기간이지만 평상시 부족하다고 느낀 부분 계획 잘 세워 후회 없는 군 생활 잘하길 빈다.

아들아! 눈 뜨면 가족이 얼마나 늘었는지? 아들의 좋은 소식은 없는지?

하루종일 너의 목소리를 듣고 남겨놓은 흔적을 찾으며 스밍, 광고, 댓글 등 기린 목이 되어 일편단심 기다리는 10만이 넘는 식구들을 생각해서 더 알차고 성숙된 아들이 되어 오기를 어미와 가족들은 기다릴게. 항상 건강에 유의해라.

*PS: 라면, 빵, 소세지 등 인스턴트 음식은 자제하고~ 나이 들면 좋지 않단다.

20.11.8 가슴으로 낳은 70의 어미 이연희(호다르크)

저는 NewYork주 Long Lsland에 사는 81세 여섯 명의 손주를 둔 할밉니다

이영숙

1964년 이민 와서 미국에 잘 적응하며 살다가, 코로나 때문에 방콕 하는 동안 '패밀리가 떴다'에서 노래한 호중에게 빠졌어요. 홀연히 나타나 저에게 위로와 즐거움을 주는 호중은 신이 보내신 선물입니다. 자식들은 세계 각지에 흩어져 사는데 가족 단톡방에서 고백했어요. 내가 10살 때 학교에서 돌아와 '엄마'하고 불렀을 때 대답 없던 순간 느꼈던 절망감과 설움이 생각나서 눈물겨웠다고요.

머나먼 이국에서 열렬히 응원합니다.

방송국장 작은 할매님

이예순

목소리도 곱고 열심히 선영대학을 빛내주시니 감사합니다. 아침마다 울리는 알람 소리는 들어도 좀 늦게 열어보면 천개가 넘는 댓글들…. 주옥같이 아름다운 글과 총장님의 호탕한 웃음소리에 미소가 절로 생깁니다. 모든 분들이 글솜씨가 뛰어나다 보니 댓글 쓸 용기가 안 생겼어요. 오늘 겨우 젖 먹던 힘까지 짜내서 써 봅니다. 앞으로 종종 글쓰기 연습해야겠어요.

최선을 다해 부르는 노래

이옥선

오늘 강의에 지식인이신 교수님이 조목조목 잘 짚으셨네요. 저는 그저 들을 때마다, '어쩜~ 어쩌면~~' 하며 감탄만 했는데 대단하신 안목이십니다. 안중근 의사의 필력과 호중님 목소리의 힘을 견주어 평을 해 주시니 많은 이들이 가수 김호중에게 반하는 이유가 선명해집니다.

호중씨의 음악을 듣는 이들은 행복한 사람들이지요. 더 많은 이들이 듣고 함께 행복해졌으면 세상이 더 밝아지겠지요.

그날이 올 때까지 하우들이여 스밍하며 응원하며 별님 인기를 위해 노력합시다.

별님 노래

이유경

별님 노래를 들으면 모든 근심 걱정이 사라진다.
내 마음에도 푸른 강물이 흘러간다.
산 노을도 더 가까이 다가온다.
내 삶은 별님 덕분에 오늘도 행복하다.

별님에게 푹 빠진 할머니

이윤경

'돌아서 눈 감으면 잊을랑가~' 굳은 맘 먹고 돌아서서 두 눈 질끈 감았는데 감은 눈 틈새로 데굴데굴 굴러오는 가수 김호중. 숨넘어가는 깔깔 웃음소리에 내 심장이 다시 번쩍.

우째~ 이런 일이? 큰일이네. 잠도 못자니 우짜꼬~ 내 가슴엔 우리 주님만 소중히 모셔야 하는데. 자기들만 좋아하는 줄 아는 우리 손주들 할머니 진심, 속마음을 알아채면 삐질 텐데?

아무리 다짐해도 소용이 없어. 그래! 그냥 이대로 호중이 품고 살란다. 우리 주님은 내가 행복하면 더욱 기뻐하실 테고, 우리 이쁜 손주들은 형아, 오빠 생겼다고 좋아하겠지. 나 혼자 북 치고 장구도 치고 신나게 살자.

오늘도 나는 우리 예쁜 호중이 사진 보며 힘을 내야지

고맙소!

이윤선

36년 전 뭐가 그리 급했는지 결혼식도 하기 전에 딸을 낳고 살다 그 후 6년이 지난 봄날 엄마와 올케언니의 등쌀에 못 이겨 결혼식을 올렸답니다. 신혼여행은 패스하고 저녁에 유행하던 깨끼 한복을 입은 채로 친구들과 나이트클럽으로 직행했지요. 귀를 뚫을 듯 요란한 음악의 클럽에 입장하여 알코올이 조금 들어갔을 때 홀에 나가 춤을 췄습니다. 사회자가 특이한 분들이 왔다면서 주위의 사람들을 다 원으로 서게 한 다음 중앙에 우리를 남겨 두고는 음악 큐! '에라 모르겠다!' 막춤 스타트.

여기저기 터지는 괴성! 그에 대한 보상으로 테이블에 왔을 때는 맥주와 안주가 공짜, 친구들이 잡아준 모텔로 와서는 거사도 못 치렀어요. 이튿날 종업원의 노크에 깨어 보니 둘이 하나 되는 부부의 날은 둘이 둘 되는 날로 넘어가 버렸지요. 나에게 특별한 흑역사를 만들어 준 옆지기에게 오늘은 고맙다고 말하고 싶네요.

바다처럼 깊어진 우리의 믿음…

이은정(은하수)

당연히 그렇고말고요. 세상 끝까지 사랑하고 말고요. 내 맘속에 자리 잡고 있는 별님이 보고파요.

평일에는 복무에 시달리니까 생각이 덜 날 테고 주말 휴일에는 울 식구들이 얼마나 보고 싶을까요?

그래도 금방 가잖아요? 우리 함께 그리워하면서 일 년만 참자고요.

지난주엔 서울 아들 집에 갔었는데 이제 조금 말하는 손주에게 별님 사진 보여주면서 누구냐고 물으니까 삼촌이라고 하더라고요. 그래서 "옳지 맞다. 삼촌 맞아"라고 해서 웃었어요.

별님 편지글 보고 두근두근 좋아라 하고 모두들 눈물 찡하게 하셨어요. 참고 있다가 또 우리 마음 통하게 교감한 거겠죠. 그래도 기쁨의 눈물이니 얼마나 좋아요!

사월의 마지막 밤

이은희

스산한 날씨가 저를 쓸쓸하게 만드네요.

왜 사월을 잔인한 달이라고 했을까요? 알 수 없지만, 총장님의 색소폰 연주가 더욱 쓸쓸하게 들리네요.

아련히 어린 시절 고향에서 보낸 봄밤이 그리워지네요. 소쩍새와 휘파람새와 뻐꾸기까지 어찌나 요란히 울던지.

어쩌면 따스한 봄날, 새들은 짝을 찾아 열심히 노래하며 자신을 드러내고 있었던 건 아닐까요?

어느 산기슭에 새 소리 들리고 찔레꽃은 새하얗게 피어나겠지요.

매달 마지막 날 이렇게 고운 연주 들려주셔서 정말 감사합니다.

배연자 님, 고맙습니다

이인숙

말씀이 어쩜 그렇게 빠른 따발총같이 쏟아져 나오는지요?

많이 웃고 즐겁습니다. 탁구는 옛날 배구하던 실력으로 큰 공에서 작은 공으로 옮겨간 것인가요?

선영대 화이팅! 오늘 게스트로 출연하신 학우님들 아름답습니다.

여기는 호중님을 응원하는 사랑으로 뭉쳤지만, 칭찬에서도 따를 사람이 없습니다.

도깨비를 낳았다고요?

이장원(지리산도깨비)

화가이신 부친이 갑자기 심장마비로 돌아가시고 우리 가족은 충격에 힘든 시간을 보냈습니다. 아침에 통화했는데, 저녁에 돌아가셨으니 모친의 상실감은 어땠겠습니까?

모친은 상실감과 노이로제가 겹쳐 결국은 앓아 누우셨기에 건강에 노심초사 했지요. 여러모로 걱정 중에 미스터 트롯을 즐겨보시더니 모습이 조금씩 밝아지기 시작하더군요.

329

어느새 모친은 김호중의 팬이 되셨더라고요. 상실감을 김호중의 노래로 잊는 듯했습니다.

'천상재회'를 들을 때면 매번 눈물이 맺혀서 저도 덩달아 코끝이 시큰해지는 경험을 했습니다.

더불어 모친은 선영대학을 통해 위로받고, 공감대를 형성하며 즐거워하시더군요. 그 모습이 너무 좋아 전 부족하나마 맞춰드리려 노력하고 있어요. 오래도록 이 방송이 번창하기를 바랍니다.

모친이 지금처럼 건강하고, 지금처럼 즐겁게 응원하는 모습 그대로 즐거운 추억을 많이 만들어 유쾌하길 바랄 뿐입니다.

저는 지리산 도깨비로 활동하는, 변신하는 도깨비불입니다.

지붕 있는 곳에서 일하고 싶다

이재연

강신익 님 사연을 들으면서 어릴 적 아버지의 모습이 생각이 나네요.

아버지는 배운 분이셨는데 사업을 하다 두 번이나 어려운 일을 겪으시며 힘들어하셨어요.

어느 날, 한 달 동안 타지에서 일하고 오신 날 새벽이었어요. 식구들 모두가 잠들어 있는데 동전 소리가 들려 일어나 보니 아버지는 일해서 받은 돈을 모두 방바닥에 내려놓으시며 너무 좋아하셨어요.

돈을 벌어 오셨으니 얼마나 기쁘셨을까요? 그 돈으로 저희 형제

자매들은 책을 사고, 학비를 내고, 용돈을 받았답니다. 그때는 아버지가 돈을 벌어 오셨다는 사실만 좋아서 웃었네요.

이제는 안답니다. 가장으로서의 책임감이 얼마나 힘드셨을지 깨닫게 되었어요.

대단하십니다. 사람은 간절하면 못할 게 없다고들 합니다. 어떤 어려움도 가족을 위해서라면 이겨내고, 어떤 고난도 가족과 함께라면 헤쳐나갈 수 있잖아요.

강신익 님, 힘내시고 앞으로 좋은 일만 만나시길 빕니다.

날마다 신나는 날

이정숙

오늘 지붕 있는 곳에서 일하고 싶다는 강신익 님의 사연과 말씀이 가슴을 울립니다.

누구나 겪게 되는 은퇴 후의 삶을 한 편의 드라마와 같이 극복하신 강신익 님께 경의를 표합니다.

많은 경험과 폭넓은 지식을 바탕으로 한 다양한 주제로 매일을 열어주시는 종로선글님께 다시 한번 감사를 표하며 존경합니다. 여기 아니면 듣기 힘든 내용들이 많아 하루도 빠지지 않고 듣고 있습니다.

나이 들어도 배우는 선영대학이 참 좋습니다.

우리 가수님이 짜잔~~

이정안

하늘이 높아진 걸 아침 운동하면서 느끼니 가을이 가까이 왔나 봅니다.

얼른 겨울가고, 봄 오고, 우리 가수님이 짜잔~~ 나타날 것 같아, 세월이 빨리 흐르길 빌고 있습니다.

돼지고기 보면 내 목이 메여

이정옥

이대희 선생님이 호중과 함께 했던 일화 중 여담을 하셨는데 공연 끝나고 뒤풀이 할 때

"아버지! 돼지고기가 훨씬 맛있어요."

속 깊은 말을 하며 잘 먹던 아이가 TV에서 쇠고기를 몇 인분이나 맛있게 먹는 모습을 보고는 목이 메었다는 말씀 끝에 나도 덩달아 소리 죽여 울었지요.

고진감래(苦盡甘來). 김호중 가수, 이제는 마음껏 하고 싶은 노래하면서 가진 역량을 아낌없이 펼치시길 빕니다. 소고기도 실컷 드시고요.

〈고맙소〉를 부르기까지
- 김호중의 선물

이종섶

노래에 몰입하면서 감정을 표현하고 드러내는 김호중은 그를 좋아하는 사람들에게 노래를 더 깊이 확장하고 더 넓은 공감의 영역으로 이끌어가는 안내자다. 이 결정체가 바로 결승전 2라운드 인생곡 미션에서 부른 〈고맙소〉다.

김호중을 좋아하는 팬의 입장에서는 갈증이 있었다. 다른 참가자들은 포텐을 터트리고 그 후광을 무기 삼아 승승장구하는데 김호중은 포텐이 터지지 않는 느낌이었다.

사실 김호중도 포텐을 터트렸다. 등장하자마자 〈태클을 걸지 마〉를 불러 진을 차지했다. 그러나 이것은 너무 일찍 샴페인을 터트린 느낌이어서 포텐이라고 하기보다는 김호중이라는 존재를 각인시키는 인지효과 같았다.

그런 김호중이 결승전 2라운드 미스터 트롯 최후 무대에서 포텐을 터트렸다. 요즘 말로 대박을 터트렸다. 중후함을 바탕으로 인생의 의미를 진중하게 짚어가면서 공감과 울림을 과하지 않게 아주 적절하게 버무린 노래를 내놓은 것이다. 마지막에 터트린 포텐의 흐름과 타이밍이 이루 말할 수 없이 좋았다.

김호중이 부른 〈고맙소〉의 진정한 가치는 포텐에만 있지 않았다. 〈고맙소〉를 부르는 순간 경연을 잊어버리게 했고, 1등을 하고 안 하고의 문제를 초월하게 만들었다. 김호중의 노래를 좋아하는 사람에게는 이것이 김호중을 통해 받은 최고의 선물이었고, '가창자와 감상자' 사이에서 노래가 제공할 수 있는 최대 만족의 음악적 선물이었다.

바로 이 선물 때문에 '경연'과 '1등'이라는 경쟁의 수치가 김호중의 노래를 통해서 사라져버리고, 그 자리에 김호중의 인생곡이 묵직하게 자리 잡았다. 그런 의미에서 김호중이 마지막으로 부른 〈고맙소〉는 김호중의 팬들을 더욱더 단단하게 묶었고, 새로운 팬들을 꾸준하게 유입시키는 노래가 되어, 말 그대로 '인생곡'으로 자리매김하게 되었다.

김호중은 〈고맙소〉를 부르며 그의 사람들에게 진심 어린 마음의 선물을 전했다. 팬들은 그 마음을 받으면서 김호중이라는 선물을 받아들였으며, 김호중처럼 주변 사람들을 둘러보며 '고맙다'는 마음을 가지기 시작했다.

진정한 팬이라면 노래만이 아닌 인성까지 좋아하며 닮아가는 법, 이제 김호중은 그를 사랑하는 팬들에게 인생의 감동까지 나눠주는 훈훈한 사람이 된 것이다.

think you, sir

이지현

I missed my train on my way road along the coast.
이근철 선생님 말씀은 항상 포인트가 있네요.
counter punch. counter attack. counter partner. counter part. counter(고객 응대 장소)

비행기표

탑승권(boarding pass)

Parking ticket. speeding ticket. economic class/business class

(flight) 편명

departure time(출발 시간)

자신의 일에 최선을 다하는 아름다운 사람

이진희

얼마 전, 부산 택시 기사 얘기를 듣고 오랜만에 사람다운 냄새를 느꼈고, 한편으로 행복했으며 제 마음속에 깊은 감동의 물결이 출렁거렸다. 본인의 건강이 온전치 못하면서도 수십 년을 택시 영업을 하며 손님들에게 부산을 알리는 분, 자신의 일에 최선을 다하는 모습에서 진심이 우러난다.

봄날 같은 선영대학

이태은

아름다운 가수 김호중 군, 훈련 잘 받고 오세요. 강신익 상담사님 방송 듣고 많은 감동받았습니다. 퇴직하신 분. 앞으로 퇴직하실 분들에게 많은 생각하게 됩니다. 선영대 최고입니다. 댓글을 쓰면 대댓글로 소통해 주시고, 사랑과 정이 넘치는 선영대입니다. 따뜻한 봄날처럼 늘 따뜻함으로 별님 함께 응원해요.

어버이날에

이필숙

오늘은 어버이날, 우리 모두의 날입니다.

어제 총장님이 들려주시던 〈찔레꽃〉 연주를 들으면서 돌아가신 어머니 생각에 많이 울었는데, 오늘은 또 백남심 님의 '어머니'란 시가 저를 또 울리는군요.

살아생전 조금만 더 잘해 드릴 걸 하는 후회만 남았습니다.

1남 3녀 중 딸 중에 막내를 제치고 막내 노릇하던 저였지요. 그런데 1남 6녀의 외동아들과 결혼한다고 할 때 어머니가 조금만 더 생각해 보라고 만류하셨음에도 전 신랑이 좋아 결혼했답니다.

막내딸이 시어머님 모시고 산다고 기특해하시며, 주위 분들께 자랑하시면서도 저 땜에 맘 아파하셨답니다.

시어머님과 살아 조심스럽다면서 딸네 집에 한 번도 못 오셨어요. 딸이 사는 모습 얼마나 보고 싶었겠어요?

이런저런 것들이 다 맘에 걸리며 지금 살아 계시면 효도 엄청 해 드릴 텐데 아쉽기만 합니다.

어느덧 세월이 흘러 지금은 제가 돌아가신 어머니보다 더 많은 나이가 되었네요. 어머니의 심정이 눈에 밟혀요.

이젠 손을 잡아 드리고 싶어도 잡아 드릴 수 없는 곳으로 가신지 36년이란 세월이 흘러갔어요.

어버이날 이런저런 생각을 하며 눈물만 하염없이 흐릅니다.

하모니를 리드하는 가수

이하늘빛

김호중은 SBS 파트너 프로에서 보더라도 최고의 아티스트입니다.

어떤 장르도 잘 맞추고, 뛰어난 가창력으로 소화해 내고, 새로운 파트너마다 최대한 상대를 배려하면서도 최상의 콜라보로 만드는 명불허전. 어느 누구도 감히 평가할 수 없는 넘사벽의 경지라 놀라움을 금치 못했습니다.

상대를 꿰뚫어 보는 통찰력은 음악의 천재, 귀재보다 그 이상의 실력자라는 걸 알고도 남음이 있었어요.

김호중의 Voice는 지금까지 들도 보도 못한 팔색조의 빛깔로 아낌없이 뿜어내지요. 상대와의 멋진 하모니를 위해 리드해 가는 모습 또한 감동입니다. 귀하디 귀한 보물을 만나게 해주신 신께 감사하지 않을 수가 없습니다.

날마다 행복한 사람

이학순(라벤더향)

결혼 후 서울로 이사 와서 1남 2녀를 키우며 주부로 살다가, 막내가 6살 때 종합학원을 18년쯤 운영했다.

쉬고 있을 때 지인에게 어린이집 1주일만 도와달라고 부탁받았는데, 어쩌다가 70살까지 현역에서 일했다. 아이들이 넘 예뻤고 힘들기는커녕 또 하나의 힐링의 시간이었다.

작년 초봄, 가수에게 태풍이 거세게 불어오는 걸 보며 넘 맘이 아팠고, 공카에 가입하고 수많은 팬들과 응원하면서 종로선글 방송도 보게 되었다.

작년 11월, "내 손자가 대학에 입학하면 멘토가 되어 주셨으면 좋겠다"는 댓글이 방송을 탔을 때 깜짝 놀랐다.

나는 날마다 뒷산에 오르는데 내 가수 노래와 함께한다. 산행 중에 사람을 만나도 수줍은 성격인데, 먼저 말을 걸어 팬을 만나기도 하고 팬이 아닌 분께는 호중님과 종로선글 홍보도 하며 운동을 열심히 한다. 오래오래 건강을 지키며 응원하고 싶다.

가수의 음악이 어떻게 발전하고 더 많은 사람들에게 인정받을지 무척 궁금하다.

선영 문집 첫 출간에 댓글 팀으로 학우들의 '댓金캐기'하면서 즐겁고 보람된 날들을 보내니까 참 좋다. 또 방송 출연을 앞두고 동영상 편집을 배우며 설렌다. 사진도 찍고 촬영도 하게 된다. 할 일이 자꾸 생기고 보람 있으니까 기쁘고 행복하다.

ㅎ 반갑습니다

이한옥

미소 짓게 하는 글, 재미있는 이야기, 행복하게 듣고 있습니다.

제가 카피라이터가 되어 문장을 짓게 되고, 그 내용이 방송까지 탔으니 이 아니 기쁠쏘냐~

책이 나오면 그 책을 어떻게 홍보하면 좋을까, 고민하는 순간도 즐겁습니다.

언젠가 읽은 융합과 통섭의 범위를 우리 사는 여러 곳에 편집할 수 있다더군요.

오늘도 한 마디 남기고 갈게요.

어느 날 갑자기

이현늠

매일 아침, 오늘은 어떤 주제로 말씀해 주실까 설레임으로 기다려집니다.

오늘 방송을 들으며 나의 지난 얘기, 우울증으로 힘들었던 때 생각이 납니다.

저는 남편을 만난 지 40년 만에 영원한 이별을 했습니다. 떠난 자리가 너무나 크게 다가왔고, 잘해 준 것보다 못 해준 것만 생각이 나서 무척 괴로웠습니다. 누구나 그렇겠지만 준비되지 않은 이별은 세상이 무너지는 것 같았습니다.

홀로 남겨진 외로움 때문에 점점 우울증에 빠져들게 되어 실의의 나날을 보내는 나에게 지인이 미스터 트롯을 권했습니다.

처음 본 날이 〈천상재회〉를 부를 때였습니다. 그 노래를 들으며 하염없이 울었습니다. 내 마음 깊숙한 곳에 잠든 영혼을 울렸습니다. 내가 남편에게 하고 싶은 말이 그 속에 모두 들어 있었거든요. 그날 이후 본방, 재방, 사콜 그리고 지난 그의 흔적을 찾아다니다 본 어느 날, 나를 돌아보니 이제 더 이상 우울하지 않는 자신을 발견했습니다. 우울증이 나도 몰래 사라진 거죠. 누군가에게 몰두하는 일이 얼마나 즐겁고 행복한 일인지, 음악이 가진 힘이 얼마나 위대한지를 알게 된 것이죠.

비록 황혼길에 서 있지만, 내 생명 다하는 그 날까지 우리 별님 대스타로 만들기 위해 최선을 다하겠습니다.

굴곡진 삶을 살다 가신 부모님 생각이

이현숙

매일 눈팅만하다가 총장님께서 〈찔레꽃〉을 연주하는 영상에 큰 감동을 받았어요.

한평생 허리띠를 졸라매고 굴곡진 삶을 살다 가신 부모님 생각과 눈물겹고 당신의 인생의 보따리인 듯 그 보따리를 머리에 이고 무거운 삶을 살다 가신 할머니 생각하며 듣고 또 들었어요.

할머니는 어려운 환경 탓에 보따리를 챙겨 들고 이 아들 저 아들 집에 거처를 옮기며 집안일을 봐주셨고, 나중에는 직장생활을 하는 저를 도와주시느라 함께 지내기도 하셨죠.

일만 알고 사시느라 얼마나 힘드셨을까요? 할머니의 보따리는 하고픈 말들이 많아 꾹꾹 담아둔 인내의 보따리였던 것을 철없던 그땐 짐작도 못 했지요. 할머니가 챙겨 주시던 따뜻한 마음은 당연한 것으로 받기만 했네요. 맛난 음식과 예쁜 옷 한 벌 사드리지 못해 마음이 아픕니다.

오픈이라고 놀리지 마세요

이현희

숲, 바다, 섬마을, 저는 오늘에야 들립니다. 제가 하고 싶은 말과 마음의 응어리들 또 그리움…

모든 것들을 학우님들께서 대변하시기에 생략하겠습니다.

저는 팔순을 맞은 시니어입니다. 여러분들의 생일 축하받고 싶어 용기 내어 들렀습니다.

저는 칠푼이보다 낮은 오픈인가 봐요. 댓글도 못 다는 바보라고 놀리지 마시고 너그럽게 받아주세요.

많고 많은 사연에

이형숙

호모닝! 간만에 출석합니다. 창간호 어서 빨리 받아 보고 싶어요.

학우님들의 많고 많은 사연에 푹 빠지고 싶어요.

클래식의 품격을 갖춘 도서

이혜경

자수정같이 맑고 깊은, 가수를 향한 대단한 사랑과 보석같이 아름다운 사연들로 채워질 창간호의 발간을 앞두고 제 마음도 두근두근, 쿵쾅쿵쾅 설레고 있어요.

이를 위해 애쓰시는 많은 분들에게 진심으로 감사드려요.

부탁을 드리고 싶은 것은 우리 학우들의 연령층을 배려해서 도서와 서체, 글자의 크기를 잘 안배하셔서 영구소장본으로 클래식의 품격을 갖춘 서책을 만날 수 있길 소망합니다.

영어 강의

이호정

정말 유익한 프로젝트입니다. 평소에도 김호중 군이 영어를 배워서 세계로 나아가는 가수가 되었으면 좋겠다고 항상 생각하고 있었어요. 저 역시 호중님의 찐팬으로서 호중님이 세계적인 가수로 성장해 나갈 수 있도록 응원하기 위해서 영어 공부를 해야겠다는 생각을 했습니다. 호중님의 선한 영향력으로 영어 공부를 하는 많은 팬이 생길 듯합니다. 너무 감사한 영어 공부 프로젝트에 갈채를 보냅니다.

나의 버킷리스트

이화숙

나는 60세에 장애인이 되어 7년간 계속 재활치료 중인 별님 팬입니다. 20년은 패션 회사 근무, 20년은 외식사업으로 일요일도 없이 쉬지 않고 일을 해온 워커홀릭이었지요. 뇌경색으로 쓰러져 무기력하게 보내던 제게 호중씨가 말을 걸어오기 시작했어요.

호중씨의 좌우명 '할 수 있다, 하면 된다, 노력해서 안 되는 일은 없다.' 그래서 저에게 버킷리스트가 생겼지요. 외식사업을 다시 해보자 이제는 고래불에서(영덕군에 있는 지명). 고래가 쉬었다 갈 정도의 큰 백사장이 있는 해안이고 저희 남편의 고향이지요.

'왜 고래불에서?' 호중님 자서전을 보면 자신이 고래와 비슷하다 고했어요. '음악이라는 세상에서 노래하는 사람으로 살아가기 위해 나만의 진화 방법이다. 고래에게 바다가 최적의 환경이듯 음악이라는 세상이 나에겐 최고의 행복한 세상이다'라고요. 이 글을 읽고 고래라는 매개체로 호중씨와 연결되는 것이 좋았지요.

별님이 해산물을 즐겼다니 이제 고래불 해안에서 고급지게 대접해 드릴 날을 기다려요.

영원한 찐팬

이화실

마음이 넓고 속이 깊고 따스하고 귀여움과 상남자의 매력이 함께하는 김호중. 특히나 왼발 앞으로 내밀고 노래하는 모습으로 저에게 웃음을 가져다주신 가수님, 사랑합니다.

영원히 응원하는 찐팬으로 남을게요.

아침 7시면 만나는 선영대 학우들이 저에게는 벗이고 지인이고 가족입니다. 항상 정겹고 따뜻한 학우님들, 별님 콘서트에서 반갑게 만나요.

김호중은 평가 대상 아니라 배울 대상이다

인천마시멜로

김호중의 배울 7곱 가지 경영학
1. 실패를 자산으로 활용하는 '실패의 경영'
2. 위협에도 목표한 바를 밀고 가는 '위기경영'
3. 쉴 틈 없이 속전속결로 추진하는 '스피드경영'
4. 탄탄한 기본기로 변화에 대처하는 '변화경영'
5. 나보다 이웃을 우선하는 '나눔경영'
6. 목표를 공유하여 스스로 성취하는 '자율경영'
7. 어떤 경우에도 신뢰하는 '브랜드경영'

김호중을 경영학의 시야로 바라보는 선글님의 관점에 공감하며 별님 덕분에 더욱 행복한 시간입니다.

해마다 맞지만

임루하

오늘 생신 맞은 일곱 분 축하드려요. 해마다 한 번씩 맞는 생일을 여러 학우님들과 함께 축하드리고 축하받으니 얼마나 좋으실까요? 나이가 들면 점점 혼자만의 세계에 빠지게 되는데 선영대에서는 함께라서 참 좋아요.
총장님과 예삐님 덕분에 오늘 하루를 활기차게 시작해 봅니다.

맘껏 노랠 불러주오

임식근

평소 부정맥약을 먹고 있던 중 작년 3월 갑자기 쓰러져 응급차로 수송되어 삼성병원에서 수술을 받았습니다.

심장 박동기에 의지하여 생활하는 일상이 되었습니다.

평소 트로트는 부르지도 듣지도 않던 사람이 수술 후 경연을 보다가 모든 장르를 고급지게 부르는 김호중의 노래에 빠져들었습니다. '새롭게 하소서'와 '스타킹'을 다시 보고 호중씨 진가를 알게 되고, 역경 속에 훌륭한 청년이 되어 우리 앞에 나타나 준 것을 감사하며 사랑하게 되었습니다.

매일 기도하며 팬카페에도 가입하고 오늘에 이르렀습니다. 선영대 입학으로 전국에 숨은 저력을 가진 인재들과 소통하게 됨을 영광으로 생각합니다. 내 남은 인생의 바램은 김호중이 부르고 싶은 노래 맘껏 부르는 모습을 보는 것입니다.

누가 말려줘요

임위숙

전 아리스도 선영대학 학생 노릇도 제대로 못해요. 얼쩡얼쩡 기웃기웃, 내 가수와 비슷한 말소리, 음악만 나와도 미쳐 버리는 이 할망구 누가 좀 말려줘요. 우리 가수의 제스처(gesture)나 표정은 아무도 못 따라가요. 〈산노을〉 부를 때 그 아름다운 동작과 손끝, 발끝, 머리끝 누가 감히 흉내라도 내겠어요?

우리 가수 노래 듣고 내 안에 심장과 모든 장기들이 녹아 버리고 난 뒤, 새 살이 돋고 싹을 틔우고 꽃이 피고 형언할 수 없는, 몸 안에 용트림이 일어나고 있어요.

갈 길이 짧은 내가 열아홉 소녀가 된 기분, 내 얼굴도 책임 좀 져주세요. 내 얼굴의 주름살도 쫙 펴주시는 것도 분명 가능할 거 같아요. 미안해요. 너무 심한 말을 한 것 같지만, 그냥 웃어주시면 좋겠어요.

가야지, 와야지

임은희

행복이 우리에게 오지 않으면 우리가 만나러 가야지,
웃음이 딴 곳에서 놀고 있으면 우리가 얼른 데려와야지.
오늘도 행복하게 웃으려고 선영아, 선영대학교 가자~~

관음죽아 미안해

임정옥

평소 꽃 가꾸기를 좋아해 아파트 베란다에 꽃나무가 가득한데 (40여 종) 손주들이 가끔 오면 할머니 정원이 무성해서 맑은 공기 체험한다며 좋아합니다. 그런데 어느 날 보니, 40년간 자식처럼 애지중지 정성 들인 관음죽 잎이 마르고 옆으로 푹푹 쓰러져 있는 거예요. 세상에나! 일주일에 한 번씩은 꼭 쌀뜨물 받아 정성스레

물 주던 일을 김호중 덕질에 빠져 잊어버렸던 거예요.

뒤늦게 영양제, 퇴비 등 온갖 정성을 들여 회생시키려 애썼지만, 결국 나뭇가지까지 바싹 말라 버렸어요. 너무 안타깝고 관음죽에 죄지은 것 같아 미안했어요.

봄이 오면 다시 예쁜 친구 심어야겠지요. 귀한 방송 늘 감사드리며 올해도 따뜻한 마음 풍성한 열매 얻으리라 확신하며 호중을 응원하고 사랑하며 기다립니다.

단비 같은 사람

임현선

누군가 물었다. 어떤 사람이 되고 싶냐고?

대답했다. 나는 단비 같은 사람이 되고 싶다고!

나는 방송을 들어도 댓글을 잘 쓰지 않는다. 남들이 쓴 댓글을 읽어보며 빠지지 않고 좋아요를 꾹 누른다. 사람들은 저마다 할 말도, 하고 싶은 말도 다르다. 가끔은 '어쩜 저렇게 자신의 마음을 잘 나타내지?'라며 놀랄 때도 있지만 댓글을 다 읽고 나니 그 속에 내 할 말이 모두 들어있다.

내가 누르는 '좋아요'가 사람들에게 단비가 되었으면 좋겠다. 자신의 글에 누군가가 공감하고 '좋아요'를 누르는 것을 보면서, 내 일도 또 열심히 댓글을 쓰고 나에게도 고마움을 전하겠지?

내가 '좋아요'를 누르는 것을 아무도 모른다 해도, 나는 또 날마다 '좋아요'를 꾹꾹 누를 것이다.

누워 있는 남자, 서 있는 여자

임혜경(샤론애플)

그는 코로 밥을 먹는다. 나는 15년 차 그의 전속 간병인이자 그의 여자였다.

내 삶 15년은 병간호에 묻혔다. 스스로 묻었다. 나의 희생과 용기는 내 남자가 아닌 애들에게 아빠를 찾아 주기 위한 것이었다. 그의 숨쉬기가 애들에겐 기쁨이고 눈물이었다. 그는 고장 난 로봇이 되어 버렸다. 나의 힘듦은 그의 생존이다. 그래도 함께라서 좋았다.

그의 몸무게가 내 오른쪽 어깨를 무너트렸다. 내 오른쪽 어깨는 짝퉁이다.

이제 그가 나를 쉬게 하려 한다. 서 있는 여자를 앉으라 한다. 그 강을 건너야만이 갈 수 있는 그곳, 죽어야 사는 그곳, 그가 마지막 남은 생명의 불씨를 다 태워 눈을 떴다. 그 눈에 눈물이 그렁그렁, 그의 두 눈에서 병간호에 지친 내 얼굴을 보았다.

세 번 깜빡거렸다.

1) 사랑했다 깜빡 2) 사랑한다 깜빡 3) 나보다 더 사랑한다 깜빡

두 눈이 말하는 걸 난 눈으로 들었다. 그만! 헉헉헉, 가쁜 숨을 몰아쉬는 그의 얼굴을 내 손으로 쓸어내렸다. 잘 가! 그가 슬퍼하지 말라 한다. 매너 있게 호중별님과 맴버 체인지, 인수인계?

그의 노래 속에서 행복하게 살다 천천히 오라 한다. 날 알아보게 더 늙지 말고.

제목만 바꿔 주세요!

자목련

첫 방송 '김호중에게 아내를 뺏겼다'는 제목에 놀라 들어가 보니, 이미 회장님도 찐팬이셨지요.

그때 안티들이 호중에게 허위 사실을 유포하여 조마조마하던 때라 제가 '회장님 제목만 바꿔 주십사' 하고 글 올렸었어요.

그 후 몇 번을 찾아봐도 섬네일이 그대로 있어 너무 화가 나서 오래도록 방문을 하지 않았답니다. 그러다 좋은 내용으로 방송하는 것을 보고 저도 입학하였고 눈팅만 하다가 나가곤 했어요.

지금까지 방송 업적은 다 알고 있는 사실이고 덕분에 호중의 선한 마음, 뛰어난 실력, 좋은 인성을 알리는 데 많은 도움이 되어 주셨지요.

이 방송이 호중에게는 천군만마의 힘을 실어 주었다고 믿습니다.

명문대학

자미수

시험 치러서 들어오는 대학이었으면 애시당초 원서도 못 냈을 저에게 이렇게 실력도 좋고 인품까지 겸비한 동기 동문이 생겨서 기쁜 나날이에요. 제가 재학생이라 그런지 선영 자율대학은 명문 중의 명문대학이라 자부합니다.

인내의 꽃

구리가 몇천 도의
용광로에서 녹아내려

맑은 산사의 새벽을 깨우는
아름다운 종소리로 태어나
산천의 산새까지 설렘으로 듣는다

설한풍에도 봄이 올 것이라는
희망의 기다림으로
빈 가슴을 채웠던 사람

눈밭에서도 동백은 피고
어둠 속에서도 여명이 밝아오듯
진흙밭에서도 아름답게 피어난
연꽃 같은 사람

봄이 오니
온 산천에 꽃으로 만발하여
국경을 넘나드는
세상의 꽃이 되었네

아 거룩하여라
청명한 하늘에 해님 되어
온 우주를 환히 비추소서

(21.12.11 정오에 클래식 음반 발매)

저도 꽃을 좋아해요.

자야

수국을 좋아해서 보러 가고 싶었어요. 가까운 통도사 자장암 가서 쬐끔 밖에 못 봤어요.

수국은 너무 아름다워요. 봉오리가 탐스럽잖아요. 요즘은 회사에 일이 없어서 잠시 쉬고 있어요. 쉬니까 오히려 아무것도 하기 싫고 무기력증이 오는 것 같아요.

그래도 별님 노래 들으며 힘을 내려고 해요.

국장님 손잡고 같이 걸어갈게요. 어디에도 의지할 데가 없네요.

내연남?

자예당

배꼽 잡고 웃을 수 있게 해 주시는 아리스님들의 재치와 글솜씨에 댓글 달 엄두도 못 내었지요. 그러다가 용기를 내 봅니다.

7학년 할매가 내연남? 김호중을 가슴속에 감추고 내연남의 얼굴

찍힌 보라색 티를 고이 접어 옷장 서랍 가운데에 넣어두고 열 때마다 안녕~ 인사하네요. 저의 모습이 웃기지요?

나이 들어 안 하던 짓 하니 아들과 며느리, 딸과 손자의 눈치도 봐야 하니 어쩔 수가~~

잉꼬부부의 방송

작은 행복

정겹게 잘 들었습니다. 아내의 설거지를 도와준다는 생각을 '이건 내가 하는, 내가 해야 하는 일이다' 즐거운 마음과 가족을 사랑하는 마음으로 생활하신다니 정말 지혜로우신 분이네요. 저희 남편도 제가 힘들다고 쉬고 싶은 날은 설거지는 물론 집 안 청소도 꼭 해 주려고 하는 편이지만, 선생님의 마인드에는 못 미치네요. 두 분이 손 꼭 잡고 걷기 운동도 하시고 넘 존경스러워요.

선영대학의 잉꼬부부상을 드려야 할 것 같아요. 오늘 넘 뿌듯한 토크 시간입니다.

댓글은 쓰기 힘든 상황이지만 꼬박꼬박 학교 수업 잘 듣고 있어요. 학우님들의 정겨운 대화도 많이 보고 있지요.

늘 건강하시고 행복한 일만 가득하시길 빕니다.

정말 다 좋습니다

장금모

학우들이 방송에서 들려주는 이야기도, 댓글로 책을 만든다는 사실도 모두 환영합니다. 내가 좋아하는 가수가 얼른 방송에 나와서 그 환하고 빛나는 모습을 보여주면 더욱더 좋겠습니다.

기다리면 머잖아 우리 앞에 짜잔~ 나타나서 활짝 웃어 주겠지요? 그날을 기다리며 저는 부지런히 운동하고 응원하며 노래 듣겠습니다.

별님 팬의 자부심

장명희

우리 학우들도 잘 몰랐던 별님 팬 문화를 분석해 주셔서 감사해요. 말씀처럼 별님 팬들은 김호중이란 사람의 인성과 노래로 똘똘 뭉쳐진 사람들입니다. 그래서 절대 고무신을 거꾸로 신지 않을 겁니다. 기다립니다. 돌아와서 더욱더 좋은 노래로 세계무대에 설 그날까지 아니 죽을 때까지 함께 갈 겁니다

맹꽁이 학우님, 힘내세요

장승연

맹꽁이 학우님의 소식을 듣고 너무 마음 아픈 소식이지만 그것은 아무도 모르고 하늘만 알고 있습니다.

저도 폐렴으로 4개월 병원에 입원하고 있다가 코로나19 확진자

가 나왔다는 소식을 듣고 병원의 만류에도 불구하고 퇴원하여 지금까지 살아 있어 내 가수 응원과 덕질도 하고 있지요. 건강하지 않으면 아무것도 할 수 없으니 마음이 아파요. 병원에서 생과 사의 갈림길에서 참 힘든 시간을 보냈지만 한 가수가 부른 찬양과 서수용 선생님과 함께 출연한 간증 인터뷰를 들으며 힐링을 했어요. 모든 것이 신앙적인 삶을 통해 감동을 받았기에 나의 힘든 나날을 견디고 행복하게 웃으면서 보낼 수 있었고 이렇게 타인의 고통을 돌아보는 여유가 생긴 것 같아요.

맹꽁이 학우님 꼭 건강하셔서 우리 함께 만날 수 있기를 바랍니다.

모두가 최고인 박학다식한 우리 총장님

장은희

섭외력도 최고! 호탕한 웃음도 최고! 박학다식한 우리 총장님.

오늘 초대 손님 못잖은 '토크 가위 솜씨'도 최고입니다.

초대 손님의 한 말씀 한 말씀 귀담아들으면서도 적정선에서 '맺고 끊고'를 능수능란하게 가위질하는, 그야말로 토크 디자이너세요. 강의를 들으면서 늘 느끼는 것이지만 총장님 앞에선 왠지 남편 흉도 자식들에게 받은 서운함도 술술 풀어 놓으며 한바탕 웃음으로 날려버릴 수 있을 거라는 마음이 듭니다.

선영대학에 입학하여 각계각층의 고수들과 함께하며 팬데믹 시대를 잘 견뎌내고 있는 1인으로서, 선영대학의 모든 학우들께 감사드립니다. 오늘도 목젖이 보이도록 실컷 웃고 갑니다.

아세요?

　외롭고 슬픈 명절인 것 같아 가슴이 아프네요. 나이 탓인가 봐요. 우리 어르신들 명절 잘 보내시고, 맛난 거 많이 드시고, 늘 건강하시면 좋겠어요.

　제 아버지는 군인으로 6.25 때 전사하셨고, 어머니도 곧 돌아가셨어요. 8살에 고아가 된 저는 부모님 사랑이 무척 그립고 간절했어요. 보훈 자녀가 되어 경제적으로는 나라의 보살핌을 받았지만, 사람의 정이 그리웠어요.

　항상 외로움에 사무친 저에게 좋은 이웃, 좋은 가족이 생겼네요. 호중 가수를 응원하는 분들이 모여 친구가 되어주고 이웃이 되어주시니….

　서산의 어느 산기슭 작은 집에서 전원생활을 해요. 제집은 온통 보라로 꾸몄고, 등산객들에게 커피 봉사를 하고 있어요. 산을 오르내리는 산객들에게 향 좋은 커피와 약수도 드리지요.

　제게 왜 이런 봉사를 하느냐고 묻는 분들에게 대답한답니다.

　"내 마음에 사랑을 준 사람 때문이에요."

　"어머, 그 사랑을 주신 분 대단하시네요?"

　"그럼요. 어마어마한 분이지요."

　"누구신데요? 궁금해요"

　"별님이라고 아세요?"

　"…"

저는 오늘도 내일도 커피를 내리고 보라색 꽃을 피우고 있어요. 이곳에 오셔서 커피와 차와 쉼을 드세요. 모든 것은 공짜입니다. 단, 별님을 알고 노래 좋아하시는 분들께만!

자랑스러움

장혜경

늘 느끼지만, 총장님은 말씀을 참 잘하시네요.

조목조목 요점만 골라서 알려주시니 오늘도 몇 가지 상식을 제 뇌에 입력합니다.

김호중은 볼수록 대단하지요. 〈짝사랑〉을 선곡한 걸 보면서 '자기가 옳다고 생각한 건 굽힘이 없구나'라는 걸 느꼈죠. 아무튼 매력 넘치는 청년이기에 그런 아티스트의 팬임이 자랑스러워요. 오늘도 흐뭇한 하루를 시작합니다.

조국을 걱정하는 독일 할머니

장혜숙

독일에서 안부 전합니다. 어쩜 남자분이 이렇게도 아름답게 표현을 하시나요? 성품, 인품 그리고 미적, 지적으로 어디 하나 부족함을 찾아볼 수 없네요. 한마디의 말이 그 사람의 인격을 보여준다죠. 정말 팬이 되어 한 번도 빠지지 않고 부푼 가슴으로 즐거운 마음으로 기다리며 시청합니다. 이 역시 김호중의 노래로 행복함을 맛보는 것과 같은 행복입니다. 우리 한국 사회의 생각과 인격들이 별님을 닮아 간다면 한국인들의 생각과 자세 또한 긍정적으로 변하지 않을까요? 47년을 독일에서 생활하는 70대랍니다. 지금은 손주 키우는 재미로 항상 조국을 걱정하는 제가 평생 처음 댓글을 올려 봅니다. 별님 노래를 들으며 한국에 대해 희망이 생깁니다.

가족 모두 호중사랑

전금희

저는 가수 호중씨가 너무 좋아서 난생처음 '우리家' 음반도 사고 클래식 음반도 사서 동생들에게 나누어 한 장씩 선물하고, 딸과 아들에게도 그리고 내가 좋아하는 지인들에게도 나누어 주었습니다.

클래식 음반에는 호중님의 큰 사진 한 세트당 2장씩 들어 있었어요. 우리 아들도 며느리도 다행히 호중님 노래를 좋아한다고 해서 기분이 아주 좋았어요. 내가 보내준 음반 세트를 받고 참 좋아 하면서 "호중씨 사진을 엄마 방에 붙여 놓으시지요." 하더군요. "세트당 2장씩 들어 있으니 그것은 네 몫이니 방에 붙여 놓으라"고 했어요.

근데 이번 설날 동생들이 우리 집에 왔습니다. 안방 문을 열어 보더니 우리 동생들이 깔깔깔 웃고 난리가 났어요. 이유는 정면으로 눈에 확 띄는 사진을 보며 "아들보다 호중이가 더 좋으냐"고 놀리더군요.

'우리家' 음반 〈네버엔딩 스토리〉와 〈파바로티〉 영화 모두 소장

용으로 구매해서 매일 보고요, 선영대학을 비롯한 호중님의 호위무사 유튜브를 다 보고 멜론스밍까지 하고 있지요. 작은 가게를 운영하면서도 가수 응원 스밍하며 홍보를 하고 있으니 호중사랑 찐팬 맞지요?

오로지 김호중 팬

전다복

우리는 끝까지 가수 김호중 팬으로 갈 것입니다. 조급해하지 않을 것이며 한눈팔지도 않을 것입니다. 아들 군대 보내놓고 잊은 채 한눈파는 부모는 없으니까요. 마음 아픈 아들 군대 보냈으니 잘 적응하고 새로운 에너지 가득 채워 돌아와서 다시 큰 날개를 펴고 넓은 하늘을 날며 활동하리라 믿어요.

그날을 위해 기도하고 총공하며 기다릴 것입니다. 생애 처음 가수 한 사람을 사랑하게 되었는데 바로 김호중.

신세계가 열렸다

전복순

가난한 산골 누나는 집안의 기둥인 남동생을 공부시키고자 허름한 슬레이트 지붕아래 둥지를 틀었다. 그 집엔 노부모님 섬기다 장가갈 일 걱정되어 고향을 등진 떠꺼머리 총각도 있었다.

사람 됨됨이가 착해 보여 자꾸 눈길이 머물고 시누이의 설득에 못 이긴 척 아내가 되었다. 손 내밀어 그의 인생 여정에 길동무 되어 배움이 부족한 남편의 한을 달래주고 싶었다.

나는 남편과 입맛도 맞추고, 취미도 맞추는 등 매사 한 몸처럼 생활하지만 절대 함께할 수 없는 것이 있었다.

그것은 감성 정서였다. 음악과 문학을 사랑하는 내 취향을 남편 앞에서 드러낼 수가 없었다.

40여 년 순수한 내 감성을 고이 숨기고 살았는데 내 가수가 나에게 용기를 주었다.

꺼내서 바라보고, 어루만져 보고, 노래 부르라고 하는 것 같았다. 망설이며 문턱을 넘지 못하던 소심한 나를 학우들이 손짓했다. 함께 노래 부르자고~ 아! 그러자 신세계가 열렸다. 마음 깊숙이 웅크리고 가슴앓이하던 감정들이 요동을 쳤다. 치열한 그 몸부림은 서서히 안정을 찾으며 새 길을 찾아가는 중이다.

화창한 아침

전상실

어제 LP판 구입이 시작되었네요. '우리家' 1만 장, '클래식' 1만 장씩 판매 목표를 세웠다고 해요.

그런데 생각보다 구매가 저조해요. 어제 하루 2,800장 판매되었다고 조금은 아쉬워요. 저도 샀는데, 많은 분들이 구매에 동참해 주셨으면 좋겠어요. 우리 별님의 작품은 다른 누구보다 더 많은 인기를 누렸으면 좋겠어요.

호이팅 하며 호행 하는 나날

전숙자

한 주를 힘있게 행복하게 시작하시죠. 기다림이 있어 흐르는 세월이 서럽지 않은 우리들 이잖아요.

모두 호이팅 하며 호행 하는 나날 보내세요.

등교합시다

전인순

어느 건강 영양식보다 효과가 빠르고, 어떤 약보다 치료가 빠른 것이 노래 듣기다.

아침 7시면 호탕한 웃음소리와 함께 시작하는 방송, 수많은 학우들과 손잡고 등교를 한다.

세상 사는 온갖 이야기가 퍼진다. 그 이야기 따라 배를 잡고 깔깔댄다. 누가 내 배꼽 찾아주소!

가슴 뛰는 일

점선

"오늘의 무대를 잘해야 내일의 무대가 주어진다" 김호중이 자서전에서 말했다고 했더니, 제 댓글을 소개해 주시네요. 감사합니다.

유월의 첫날, 생각지도 않은 제 이름이 방송도 타고 더욱 설레는 맘으로 기분 좋게 시작합니다.

저는 별님 사랑이 미스터 트롯 〈태클을 걸지 마〉로 진이 되었을 때부터입니다.

많은 시련과 좌절 앞에서도 무너지지 않고 견뎌온 세월에 눈물을 안 보이려고 입을 꾹 깨물고 울음을 참는 모습, 지금도 생각하면 콧등이 찡하고 눈시울이 뜨거워지면서 가슴이 아려오네요.

지금은 내 가수가 되어준 별님, 별님과의 인연으로 선영대 총장님과 기라성 같은 학우들의 만남으로, 삶의 무게 앞에서도 행복하게 하루하루 살아갑니다.

지금도 별님 생각만 하면 입가에 미소가 머금어지고, 가슴이 소싯적 소녀 감성으로 물들어가고, 내 생에 이렇게 가슴 뛰는 일도 있구나 싶어 신기합니다.

미쳤어요

정경자

능력이 뛰어난 한 가수가 많은 사람들의 정신을 혼미하게 했다는 생각이 드네요.

아침에 눈 뜨면 스밍하고, 인스타그램에서 하트를 20개 정도 날리고 주말엔 편지 답장 쓰려 달려갑니다.

아무리 빨리 가도 1,000번 훌쩍 넘어버리니 결국 그는 내 편지도 못 읽으시겠지만 그래도 손가락이 닳도록 댓글을 씁니다. 그리고 멜론 음원 듣고 선영대 학생으로 댓글 달며 행복한 바보가 되었어요.

다른 사람 노래는 하나도 안 들리고 가게 나와 앉아있을 땐 항상 보라색 티셔츠를 입고 쇼핑할 때 옷을 사도 보라색으로 사게 되니 제 행동에 실실 웃음이 나와요. 그러니 저 미친 거 맞지요?

우리 별님

> 정경진

늘 고마운 종로선글님, 이 나이에 댓글을 쓰느라고 눈을 찡그려 가면서 더듬더듬 자판을 누릅니다. 굳어가는 손가락을 움직이게끔 제 영혼을 일깨워 준 누군가의 노래는 천상의 소리라고 생각합니다. 언제까지나 노래하는 사람으로 남아 주세요. 우리 별님은.

옛날을 떠올리며

> 정란희

오래전부터 좋아했던 〈Old and Wise〉를 오늘 한 가수의 앳된 목소리로 듣게 되어 깜짝 놀라면서 더욱 가슴이 뭉클해지며 그립네요.

저는 35년 전 고등학교 시절부터 20대 후반까지 올드 팝송의 매력에 푹 빠져 밤낮으로 라디오 방송을 즐겨 들으며 미·유럽의 많은 가수들과 그룹들을 알게 되었고, 모르는 곡이 없을 정도로 심취했답니다.

그러던 중에 종로선글 유튜브를 시청하게 되었어요. 오늘 뜻밖에 그 추억의 노래를 듣는 순간 오래된 기억 속에 남아있던 멜로디를 떠올리며 숱한 세월이 지났음에도 가사의 의미도 다시 생각나고, 그때 느껴보지 못했던 또 다른 감정과 희열을 새삼 느껴보네요.

그대 고맙소

정명순

하늘이 유난히 높아 보이네요. 구름이 흰 눈처럼 아니, 목화송이처럼 피었어요. 계절을 건너온 푸르른 초목들이 햇살 아래 반짝반짝, 꽃들의 고운 미소로 재촉하네요. 별님의 하루하루가 편한 삶이기를 바라는 할무니예요.

인생은 육십부터, 그러니 지금은 십팔 세 청춘이지요.

"여전히 아름다우십니다"

거짓말이라도 기뻐요.

"곱게 늙으셨습니다"

지나가는 말이라도 고맙지요.

5년 전 늦여름 깊은 밤, 내 어깨에 기대어 두 손 꼭 잡고 가장 편하다는 말 한마디 남기고 서방님은 그렇게 홀연히 먼 길 떠났지요. 나의 멍청함과 자책감에 자신을 들볶으며 회한의 늪에서 허우적거릴 때 내 치마폭에 툭 떨어진 큰 별이 있었지요.

깜짝 놀라 와락 끌어안았더니 〈천상재회〉 별님의 노래가 밝은 길로 이끌어 주었지요. 탱자나무 가시에 찔린 듯 아픈 허기진 내 맘의 보릿고개를 손잡아 넘겨준 김호중.

‘그대 고맙소’ 이제는 내가 지키리라 별님 그대를, 이 생명 다할 때까지 온 정성 온 맘 다 해 장대 같은 소나기, 돌멩이 같은 우박이 내리더라도 늘 사랑하렵니다. 소중한 그대를.

사람을 낚는 어부

정명자

선글님은 사람을 낚는 어부로서 누군가의 미래에 필요하신 분들을 낚았지요. 어부님의 좋은 생각이 이렇게 훌륭한 행동으로 이어지리라는 것을 누가 짐작이나 했겠습니까? 행복과 즐거움이 한 가수의 금관악기 같은 목소리를 타고 전 우주인들이 선영대학 교문으로 물밀 듯이 몰려올 것 같아요. 책 출간을 위해 서른네 분의 편집위원(일명: 어벤져스)이 있으니 든든합니다.

저의 소망은…

정명자(강진)

제가 사는 강진에는 아리스들을 찾을 수가 없어요. 같이 별님 응원하면 좋을 텐데 말이죠.

TV에서 우리 가수님 이름만 나와도 반갑고, 얼른 달려가서 손 흔들어주고 싶은 제 맘을 아시죠?

함께 별님 노래 들으면서, 어떻게 사랑하게 되었는지 고백하면서, 밤을 새우고 싶어요.

안부

정무순

댓글 쓰기에 자신이 없는 나는 무슨 말을 써야 할지 고민을 합니다.

오늘 생일을 맞으신 학우님들 축하합니다. 이렇게 쓰고 나면 마음이 편안해진다. 날마다 학우들의 생일이 이어지니까, 축하한다는 말을 쓰니 내 마음이 따스하고 기분이 좋다. 선영대의 아름다운 발전을, 모든 학우님 손잡고 기도합니다. 함께하는 모든 분들, 늘 유쾌함으로 가득 찬 나날 보내세요.

한 첩의 보약 같은 글을

정순덕

한 가수를 만나 그의 노래를 들으며 행복을 느끼게 되었다.

그 가수의 팬인 한 작가를 만나 내 글쓰기는 시작되었다.

가족 이외에 조건 없는 사랑을 해본 적 없는 메마른 감정의 나에게 새로운 시간이 찾아온 것이다.

'환자를 위해 요리하며, 이 음식 위에 기도의 고명을 얹어 보세요.'

나는 뜨거운 불 앞에서 이 말을 곰곰 새기고 있다.

'한 톨의 쌀이 모여 한 공기의 밥이 되듯, 누군가의 따뜻한 마음과 기도가 모여 환자에게는 한 첩의 보약이 되리라' 이렇게 생각하니 음식 만드는 일이 즐겁고 보람이 느껴졌다.

길을 걷다가, 방송을 보다가, 노래를 듣다가 나는 마음으로 열심히 글을 쓴다. 이제는 더 발전하여 A4 용지에 빽빽하게 쓰고 있다.

남편이 "학교 다닐 때 그렇게 열심히 했으면 S대도 갔겠다"라 비꼬아도 좋았다.

미용실 가는 비용을 아끼려 집에서 혼자 머리카락을 자르며 알뜰히 살던 내가, 가수의 앨범을 사고 후원하면서 오히려 신이 났다. 누군가를 좋아하고 응원하는 일이 이렇게 큰 기쁨인 줄 내 어이 알았으랴.

내 속의 이야기를 남들에게도 들려주는 일이 왜 이렇게 행복할까?

내 닉네임은 야초(野草)

정순자(야초)

들판에 핀 풀은 생명력이 질기다.

땡볕과 폭우와 태풍을 견뎌내고 꽃을 피우고 열매를 맺는다.

봐주는 이 없어도 꿋꿋이 생명을 이어가고 묵묵히 자신의 일을 한다.

한 가수도 그렇다. 스스로 자신을 다지고 내면을 갈고 닦았기에 지금 훌륭한 아티스트로 우뚝 서게 되었다.

봐주는 이 없어 외롭지만, 자신의 길을 쉬지 않고 걸어왔기에 수많은 팬들이 생겼다.

그의 발걸음은 한결같고, 그의 목소리는 굳건하고, 그의 행동은 정의롭다.

그래서 나는 그를 좋아한다.

빠졌구만 빠졌어!

정순희

선영대학 20학번으로 난생처음 어느 가수를 좋아하고 팬카페에 가입하고 음원 가입, 스밍, 유튜브를 찾아보고 기사를 보며 '좋아요'도 누르지요.

우리 가수의 소식을 들으려고 이방 저방 기웃거리고 가수의 사진전도 영화도 보았지요. 대면도 없었던 사람 때문에 울고 웃고 온라인으로 가수의 CD를 직접 주문해서 가수가 부른 노래를 돌리고 돌리고, 눈만 뜨면 자다가도 돌리고, 군사우편을 기다리고… 어휴~ 숨차네요.

울 아들이 이러더군요.

"엄마! 앞에 있는 아들이나 좀 생각해줘요"

(속으로 순간 나쁜 놈, 니는 집도 차도 다 줬는데~ 호중이는 아직 아무것도 못 해줬다. 이제부터 너는 두 번째다 이놈아~)

우리 가수님 CD를 트니까 남편 왈,

"CD 또 샀나! 빠졌구만 빠졌어. 그만해라이~"

"응, 나 빠졌어요~ 건져 줄래요?"

"미쳤나! 내가 왜 건져줘야 하는데?"

정말 이래도 되는 건지 행복했다오. 이렇게 계속 별님에게 덕질로 응원하며 사랑하기에도 바쁩니다.

대망

정써니

도쿠가와 이에야스, 객관적으로는 미워할 수 없는 인물이지요.

대망에서 나오는 인물과 비유한다면 가장 비슷한 인물은 이에야스가 아닐까요.

대망에서 가장 기억에 남는 것은 이에야스 모친이 너무 불쌍하다는 것입니다.

히데요시는 딱 원숭이상인데 이에야스는 하필, 잊지 않기 위해 원숭이 3마리상일까? 새삼스레 생각하게 하네요. 오래전에 읽은 책을 소환시켜 주시는 총장님, 감사해요.

작은할매의 체조수업

정양자

작은할매님의 노고에 감사드리며 칭찬하고자 합니다. 솔선수범으로 나서서 토요일 방송을 도맡아서 학우님들의 재미난 글을 읽어 주시고 한바탕 웃게 하는 작은할매님 참으로 고맙습니다.

조용하고 고운 미모에 웃기도 잘하고 웃기기도 잘하는 방송국장님이세요. 학우님들을 즐겁게 해드리고자 연구실에서 며칠 동안 연구한 체조를 창작하여 연습을 잘 시켜 통일된 유니폼까지 입혀 언니와 동생까지 출연시켜 〈너나 나나〉에 맞춰 가르쳐 주시니 감사합니다. 마지막에 웃음이 터져 노래 대신에 '짜가짜가 짠짠' 하며 끝날 때 저도 따라하다가 끝까지 못하고 한바탕 웃었습니다.

고맙소, 고맙소, 늘 사랑하오!

정영순

호중이를 알고
선영대 학우로 등록하여
하루도 빠짐없이 눈팅하면서
지적인 수준은 높아지고
지식은 탑처럼 쌓여가고
감성은 풍부해지고
인성은 맑아지는 나

받은 것만 많아서
줄게 없어 부끄럽다.
오직, 감사함만 가득 안고
오늘도 나는 호중이 노래에 스며든다.
고맙소, 고맙소, 늘 사랑하오!

할무니, 우리 할무니

정영채

어린 시절 전교생이 함께 간 소풍길, 바쁘신 부모님 대신 할머니가 오셨다.

평소보단 조금 맛난 반찬으로 선생님 밥과 함께 계란, 인절미, 잘 삭힌 풋감도 별식으로 싸 오셨다. 장기자랑, 꽝~이 많은 보물찾

369

기, 수건돌리기, 닭싸움 등 은근히 승부욕을 부추기지만 참 재미있었다.

내 어린 시절 추억보다 한 가수의 어린 시절이 짠하면서 그를 더욱 사랑하게 되었고, 그저 마음이 가다 보니 가수의 노래를 좋아하게 되었다. 종로선글 방송에 공감하고 열심히 듣고 있다.

오늘도 강의 들으며 이 나이에 세계에서 일어나는 사건은 물론 상식, 사자성어까지 새로이 많은 것을 배운다.

작년 유월 친구와 남해 쪽으로 여행 갔다가 숙소에서 한 가수의 〈할무니〉, 〈어느 60대 노부부 이야기〉 노래를 듣고 흐느껴 울었다. 그가 노래를 통해 타인의 아픔을 치유하고 어루만짐에 감사한다.

태화강 국가 정원 앞에서

정윤자

우리 집 부엌 창을 통해 김호중이 어릴 적 살았던 아파트를 매일 봅니다. 다녔던 초등학교도 바로 옆에 있습니다. 이곳은 태화강 국가 정원 바로 앞, 아름다운 곳입니다. 2002년 숏돌이로 지방 방송에도 출연하였고, 같은 반 친구에게도 따뜻하게 대하며 도움까지 주었단 말을 들었습니다. 학교를 볼 때마다 운동장에서 김호중이 축구하며 웃는 모습이 떠오릅니다. 지금 우리 김호중 가수는 멋진 청년이 되었구요.

깊은 감사를~

정은혜

김호중을 향한 팬들의 마음을 너무도 정확하고 섬세하게 만져주시니 정중하게 감사드립니다.

회장님이 느꼈던 점들을 저도 동일하게 느꼈습니다. 김호중의 선곡은 너무나도 정확하고 선명하게 메시지를 담고 있었는데 그것을 팬들이 다 읽었기에 가수를 향한 마음이 더 깊어집니다. 팬들의 응원과 사랑이 모두 귀하고 값집니다. 김호중의 선한 영향력을 너무나도 명료하게 일깨워 주는 선글님 또한 보석입니다.

책이 나온다니

정준희

날마다 호중님 빛내는 좋은 소식 들으니 기쁘네요.

저의 생각을 대변하는 듯 많은 댓글에 감동하고 감사하면서도 망설이다 호중님 사랑하는 그룹에 참여하길 잘했다는 생각이네요.

총장님의 반짝이는 명강의, 그리고 학우님들의 따뜻한 마음과 멋진 생각이 아우른 책이 나온다니 무척 기대됩니다.

제9부

사랑을 실천하는 별의 팬

뇌가 말랑말랑

이근철 선생님의 영어 회화 공부를 열심히 하면서 제 뇌가 말랑 말랑해 지고 있는 걸까요?

생각하고 노력하고 웃음과 개그까지 있는 프로그램이라 참 좋아요.

종로선글님은 타 유트버와 차원이 다른 방송을 해 주셔서 신선 하고, 인문학적 강의가 큰 도움이 됩니다.

그리워요, 별님

정혜자

노래에 살고 별님 사랑에 살아가는 학우입니다.

음악은 나의 하느님, 노래는 나의 기도….

코로나로 외출도 안 되고, 모임이랑 모든 것이 멈췄을 때, 마침 별님 노래를 만나 매일 행복합니다. 내 귀를 열게 했고, 내 눈높이 를 키웠고, 내 마음을 노래의 물결로 출렁이게 해 주었답니다.

오늘 방송을 새겨들으며

조경순

사이버 렉카는 사고 시 출동하는 렉카에 비유한 말인데 수단과 방법을 가리지 않고 만행과 횡포를 저지르는 사이버 기자들을 명 칭하는 말이라고 하네요. 돈벌이가 되면 사회의 도덕성이나 옳고 그름을 무시하고 특정한 가수나 연예인을 표적으로 관심을 끌 수 있게 기사화시켜 사회에 물의를 일으키는 사람들이라고 합니다.

가스라이터라는 새로운 명칭도 특이한데요. 상대방의 심리를 교묘히 통제하고 조작해서 판단력을 잃게 만들며 가해자가 피해자를 위한다는 식으로 가스라이팅 당하는 걸 모르게 혼란을 유도하고 착각하게 하여 개인의 이익을 취하는 사이버 유트버나 사이비 기자들의 행태라고 합니다.

좋은 영상을 만들어야 성장하고, 내가 좋은 영상을 만들면 시청자들이 몰리게 하는 것이 정답이라고 합니다.

막말, 거짓, 허위, 왜곡, 과장, 추측, 오판, 침해 등 얼굴 없는 마녀 역할을 하는 SNS로부터 많은 피해를 당하는 요즈음 세태를 보고 SNS의 순기능을 원하는 총장님 말씀인 것 같네요.

말도 안 되는 어그로들한테 속지 마시라고 합니다. 작은 오점이 주홍글씨처럼 새겨지고 그걸 지우기란 쉽지 않으며, 사이비들의 흙탕질에 표적이 되면 SNS상에서 떠도는 걸 지울 수가 없다네요.

지혜와 슬기로 뭉친 선영대 학우들은 앞날을 내다보는 선견지명을 가진 분들이니 가수를 믿고 응원하는데 문제가 없겠지요. 가수의 밝은 미래가 보이니까요.

노래 속에서 힐링

조관우

　영혼을 끌어다가 가수 김호중 군을 응원하셨다는 팬분. 빨리 완쾌되셔서 웃으며 뵙기를 원합니다. 김호중을 사랑하는 학우님들, 오늘도 호중군의 노래를 들으며 마음의 힐링과 행복을 찾기를 바랍니다.

어느 날 갑자기

조명자

　호중대학이 없어진다는 사실에 잠시 멘붕이 왔던 학우예요. 실망하고, 서운하고, 속이 상해 많이 삐쳐있던 학우입니다. 그래도 어김없이 7시면 선영대학에 들어와 눈팅 귀팅하며 조용히 로댕의 '생각하는 사람'처럼 많은 생각을 하는 나날이었어요.

　미술관장과 편집국장이 함께 소통하며 책의 품격을 나누는 모습에 찰떡같이 잘 알아듣고 이해했어요. 호중씨를 통해 만난 학우들의 댓글로 만든 책 창간호에 한쪽 귀퉁이라도 응원하는 마음 표현하고 싶어요.

풍경

조성이

어느 추운 겨울날, 집에 CD플레이어가 없어서 지하주차장 차로 내려가 듣기 시작했다. 어느 순간 내 심장과 뇌가 확 깨어나며 떨리며 두근거림이 시작되었다. 차가 아닌 집에서 언제나 듣고 싶어서 CD플레이어를 바로 구매하여 그날 이후 하루의 시작과 끝을 함께하고 있다.

코로나19로 힘든 이 시간 〈풍경〉을 듣노라면 곧 끝날 거라는 희망이 생기면서 마음이 편안해진다. 〈풍경〉은 노래가 아니라 희망이다. 마법을 외우는 마법사 같다.

마스크 없는 날이 오면 학생은 학교에 가고, 젊은이들은 일터에 나가고, 노인들은 노인정에 모여 놀고, 형제자매 조카까지 한자리에 모인 상상을 해본다. 친구와 모여 그동안 잘 지냈냐고 떠들며 놀고, 사람들로 꽉 찬 영화관에서 같은 감정을 느끼며 영화도 보고 이런 날들이 그립다.

위로

조영순

지각은 하지만 무궁무진한 지식과 지혜를 배우며 정말 감사하다는 마음을 전합니다.

학우들의 예쁜 마음씨와 탁월한 문장력에 감동받아, 때론 울고 웃으면서 마음으로만 감사를 전하는 사람이라 미안합니다.

그러나 이 말은 꼭 하고 싶습니다.

학우들의 글과 말과 위로가 제겐 참 따뜻하다고요.

프롤로그

조재천(종로선글)

한 남자가, 한 가수에 빠진 아내를 위해 유튜브에 8분 47초짜리의 영상을 올렸다. 그가 유튜브를 시작한 지 꼭 열흘이 지났고, 구독자는 고작 30명도 되지 않았을 때였다. 그의 아내는 60을 넘어 중반으로 향하고 있었다. 그가 만든 영상은 하루 만에 무려 10만 명이 봤다.

그 후 그는 아내만을 위한 영상을 계속 만들었다. 그것은 그 가수의 좋은 얘기만을 하는 것이었다. 그런데 이 영상들이 아내와 동시대의, 같은 가수를 좋아하는 팬들을 모이게 했다. 그 가수의 인생과 노래는 그들 모두에게 위안과 희망의 공통분모가 되어 있었다. 그렇게 얘기가 하나씩 쌓여갔고 식구들도 늘어났다.

그 가수가 책을 출간하고, 그 가수가 공연을 열고, 그 가수가 앨범을 내자 그들은 함께 나눴고, 그 가수가 어려움에 처하자 그들은 모두가 나서서 그를 지켰다. 이들은 하나가 되어 갔다.

미약한 영상이지만, 자신들이 사랑하는 가수의 선한 영향력으로 이들은 아름다운 댓글로 자신들의 삶을 나누기 시작했다. 40~60년대에 태어나 60~80년대의 신여성으로 청춘을 맞이했으나 경제성장의 뒤안길에서 가정에 대한 봉사로 사회의 관심에서 소외됐던 이들이, 댓글이란 것으로 자신의 숨은 끼들을 새싹 돋듯 꿈틀거리며 땅을 헤집고 고개를 드러내기 시작했다. 그리고 또 시간이 흘렀다.

어느 순간, 이들은 값비싼 어느 책에도 뒤지지 않을 인문학이 봇물 터지듯 쏟아져 나왔다. 하루에 1천 개 이상의 글들은 하나하나가 인문학 책이었다. 이들의 사랑과 소망, 철학, 향수, 회한이 노래로 위안받고 있는 그 얘기들이다. 그런 어느 날 누군가가 얘기했다. "여기가 아무도 가르치지 않지만, 모두가 배우는 대학이다" 그리고 어느 순간 이들은 자신들이 매일 아침 7시면 열리는 이곳을 언제, 누가 만들었는지 모를 대학이라고 부르기 시작했다. 대학의 이름도 붙였다. 선한 영향력을 줄여 '선영'이라 했다.

어느 날, 한 분이 그 가수의 꿈을 현실로 만들 기념 공간의 벽돌이 되고 싶다며 선뜻 봉투를 내밀었다. 그로부터 아무도 강요하지 않았지만 '한 장의 벽돌'이 두 장 세 장 쌓이기 시작했다. 그리고는 그 꿈이 조금씩 현실로 되어 갔다. 이 곳에 모인 이들은 자연스럽게 우리 家 됐고 이 식구들은 글로써 가족이 됐고 대학의 학우가 됐다. 어느 날 누군가가 얘기했다. "우리의 글을 책으로 만들면 어떨까?" 그러자 이내 그들은 또 마음을 모았다. 300개가 넘는 영상에 달린 수만 개의 글을 취합하고 발췌하는 편집위원들이 금세 구성됐다. 그리고 책을 펴내게 됐다.

꿈이 현실이 됐다. 관심에서 소외됐던 이들이, 이제 희망보다 정리를 하는 세대라 치부될 이들이, 한 가수를 좋아하다 멋진 청춘이 되어 세상에 나왔다. 이들은 자신들이 펼치는 가수 사랑, 자신들이 펼치는 선한 영향력이 이 세상을 바꿀 거라는 생각을 하지 않는데. 단지 자신들이 이렇게 변한 데 놀랍고 고마울 뿐이다.

출장 방송을 보며

조정희

홍보처장님 말씀과 웃음소리에 에너지를 받습니다. 영천의 교장님 댁 앞마당에는 사람 사는 정이 넘쳐나네요.

윤씨네 네(4명) 자매님 고맙습니다. 맛나게 익어가는 삼겹살에 침이 고입니다. 텃밭에서 따 온 상추와 고추에 직접 담근 된장을 쌈으로 하여 한 입 크게 벌려 먹고 싶습니다.

내 스승은 우리 별님

조종순

선영대 강의를 들으면서 국민학교 5학년 때 일이 생각난다.

내 초등학교는 산 중턱에 있어 넓은 들판과 시냇물이 내려다보이고 교문까지는 가파른 오르막길 양옆에는 백일홍이 즐비했고, 우리는 그 나무를 간지럼 태우면 움직인다고 간지럼나무라 부르며 걸터앉아 놀기도 했다. 봄이면 일본 사람이 심었다는 벚꽃이 학교를 빙~둘러싸고 있어서 바람이 불면 학교 운동장 가득 꽃바람이 일었다.

담임선생님이 바이올린이라는 악기로 〈스와니강〉, 〈진주 조개잡이〉라는 곡을 연주하시면 나는 수업이 끝나도 집에 가지 않고 휘날리는 꽃을 바라보며 또는 꽃잎을 손에 받아보며 조금은 슬픈 이 노래를 듣곤 했다.

처음 본 사람은 내가 차가운 인상이라고 한다. 나는 외모에 자신이 없어 나름 겸손하게 살았다. 항상 말을 조심하고 옮기지 않으려 또 노력했다. 덕분에 사회생활은 둥글둥글 잘 살아왔다.

이 나이의 내 스승은 우리 별님이다. 배울 점이 발끝에서부터 머리까지 머리숱만큼 많지만, 별님의 인사 모습에 내 영혼까지 뿅~ 간다. 두 손을 공손히 살짝 허벅지 위에 놓고 고개를 너무 숙이지도 들지

도 않고 하는 자세는 품위 있고 우아하다. 노래는 말해 뭐하나. 가슴을 파고들고 영혼을 흔든다. 오늘도 나의 스승 별님을 존경하며 사랑한다.

삼행시 선물

주원

1월 31일 생일인 산타곽님께 이번엔 제가 삼행시를 선물로 드리고 싶어요.

원래 자기 머리는 못 깎는다는 말이 있잖아요.

산: 산타처럼 학우들의 생일에 즐거움을 더해주는 삼행시 달인님!

타: 타파타(와인)로 우아하고 멋진 생일 파티하고 싶어요.

곽: 곽탕(미역을 넣고 끓인 국) 드시고 건강 챙기셔서 끝까지 함께해요.

색소폰 연주 〈친구여〉

중이할매

2월의 마지막 날 〈친구여〉 색소폰 연주에 맞추어 노래 부르며 눈물이 주르룩 흘렀는데 오늘 아침에 제 생일까지 챙겨 축하해 주시니 정말 감사합니다. 별님과 오랫동안 함께하고 싶어서 건강에 신경 쓰고 있습니다. 공연도 보러 가려면 운동도 열심히 해야겠습니다.

입학 신청

진유남

학우들과의 케미가 귀를 즐겁게 해 주니 감사합니다.

초반엔 댓글도 자주 달았었는데 요즘은 선영대학 학우들이 출중하셔서 눈팅만 열심히 하고 있습니다. 입학을 양보하고 있었는데 오늘 방송 듣다 보니 생각이 달라져서 입학하려 합니다.

고향의 봄이 그립습니다

쪽빛하늘

복숭아꽃 붉게 피어나고 자운영꽃이 분홍빛 카펫처럼 들판에 깔려있던 아스라이 먼 고향.

그립고 그리운 그 시절 친구들은 잘 있는지?

이제는 머리에 서리가 하얗게 내리고 주름진 얼굴 모습 알아볼 수나 있으려는지 ~~~

그 먼 추억의 고향으로 돌아갈 수 있게 해 주셔서 감사합니다.

오늘 〈고향의 봄〉을 색소폰으로 들으며 떠나온 고향 생각에 눈시울이 붉어집니다.

손톱에 반달로 남은 봉숭아 꽃물이 첫눈 올 때까지 남았어도 첫사랑은 이루어지지 않는다는 것을 우린 이미 모두 알고 있으니까요. 그건 다만 추억 속의 선명한 봉숭아 꽃물일 뿐이니까요.

천상의 소리꾼

차마리

저는 부산에 살다가 몇 년 전부터 집안에 너무나 크나큰 태풍이 연이어 일어났지요. 고민 끝에 몇 달 전에 큰딸이 사는 삼천포로 내려와서 살고 있어요.

카페 가입은 못 했지만, 자서전도 사고 유트브를 찾아서 아침부터 잘 때까지 봅니다. 울 호중님, '스타킹' 프로에 나왔을 때 보면서 '아, 저 학생 정말 잘 됐으면' 하고 속으로 빌었지요. 독일 유학 소식을 듣고 '아이고 잘됐네' 했어요. 그러나 우연히 집에서 유료로 음악 영화를 찾아보다가 〈파파로티〉란 영화를 봤습니다. '어? 호중군 영화네' 하면서 재미있게 봤어요. 그 뒤에는 잘 돼 있으리라 믿었지요.

제가 겪은 상황이 죽고 싶을 만큼 힘들었기에 잊고 지내다가 어느 날 미스터 트롯을 아무 생각 없이 보는데 울 호중군이 〈태클을 걸지 마〉를 부르는 것을 보고 너무 놀랐어요. 그때부터 무조건 내 마음속의 팬이 되었습니다. 노래만 들으면 그냥 눈물이 하염없이 흘렀습니다. 새로 나온 음반도 구입을 못 했지만 카카오뮤직에서 유료로 사서 계속 듣습니다. 〈백화〉라는 노래는 제 가슴을 후비는 노래입니다. 몇 년 전에 저 하늘로 보낸 작은 딸 아이 생각에 내내 울었습니다. 트롯 장르는 좋아하지 않아 잘 안 들었는데. 내 가수 호중군이 부르는 모든 노래는 모두가 가슴을 울리는 천상의 소리 입니다.

남편은 남의 편

차인순

새벽에 눈을 뜨자마자 호중의 노래를 듣고 밤에 잘 때까지 듣고 있어요. 제가 호중군을 너무너무 좋아하다 보니 유튜브도 많이 보고, 오후에는 컴퓨터로 보는데 공카에서 호중군에 대하여 자세히 보고 노래 모음을 들으면서 매일 확인합니다. 가끔씩 남편은 "호중이가 그렇게 좋으냐, 나훈아가 노래는 더 잘한다"고 남편은 호중군 나오는 프로는 안 본답니다.

저는 호중군이 너무 좋다 보니 노래만 들어도 기분이 업되거든요. VOD도 남편 몰래 컴퓨터 방에서 본답니다. 그리고 CD도 제 이름으로 조금만 사고 며느리 이름으로 구매했답니다.

아들, 며느리, 손녀, 딸들은 김호중 가수가 노래를 잘한다고 다행히 제 편입니다. 남편이 남의 편이니 저는 지금껏 헛산 것 같습니다. 남편이 저의 마음을 알아줄 날이 올까요?

유년 시절을 떠 올리며

참해라(김순예)

진해의 사진들을 보면서 진해는 나의 마음속 고향이라 너무 반갑고 친근함이 들어요.

아침에 떨어진 하얀 감꽃을 실에 꿰어 하나씩 따 먹던 곳. 그리운 유년 시절을 회상시켜주네요.

저의 아버지는 직업 군인이셔서 6곳의 초등학교를 옮겨 다녔지만 내가 학업을 시작한 진해의 창원국민학교의 추억은 수십 년 지났지만, 또렷이 생각이 납니다.

집 주변은 미나리꽝이 많아 허리를 구부리고 미나리를 뽑는 어른들 모습이 아직 뇌리에 선합니다. 그땐 글을 잘 썼는지 방과 후 몇 명이 남아 글짓기를 하면 화장실에 계란 귀신이 나왔다는 둥 학교 지붕에 도깨비가 굴러다닌다는 둥 떠돌아다니는 말을 듣고 무서워했던 기억들, 미술 시간에 그림을 어떻게 그려야 할지 몰라 친구 그림 힐긋힐긋 곁눈질하던 내 모습이 동화 속 한 장면으로 남아 있습니다. 그땐 지금의 나를 어찌 상상이나 했을까요~~

결석하지 않는 부지런한 학생입니다

채만옥

매일 아침을 방송 청취로 시작하지만, 댓글은 가끔 한 번씩 올립니다. 아직도 제 마음을 표현하는데 부끄럼이 있네요. 그동안 제가 너무 자신을 표현하는데 부끄럽고 익숙하지 않은 모양입니다. 여러 학우들 도움으로 소통하면서 저 자신의 속마음을 펼쳐내려 합니다. 아직은 서툴고 부족하지만 언젠가는 편안해질 테죠? 조금씩 마음을 열고 함께 하렵니다.

말일의 연주를 기다리며

채선희

수준 높은 학우님들과 함께 선영대학 학우라는 것이 영광입니다.

오월의 마지막 날 마무리 잘하시고 총장님의 연주를 기다립니다.

오늘은 〈우산이 없어요〉를 연주하시려나요? 〈퇴근 길〉도 좋고, 〈나만의 길〉도 좋아요.

할머니를 생각하며 〈할무니〉도 듣고 싶네요.

인향만리

천리향

스스로 낮아짐의 자세와 겸손의 미덕으로 방송해 주셔서 고맙습니다.

수많은 아우들이 생겨 고마운데, 모두 학우라는 이름으로 손잡고 걸어가게 되어 참 기쁩니다.

아침 7시 땡! "학교 종이 땡땡땡 어서 모이자 총장님이 우리를 기다리신다."

앞다투어 모여드는 발소리들~~ 저도 달려갑니다.

사람의 향기가 천리를 간다는 '인향만리'란 말이 있습니다. 사람이 희망이라고도 하고요. 우리가 이 세상을 살면서 어떤 가치와 어떤 생각으로 살아도 누군가와 함께하지 않으면 그 기쁨은 시들해집니다.

학우들과 함께하는 행복한 등굣길, 모두들 건강하시길 빕니다.

실수에도 격려를

청실홍실

사람은 실수를 많이 하지요. 나를 비롯한 학우님들도 100% 완벽한 사람들이 아닌 허점이 많은 건 당연하지요.

이곳은 그야말로 인간성이 짱! 인 순수한 마음의 학생들이 모인 대학입니다. 가끔 실수를 해도 격려를 해주며 박수를 보내는 대학, 선영대학 호~이팅!

아주 정겹네요

최금순

칠푼이들의 수다 아주 정겹네요. 별을 사랑한 이야기는 단어는 예쁘지만 궁금증이 없는 것 같아요. 너무 흔해 보이는 제목이 아닐까요?

여기 방송와서도 '싫어요'를
누르는 당신들

최명애

숫자를 보아하니 딱 그 사람들이야 뭐가 불만이야?

나는 남에게 나쁜 말을 하고, 안 좋은 표현을 하는 사람들을 보면 따지고 싶다. 사실은 따지는 것이 아니라 왜 그러냐고, 남에게 상처를 주면 당신이 더 아프다고 위로하고 싶다.

선영대학교 대문을 열면 '좋아요'와 '싫어요'가 바로 보인다. '싫어요'를 누르면 그 자신도 '싫어요'란 화살을 맞는 것을 모르는 것일까?

더 사랑하게 되었어요

최미자

월간리뷰에 실은 글 읽으며 총장님의 영향력에 많은 생각을 하게 되었고 선영대를 더 사랑하게 되었어요.

새벽의 귀뚜라미 소리는 가을맞이 연주를 벌써 시작하였습니다. 김호중 로봇은 명장님의 훌륭한 솜씨 더함으로 완성체의 모습으로 탄생할 테니 설레며 기대합니다.

저는 지금 이 시간이 방송이 좋아요

최복순

아침에 조금 일찍 일어나면 됩니다. 일어나서 맑은 머리로 선영대 출석하는 것이 총장님이 전해주시는 다양한 지식과 여러 학우들의 이야기를 들을 수 있으니까요. 자신의 스케줄과 안 맞는다고 상대방에게 이런저런 것을 요구하는 것은 배려가 없는 행동이 아닐까 싶네요. 지금 시간이 1년 이상 계속되었으니 이젠 일상이 되었답니다.

소중한 인연

최봉학

선영 학우님들, 다들 날마다 참 열심히 공부하시네요. 새로운 과목으로 강의해 주시니 상식도 생기고, 박장대소 웃을 수도 있고, 코로나로 인해 외출도 편하게 못 하는 이때, 명강의 감사합니다.

학우님들과 소통하는 재미도 쏠쏠합니다. 김호중 가수로 만난 인연들이 참 순수하고 소중합니다.

지붕 있는 곳에서 일하고 싶다

최연숙

제목만 봐도 가슴이 찡하다 못해 아리네요. 〈행복을 주는 사람〉은 메시지가 있는 노래인 거 같아요. 우리 선영대 학우님들도 누군가에게 행복을 주는 사람이길 바라요. 강신익 님은 큰 뜻을 품고 목표를 세워 열심히 노력하시니까 결국은 이루고자 하는 꿈을 이루셨네요. 박수를 보냅니다. 한 가정의 가장으로서 책임감과 부담감이 얼마나 컸는지 알 수 있었어요. 듣는 내내 눈물이 났어요. IMF 때 명예퇴직을 하고 올해 칠순을 맞은 남편한테 미안한 마음이 드네요. "여보 미안해요. 내 곁에 있어 줘서 고맙고 사랑해요"라고 조그맣게 읊조려봅니다.

〈고맙소〉라는 노래는 우리 사회에 선한 영향력을 크게 끼쳐 준 노래이지요. 친구들이랑 마지막 인사할 때 "고맙소, 늘 사랑하오"라고 하곤 하지요.

누군가의 노래가 따뜻한 사회를 만드는 데 일조가 되리라 믿습니다.

좋은 글 올리시는 솔향님을 뵙게 되어서 영광입니다

최연숙(자연주의)

저는 관동팔경을 여행하면서 소나무에 반하고 바다 빛에 반해서 해파랑 길을 걷고 있는 '자연주의'란 닉을 가지고 있는 사람입니다.

강릉의 소나무가 넘 예쁘다고 말씀해 주신 솔향님, 지난주 김호중의 찐팬 강남 고래님이 '고래볼해수욕장'에서 식당의 꿈을 이루고프다란 사연을 생각하며, 고래볼 해수욕장에서 후포리까지 트래킹을 했습니다.

영덕군 병덕면에 위치한 고래볼해수욕장은 영덕의 블루로드의 종착지이며 많은 매력을 가지고 있습니다.

동해안에서 제일 큰 해수욕장이며 송림숲이 장관이며 국민 야영장도 잘 되어 있구요. 옆으로 살짝 고개를 돌려보면 갈대늪이 예쁘게 꾸며져 있습니다. 저는 동해안의 푸른바다와 바람과 더 높은 하늘빛과 송림숲에 반하여 해파랑길을 이어 걷게 되었는데 고래볼의 송림숲은 대단했습니다.

지방 어르신들과 버스 기사의 도움, 정말 정답고 일면식 없는 여행자들과 쉽게 친해질 때는 가슴 뭉클합니다.

일본 팬들을 환영해요

최영희

가수님 일본 팬들을 보니 예전의 생각에 잠기게 되네요. 겨울연가가 끝나고 일본에서 인기리에 방영될 때 일본의 중년 여성 팬들이 남이섬에 찾아와 배우들의 발자국을 헤아리는 모습이 이해가 안 되었거든요. 그런데 지금의 저를 보니 너무 공감도 되고, 동병상련의 기분으로 오히려 행복해지네요.

가수의 노래와 해맑은 모습으로 제 삶은 활력을 받고 있어요. 저도 몸의 여러 곳이 아파서 병원을 다니며 많은 약을 복용하며 지내고 있네요. 내 가수가 부르는 깊은 울림의 노래는 형언할 수 없는 무언가에 이끌려 집중하고 눈물이 흐르게 만드네요.

오늘 나오신 일본 팬들을 환영하고 축복합니다.

행복한 선영대학

최옥희

한 가수를 좋아하는 '아내에 대한 질투심(?)'에서 시작된 방송이 급기야는 선영대학으로 발전했어요.

어느 학교든 총장님에 대한 호불호가 있는데, 정말 신기한 학교입니다. 모든 학생이 다 총장님의 편안한 강의에 열광하고 출석 체크도 없고, 지각해도 부끄럼 없이 이 강의를 다 들을 수 있으니 얼마나 좋은지 모릅니다. 휴강이 없는데도 수업하는 내내 즐거운 학교, 학교를 떠나야 하는 아쉬움도 없는 참 행복하고 영원한 대학입니다.

행복의 여신은

최용선

"행복의 여신은 미소를 짓는 사람에게 눈길을 주고, 웃음소리를 내는 사람에게 손길을 준다"는 말씀에 공감하지요.

마윈 회장님과 가수님을 연결해서 말씀해 주시니 더 실감이 나네요. "내 가수가 빛을 발하는 것은 역경을 딛고 노력했기에 지금의 좋은 결과를 얻어냈지요. 끊임없이 노력하는 가수에게 실패란, 성공을 위한 과정이다" 좋은 말씀. 오늘도 삶의 지혜를 배웁니다. 제가 궁금했던 문제 하나를 풀어 주셔서 감사합니다. 다양한 인문학적 교양을 배우는데 길지도 지루하지도 어렵지도 않아, 제겐 딱입니다.

차원 높은 팬심

최윤정

한 가수를 사랑하는 사람들이 모여서 책을 출간한다는 것이 뜻 깊은 일입니다.

자신이 응원하는 가수의 굿즈를 사고 물품을 사는 것이 1차원적인 응원이라면, 글을 쓰고 그것을 모아 출간을 한다는 것은 차원 높은 팬심입니다. 아무나 할 수 없는 일이기도 합니다.

학우들의 댓글을 읽다 보면 입가에 미소가 지어지기도, 눈가에 눈물이 맺히기도 합니다.

우리가 살아온 이야기를 진솔하게 풀어내기 때문이 아닐까요?

진심이 있고 배려와 감동이 있는 사연들을 읽으면, 내가 학우님 곁에 앉아서 조곤조곤한 말씀을 듣는 것 같은 이 묘한 느낌, 뭐라고 더 다른 표현이 없을까요?

버킷리스트

최은경

방송을 들으면 모든 주제가 연관이 있습니다.

결론은 모든 내용이 내 가수에게 이어진다는 것입니다.

'잇다'라는 것은, 지구상의 모든 사람들이 인연설에 의해 서로 이어진다는 뜻이라고 하네요.

제 남은 소망이 있다면, 내 가수의 선한 영향력이 세상 곳곳에 골고루 뿌리 내리는 것입니다.

꿈꾸는 노래가 있다면, 내 가수의 음성으로 세상을 온통 보랏빛 물들였으면 하는 것입니다.

버킷리스트는 내 가수를 언젠가 꼭 한번 만나보고 싶은 것입니다.

완전 동감입니다

최은희

어쩜 이런 좋은 생각을 하시는지요. 선한 인성을 갖고 계신 분은 역시 다르십니다.

김호중 군은 세계적인 스타로 만들 수 있다는 확신이 더 듭니다. 뛰어난 재능을 갖고 있는 청년을 이렇게 선한 분들이 염원하시니 반드시 빛을 발할 날이 올 거라 믿습니다.

저도 기도로 늘 동참하고 있습니다. 모두 파이팅입니다!!!

아침의 힐링

최정숙

"가수에게 아내를 뺏겼어요"라는 첫 방송부터 보아오면서 댓글만 몇 번 달다가 선영대가 나날이 발전하는 모습을 지켜보면서 더 늦기 전에 찐 가수 사랑에 동참하고 싶어 입학하게 되었어요.

종로선글tv는 점심시간마다 직원들과 같이 보며 즐기는 꿀같이 달콤한 시간이지요.

날마다 감동을 주는 사연과 유익한 방송을 너무나 고맙게 잘 보

고 있어요. 다정한 학우님들과 가수님 응원의 여정에 동행하게 됨
에 정말 행복하고 감사해요. 방송에 나오는 학우들의 고운 음성과
맑고 경쾌한 웃음소리에 절로 힐링이 되는 휴일 아침!

도쿄에서 드리는 안부

최정인(도쿄)

선영대 학우님들, 오늘 도쿄의 날씨는 쾌청합니다. 그곳 한국은
어떤지요?

고국의 냄새, 고향의 바람이 그리워 날마다 고개를 한국으로 돌
리며 살고 있습니다.

영화에 대한 질문을 드리려고요. 64년 전쯤 영화입니다. 초등학
교 입학 전까지 을지로 입구에 살아서 매주 일요일 부모님이 영화
를 보러 다니셨는데 어느 날 저를 데리고 가셔서 생애 처음 영화를
봤어요. 제목인가 노래 가사인가 "장밋빛 인생"이라는 말이 기억
에 남아있고 영화를 보면서 눈물을 많이 흘렸습니다. 술 파는 여자
가 아들을 몰래 키우면서 여러 가지 어려운 일이 펼쳐지는 영화로
남아 있는데 이것이 저의 상상인지 진실된 기억인지 알고 싶습니
다. 아시는 분 계시면 연락해주세요. 궁금증이 생겨 못 견디겠어요.

별을 사랑한 이야기

최향희

책 제목이 서정적인 느낌도 들고 풋풋한 마음도 담겼습니다.

세심한 배려를 한, 마음을 끄는 제목이란 생각이 듭니다. 가수의 팬으로써 자랑스럽고 감동이네요.

김호중 가수에게 잊을 수 없는 너무나 값진 선물이라 생각됩니다. 지난번에 총장님이 세운상가의 장인과 함께 로봇작품 제작하신다는 방송에 저도 미술인의 한사람으로서 호기심과 기대에 댓글 달아 봤는데 뜻밖에도 남외경 편집국장님과 몇몇 학우님들도 함께 반겨주셔서 넘 감사했습니다.

김호중 빈체로

최현숙

캐나다의 교포 유현자 님의 육성 편지를 들으며 눈물을 흘렸지요. 저도 김호중의 자서전(트바로티)을 밤을 지새우며 읽고 호중씨를 더 잘 알게 되었어요. 한국을 넘어 세계를 향해 사람들의 마음을 따뜻하게 오갈 수 있도록 만드는 울 별님. 귀하고 귀한 김호중. 한국의 자랑입니다. 전 세계를 화합으로 이끌어내는 강력한 파워입니다.

이런 울 호중별님은 이 나라의 국보급 외교관이십니다. 천상의 목소리를 관리하시어 군 복무기간 동안 시간 잘 활용하시어 더 높게 더 넓게 비상할 준비를 하길 바랍니다. 제대 후 반드시 세계무대에 설 기회가 있기를 기도합니다. 미국의 카네기홀에 서는 게 꿈이라 하셨는데 꼭 그렇게 되리라 믿습니다.

울 식구들은 선물로 주고 간 앨범 속 노래를 듣고 영화도 보고 좋은 유트브 영상을 보며 잘 지내면서 기다릴게요. 건강하게 잘 다녀오세요. 김호중 파이팅.

vincero~

와우 브라바!

최혜숙

와우 브라바! 뜻깊은 광복절 아침 샤론애플 손녀의 힘찬 노래에 기분이 업 되었는데. 지금 멜론에서 우리 호중님 1등까지 감사하고, 방송국장님의 재능 기부까지 너무 뿌듯합니다.

김호중 가수하고 잘 놀아라

추숙희

2019년 8월부터 항암 16차, 방사선 33번을 치료하며 힘들었어요. 2020년 2월에 수술하며 심신이 지치고 고단해서 거의 누워만 지내던 중, 한 가수의 노래를 듣고 새로운 세상을 만났어요.

노래만 들어도 큰 위안을 받고, 약보다 더 제 가슴을 편안하고 따뜻하게 해 주었답니다. 날마다 응원하며 이제는 많이 회복되고 있어요.

남편은 일 나갈 때 '호중 가수 하고 잘 놀아라' 합니다. 아들은 전화할 때마다 '또 호중 가수 노래 듣고 있어요?' 하며 질투 섞인 말도 하고요. 그래도 제가 기분 좋게 웃어주는 걸 보면서, 남편도 아들도 김호중 가수에게 고마워합니다.

가슴이 떨릴 때 떠나라!

취송

유쾌한 아침, 소도시에서 펼쳐지는 배경과 선영대 학우님 네 분의 이야기가 오순도순 다정합니다.

서산의 어느 산기슭에는 우리의 눈길을 잡는 매력적인 보라카페가 있고, 가수의 팬들에게는 모든 게 공짜인 주인장의 넉넉한 인심이 정겹고요.

천리포수목원에 마음을 빼앗겨 그쪽으로 가끔 달리곤 했답니다. 봄이면 세계 각국의 목련이 화사한 모습으로 꽃을 피웠고, 사철 내내 나무들이 이야기를 전해주는 곳이라서 언제 가도 좋았던 그곳. 저도 길 떠나고 싶습니다.

여행은 생각만 해도 마음이 설렙니다. 다리 떨릴 때가 아닌 가슴이 떨릴 때 떠나라는 말이 있지요. 팬데믹 시절이라 아직은 요원하지만 희망을 가지고 준비해야겠어요.

우리가 그리워하는 그 여행지가 카네기홀이면 더욱더 좋겠어요. 돌비극장도요. 그리움과 기다림의 아련한 추억에 젖는 이 아침, 우리가 함께라서 행복합니다.

3대의 별님 찐팬

치노일

3대에 걸친 별님팬들의 유튜브 방송을 보며 너무 아름답고 예뻐서 내내 얼굴에 미소가 떠나지 않고 기분 좋게 봤습니다. 영상도 너무 잘 만들어 주시고 정말 찐팬임을 인정합니다. 소민양 영상을 호중님이 보시면 너무나 행복하여 어찌할 바를 모르실 것 같아요. 얼른 이 영상이 가수님께 전달되기 바랍니다.

Thank you, thank you, Thank you Hojoong!!!
고맙소, 고맙소, 고맙소 호중!!

캐나다/샬린 이카-헤이모넨

I feel so blessed to have heard Hojoong's music, and incredible range with such depth and range!!

저는 호중님의 굉장히 뛰어난 재능의 노래/음악을 듣게 되어서 너무 축복받았다고 생각됩니다.

I often think of the great sacrifices he has made, whenever I eat my noodles(Ramen), for his music… poor Hojoong. Split his noodles in half to be able to devote all his time to become on incredible musician!!

나는 국수나 라면을 먹을 때 호중님을 생각합니다. 라면을 반으로 잘라 먹으며 음악에 시간을 쏟음으로 해서 위대한 가수로 태어났기 때문입니다. (돈이 없어서가 아니고 먹는 시간을 아끼느라 라면을 반으로 잘라서 먹었다고 해석을 했나 봅니다^^ 이곳 사람들은 그런 가난함을 이해하기가 힘들겠지요).

I am so inspired by his experience!! I have always believed that we should all try to do something to make the world more beautiful place…Hojoong has exceeded in this endeavor…he has made the world breath-taking with his talent.

나는 호중님의 경험에 무척 감명을 받았습니다. 나는 늘 우리 모두가 세상을 아름다운 곳으로 만드는 노력을 해야 된다고 생각을 하는데, 호중님은 그 노력을 한층 초과해서 호중님의 음악적 재능으로 세상을 빛나게 만들었습니다.

It would be so amazing to hear him singing with the three Tenors, Andrea Bocelli, and Celine Dion – those are Hojoong's contemporaries, the only ones who could match his rich talent.

만일 호중님이 세계에서 유명한 3테너와, 안드레아 보첼리, 그리고 셀린디온이랑 같이 노래하는 것을 듣는다면 굉장할 거 같습니다. 그들만이 이 시대에서 우리 호중님의 귀한 재능과 겨룰 수 있는 분들입니다.

Love, Charleen Ika-Heimonen
사랑합니다~ 캐나다 빅토리아에서 샬린 이카-헤이모넨

인생 2막을 계획

코코언니

전 지금 오십 대 중반으로 얼마 전에 희망퇴직을 권고받았습니다.
과거의 저였다면 아마 낙심하는 마음이 컸겠지만, 김호중 가수
의 어려웠던 상황과 이곳 인생 선배님들의 열정을 배우며 두려움
보다는 기대와 희망을 갖게 되었다는 고백을 합니다.

이제부터 제게도 많은 변화가 있겠죠. 선영대 학우로 멋진 인생
2막을 살아가겠습니다.

보헤미안 랩소디

퀴바디스

〈보헤미안 랩소디〉는 머큐리의 복잡한 감성을 잘 나타낸 명곡이
죠. 6분이란 긴 곡을 아름다운 하모니를 넣으며 커버할 수 있는 가
수는 단연코 김호중 가수가 최고인 거 같아요. 재밌는 방송 잘 들었
습니다.

사월이 가기 전에

크리스탈정(승향희)

연둣빛 사월의 시작에서
'목련화' 아름다운 선율
피아노 연주로 은은하다.

연분홍 진달래
산등성이 내려와 기슭까지
온통 물들이는 모습 화사하다.

양지녘 돌틈 사이사이로
희망을 심어주는 노오란 개나리
병아리 떼처럼 오종종하다.

어린 시절 아무 걱정 없이
친구들과 뛰놀던 추억 속으로
흩날리는 수수꽃다리 향그럽다.

마음에 품은 그 사람
영원히 함께할 그 사람
노래로 내 귀에 늘 다정하다.

사랑의 표현은 다양하지만
나는, 여기 선영대 학우들과
그 사랑을 함께 지키리

다시 사월이 오고
해마다 사월이 오고 가는 동안
내 사랑, 내 가수 꽃으로 피어나시라.

고급진 별님팬

크리스티나

학우님들 안녕하세요. 주변도 필력도 없지만, 학우님들의 글을 보며 감동을 받고 있습니다. 선영대학을 위해서 애써주시는 학우님들 존경스럽습니다. 성악가인 별님의 팬들은 역시 가수를 닮아 고급지고 품격과 예의가 남다르다는 생각이 듭니다.

반면교사로 삼을 황선이 님

클라라

학우님이 32년간 병든 남편을 수발하면서도 남편을 끝까지 사랑한다니 존경스럽네요.

저는 남편이 아픈데 그렇지를 못해요. 그냥 덤덤해요. 웰다잉 교육받고 인생은 영원한 것이 아니라며 죽음 앞에서도 편안해지고 싶어요. 삶과 죽음이 떨어져 있지 않고, 바로 붙어서 언제 어느 쪽으로 방향을 틀지 모르잖아요.

제가 좋아하는 가수의 노래 듣고 위안을 받아요. 마음을 적시는 노랫말 속에 인생의 모든 것이 다 들어 있고 깊은 사연을 말해주더군요. 이렇게 매번 제 생각을 깨닫게 해 주니 고맙지요.

고맙소, 고맙소!

탁영자

남편의 밥상을 차리며 노래를 부릅니다. "고맙소, 고맙소!"

자식들과 통화를 하면서도 노래를 부릅니다. "고맙소, 고맙소!"

남편도 기분이 좋아 따라 불러줍니다. "고맙소, 영자씨!"

하하 호호~ 웃으며 즐겁게 하루를 열어가고 있어요. 고맙다고 노래하면 모든 것이 고마워지는 삶!

저를 기억하는 모든 이웃들괴 학우들과 아니 제가 모르는 사람들과도 이 노래를 부르며 고마움을 전하고 싶어요.

항상 즐겁습니다. 우리 선영대는 사랑과 진심과 기쁨 충만한 대학, 소통하고, 격려하고, 칭찬하는 대학입니다.

자랑하고 싶습니다

토리

1번, 별을 사랑한 이야기에 한 표 투표합니다.

우리 호중별님을 사랑하는 분들의 마음을 담아서 책으로 나왔으니까요, 책이 발간되면 한정 엘피판처럼 책에 번호를 매겨서 1호를 우리 별님께 드렸으면 좋겠습니다. 2번 총장님, 3번 박영호 선생님, 4번 이대희 선생님, 그 다음 애 쓰인 많은 운영진분들께 먼저 드렸으면 좋겠네요.

책이 몇 부나 발간될지 비록 제 글은 없지만 저는 여러 권을 구매해서 제 딸들과 언니 친구들에게, 별님을 사랑하는 분들의 마음과 사랑을 꼭 보여주고 자랑하고 싶습니다.

그렇게 하면 제가 우리 별님을 사랑하고 응원하는데 많은 이해를 하실 것 같아요(특히 제 남편이요 ㅎㅎㅎ)

답장이 늦었네요.

아이보리색만 있는 줄 알았는데 이렇게 여러 종류의 수국이 있는 줄 몰랐네요.

시골집에 탐스럽게 피던 수국을 참 좋아했는데 요즘은 도시에 살다 보니 언제 보았는지 기억도 없네요.

이렇게 많은 수국 구경시켜줘서 고마워요. 세월은 잘도 흘러 벌써 주말이네요. 가족들과 기억에 오래 남을 주말 만들어 보아요. 면역력 좋아지는 보양 음식도 먹고 코로나 함께 이겨내요.

저는 회사에서 유급휴가 준다고 해서 일요일에 휴가를 받는 것이 가족들과 함께할 수 있을 것 같아 어제 휴가를 신청해서 가족들과 형제들이 모여서 저녁 먹고 있었답니다.

마스크 벗고 생활하는 날이 와야 모두가 일상으로 돌아가련만… 그날이 언제가 될지 답답하기만 하죠.

건강 잘 지키시길 빕니다.

역경을 이긴 청년

팔성산

핑크색 양복을 입은 호중씨를 보면서 감동 반 슬픔 반으로 감정이 오버랩 되었어요.

잘하는 곡을 선택해서 우승하리란 욕심이 아니었던가. 뭔가 노력하는 모습을 보여주고 싶었던 김호중의 모습이 보였지요. 매미가 나비 되는 과정을 고스란히 겪었을 그의 삶에서 과정들을 잘 극복해 낸 것 같은 대견함도 보였고요. 어려운 환경을 극복하러 몸부림쳤을 걸 생각하면 안쓰럽기도 했습니다. 지금은 그래도 성공했기에 다행, 다 지난 일이지만 지금도 재방송에서 〈짝사랑〉을 부르는 가수를 보면, 가슴이 짜안하네요.

오늘도 퍼플민트는 행복합니다

퍼플민트

큰 녀석 내외가 재롱이 한창인 손주랑 다녀가고, 작은 녀석 내외가 놀다간 뒤끝이 수저로 긁어낸 박속처럼 갑자기 삭막해진 것 같기도 하고 사뭇 허전한 기분이었거든요.

흐릿한 시야에 사선으로 내리는 빗줄기를 보면서 영화 속 장면처럼 멍때리는 호사조차도 허한 마음을 달래기엔 역부족이었으니 외로움이 두려운 나이가 되었나 싶었습니다.

짧지 않은 여정 속에서 불편하고 그늘진 곳이 없는 삶이 어디 있겠습니까만, 함량 미달에 불량품인 애비 앞에서도 불평 없이 제 몫

407

을 다하는 자식들을 볼 때는 그저 감사한 마음뿐입니다.

특별하고 거창한 의미 부여도 좋겠지만, 개인적으로는 오랜 시간 숙성된 장독처럼 구수한 사람냄새로 가득 채워져 있어서 다른 인쇄물들과는 충분히 구별될 '무엇'이 있다는 기대와 확신을 갖고 있답니다. 평소 거들은 바도 없는 주제에 출판날짜를 손꼽고 있으니 이건 또 무슨 염치인지 모르겠습니다.

시간을 쪼개가며 가려진 곳에서 애쓰시는 분들께 진심으로 감사드리고요!

학우들과 함께여서 오늘도 퍼플민트는 행복합니다.

역시 지식인

페르디

총장님의 강의에서 김호중의 능력을 조목조목 짚어 주셨네요. 대단한 안목입니다.

안중근 의사의 필력과 우리 가수 목소리의 힘을 듣고 총평을 해주시니 많은 학우들이 광팬이 되어 응원하는 이유가 선명해지네요. 그만큼 가수의 노래는 깊이와 울림이 있다는 사실이지요.

좋아하는 가수의 음악을 들으며 만족감에 젖는 우리들은 행복한 사람들이지요. 누군가를 사랑하고 응원하는 힘은 자신 속에 사랑이 존재하지 않으면 불가능한 일입니다.

위대한 가수

편미숙

남편이 뇌출혈로 쓰러져 병원 생활을 오래 하다가 많이 호전되어 이제 퇴원했지요. 시간에 맞춰 밥을 해 줘야 하기에 강의를 제시간에는 못 들어가지만 선영대학 영상은 늦게라도 꼭 본답니다.

오늘은 더 신이 나네요. 제가 좋아하는 배우 메릴 스트립 이야기를 해 주시고 〈플로렌스〉 영화는 예전에 볼 때 처음에는 배꼽 잡고 웃다가 나중에는 울었거든요. 가수 김호중은 엄청난 노력도 하겠지만 신이 내려준 재능까지 타고났으니 카네기홀이 아니라 어디든지 가서 노래 부르겠지요. 건강하게 오래 살아서 세계로 뻗어 나가는 위대한 가수 김호중을 꼭 보고 싶어요.

종로선글님을 호중씨 때문에 알게 되었지만, 좋은 영상 많이 올려주셔서 좋아합니다.

김호중 형님, 저희 할머니께
위로가 되셔서 고맙습니다

폴과 샤인(로니 한 손주 둘)

저희는 한국의 아리스고 김호중 형의 찐팬, 서울에 사시는 로니한 할머니의 손자들입니다

제 이름은 이규민(폴), 동생 이름은 이규호(샤인), 우리는 워싱턴 DC에 사는 형제들입니다. 날마다 호중형 음악을 들으시는 할머니 덕분에 저희도 김호중 형님의 팬이 되었습니다.

갑자기 할아버지가 돌아가시고 난 뒤, 우울하고 외로운 나날을 보내셨던 할머니는 요즘 김호중 형님의 노래를 듣고 많은 감동과 위로를 받고 계십니다.

우리 할머니께 기쁨과 행복한 마음을 되찾게 해주셔서 너무 감사합니다.

할머니께서 혼자 영상 편지를 만들 수 없으셔서 저희가 대신 보내드립니다. 군 복무 무사히 마치시길 바랍니다. 〈고맙소〉 연주해 드리겠습니다.

사는 동안 남편에게 최선을

푸른숲(김바람돌이)

재치 있는 아리스들은 30%를 내려놓을 줄 아는 칠푼이들의 군단, 보통 사람들보다 더 겸손하고 알면서도 드러내지 않는 미덕을 갖춘 사람, 하고 싶은 말은 많지만 변명하지 않은 사람, 칠푼이처럼 보이지만 슬기롭고 진실하지요.

황선이 님이 남편의 병수발 과정을 말씀하는 것을 보고 저와 과정이 너무 같아서 열심히 들었습니다. 저도 40여 년 동안 아파서 병원을 다니는 중 또 암 수치가 높아졌는데 원인을 찾지를 못해 18개월을 고생하고 있습니다. 그 당시 남편도 위암 수술을 하고 2년 동안 방광암까지 생겨서 본인 소장을 60cm 잘라서 방광 주머니를 만들어 배 안에 넣은 상태라 저와 남편 둘이서 환자로 암담한 세월이었습니다. 남편 식사는 내가 퇴원한 날도 꼭꼭 챙겨야 했지만, 남편은 경상도 고지식한 분이라 다정다감이란 단어가 있는지 조차 모르는 사람이었습니다.

사는 동안은 남편에게 최선을 다할 것이지만 다음 생에선 다른 사람을 만나고 싶다는 생각을 하고 있었는데 황선이 님의 남편 사랑을 듣고는 제가 많이 부끄러웠습니다.

힘겨운 가운데서도 내 가수 노래는 비타민이요, 윤활유였지요. 웃는 모습의 사진만 봐도 기쁨이 넘쳐서 방문부터 벽면까지 사진으로 도배를 했습니다. 찐팬, 덕후가 되어 늦게 배운 도둑 날 새는 줄 모른다고.

반복과 재생으로

푸른파도

총장님과 동기이신 문형식 님~ 반갑습니다. '아내분을 도와주시다' 그 마음에 깊은 울림이 왔어요. 참으로 멋지십니다. 초대 손님과 이렇게 즐겁게 행복한 모습의 대화는 듣는 학우들에게 잔잔한 기쁨을 줍니다.

두 분의 우정이 웃음과 행복과 합해져 그대로 전해지네요. 함께 나눈 시간만큼 사연도 쌓였으니, 군대 이야기는 영원히 반복과 재생으로 이웃에게 들려지겠지요.

선영대 입학은 큰 행운

피아노

　하나뿐인 언니를 통하여 가수를 사랑하는 사람들이 모인 선영대학교를 알게 되었어요. 어느 날 언니가 전화가 와서 "노래 잘하는 가수의 앨범을 보내줄 테니 들어 보겠냐"고 클래식 음악의 눈물겨운 스토리도 들려주면서 우리 자매가 같이 찐팬이 되자고 했어요. 그렇게 하여 가수의 노래를 좋아하게 되고 선영대학에 입학 신청도 하게 되었어요. 지난주부터 오늘까지 단 하루도 빠지지 않고 즐겁게 강의를 듣고 있어요. 총장님의 강의를 듣고 있으면 어느새 푹 빠져 들게 되어 함께 울고 웃고 유레카도 외칩니다. 부산의 이숙이님 사연에 가슴 뭉클함도 느끼며 시간이 어떻게 가는 줄 모르다가 감동으로 다시 듣곤 합니다.

　선영대학을 몰랐다면 어떻게 살았을까? 뒤돌아보니 참 많은 것을 얻었네요. 제 인생에 너무도 즐겁고 값진 보람찬 날들이지요. 가수를 알게 되고 선영대에 입학한 것이 저에게는 큰 행운입니다.

높고 크게 세계로

하마시마 키미코

　노래하는 사람 김호중, 높고 크게 세계로 뻗어나가세요. 일본에서 언제까지나 응원하고 있겠습니다.

　第一次韓流ブーム到来の頃、韓国語の響きに魅せられて勉強を始めたのが今から10数年前。

その割には上達していないのが残念である。私がこんなにも長く一つの趣味を続けたのは初めてであり自分でも驚いている。驚いたのはそれだけでは無い。そのお陰で김호중と言う宝物を見つけたからである。

호중님を知ったのは2019年秋

50年連れ添った夫の認知症が進み身も心も疲れ果てた頃でした。

介護疲れもあって韓国旅行に行った時、韓国の友達から호중님の話を聞きました。

帰国後すぐにYouTubeで検索して、最初に見つけたのがスターキングに登場した時の、

まだあどけなさの残る高校生호중님の姿でした。笑顔は今でも全く変わっていません。

日本でも世界3大テノールの公演があったのでパヴァロッティの事は少しは知識がありました。

それ故に高校生호중님の歌声をひと声聴いた時の鳥肌が立つほどの衝撃は今 でも鮮明に記憶しています。

その時からです…私の호중愛が始まったのは．テナー歌手김호중　勿論その歌唱力は誰もが認める国宝級の素晴らしい声ですが．舞台上の立ち姿がとても美しいです。私にとっては、それも大きな魅力の一つでした。

トゥロットに挑戦した勇気にも感動を覚え、来る日も来る日もパソコンに向かう日が多くなりました。

ご飯を食べない日はあっても、호중님の歌を聴かない日は無いと言っても過言ではありません。

　ジャンルを問わず歌いこなすこの人の声は一体どうなってるんだろう？

　知れば知る程、聴けば聴く程호중님への愛は深まるばかりです。

　あれ程夫の変わりゆく姿に泣き暮らした私が、ふと気付くとそこには　心穏やかに過ごしている自分が居ることに気付きました。沢山泣いたからこそ今は幸福を感じています。まさに호중님は私に행복을 주는 사람です。

　호중님のファンであると言う縁で知り合ったお二方に、この場をお借りして心からお礼申し上げます。

　日本の多くの方々に知って頂くために微力ではありますが、お手伝いが出来ればと思っています。

　高く大きく世界へ羽ばたいて下さい。日本からいつまでも応援しています。

딱 좋은 아침 7시

한경종

　오늘 생신 맞이하신 학우님들 축하드립니다. 저도 지금 이 시각, 아침 7시가 딱 좋아요.

　선영대 상징과 엠블럼도 학우들에게 선택하라고 공개적으로 방송하더니, 이런 자율적인 모습이 참 좋습니다. 서로의 의견을 경청하고, 다른 사람의 의견도 존중하며 받아들이는 모습, 아름답습니다.

나의 어머니

한로니

오늘은 어버이날, 기분 좋은 소식으로 시작하니 더욱 감사합니다.

저희는 일가족 삼대 6명이 선영대에 입학했습니다. 작년에 손자 이규민(폴 26세), 규호(샤인 20세), 뒤이어 딸 류지현(안나), 최초로 3대가 등록했다고 축하해 주셨던 기억이 새롭습니다.

호중씨가 "할머니의 가수가 어머니의 가수에 이어 내 가수가 되었다"는 말을 듣고 싶다고 했지요?

어버이날이라고 딸과 사위가 와서 식사하고, 미국에 있는 큰손자(예일대 졸업하고 미 의회 외교 연구원으로 근무)와 둘째(버클리대학 1학년)는 종종 호중씨 노래를 연주한 동영상을 보내줘서 나를 기쁘게 하는데, 오늘은 〈Mother of mine(나의 어머니)〉을 보내주어서 함께 노래를 따라 부르며 어느 때보다 흐뭇한 어버이날을 보냈습니다.

그런데 함께 있어야 할 동반자(시몬)은 평소 건강했는데 갑자기 암 3기 판정을 받고 수술 후 회복하지 못하고 떠났습니다. 호중씨가 〈천상재회〉를 부를 때 '그대는 오늘 밤에 내게 올 순 없겠지~~' 꼭 내 마음을 대신해 주는 것 같아 따라 부르며 나도 모르게 눈물을 흘렸습니다. 남편이 살아 계셨다면 나보다 더 응원했을 것입니다. 나는 이제 손자가 셋입니다. 가슴으로 품은 큰손자 호중이는 매일 노래로 나를 행복하게 해 줍니다. 내 큰손주 호중이의 앞날이 탄탄대로이길 빕니다.

굿즈, 본전 이미 뽑았어요

한상은

풍기에는 〈그대 고맙소〉 영화를 상영하는 극장이 없어서 경주에 사는 아들에게 소원이라고 했더니 날 태우고 울산극장에 예약을 하고 기다리고 있는데 조금 젊고 예쁜 분이 다가와 '혹시 김호중 님 팬이세요?' 하고 묻는 거예요.

얼마나 놀라고 가슴이 뛰는지, 처음으로 호중님 티셔츠를 입은 날이거든요.

바바리를 걸쳤지만, 그 예쁜 분이 가방에서 호중님의 '우리가' CD를 꺼내며 나눔을 하는데 '혹시 필요하시면 드리고 싶다'고~~ 나도 아들 찬스로 구매를 했지만, 그분도 얼마나 망설였겠어요?

우리 모두 처음이잖아요. 70 평생 처음으로 연예인의 팬이 되었거든요. 감사하다고 인사하고 CD를 받고 아들한테 "봤지 봤지~~ 내가 호중씨 팬인 거 알아보잖아." 울고 웃다가 영화 끝나고 풍기까지 드라이브하니, 울 아들이 엄마 마음을 헤아려 주는 효자더라고요. 보라색 티셔츠 벌써 본전 뽑았어요.

감4, 소망

한우리

어느 날부터인지 난 여러 가지로 조심하는 버릇이 생겼다.

말도 조심 행동도 조심 그 이유는 내가 아리스이기 때문이다. 혹여 별님 욕 먹일까 봐^^

직장을 다녀서 학우님들 글을 점심 식사 후 읽어볼 때가 많다

어느 날 후배가 "샘! 도대체 매일 뭘 보고 그렇게 행복해하세요?"

"응~ 나, 대학에 입학했는데 배울 게 너무 많아서 행복해"

며칠이 지나서 그 후배도 내가 김호중 팬이라는걸 소문으로 알았다.

-아리스라서 감4

-선영대 학우라서 감4

-매일 훌륭한 분 강의를 공짜로 들어서 감4

-별님만 생각하면 행복해서 감4

'내 삶 속에서 감4 가 넘쳐났으면' 하고 난 소망한다.

세월이 약이라 했나?

한주수

2013. 8. 6. 남편이 전화를 했다.

"가슴이 답답하고 숨이 막혀 죽을 깃 같다."

전화기가 바닥에 떨어지는 소리가 마지막이었다.

남편과는 대화가 잘 통했고, 연인처럼 오누이처럼 서로를 챙기

면서 살았다. 세상에 하나뿐인 마누라라고 늘 돌봐줬고 아들에게
도 험한 소리, 회초리 한 번 든 적 없는 자상한 아빠셨다.

갑자기 문을 열고 들어올 것 같고, 출장을 간 것 같고, 견딜 수
없는 나날이 계속되었다.

세월이 약이라던가? 올봄에 아들이 혼인하고 분가를 했다. 어떤
분이 "남편 보내고 한 20년쯤 되면 산소에 소풍 가듯이 다녀올 수
있다"라고 들려주신 경험담이 기억난다. 지금의 나는 슬픔이 사라
진 게 아니라 가슴 저 밑에 똑같은 무게로 가라앉아 있다. 아프기
라도 했으면 이별의 준비, 마음의 준비라도 했을 텐데 갑자기 당한
충격은 어떤 말로도 표현이 어렵다.

그래도 나는 노래를 듣고, 가수의 덕질을 하고, 선영대 학우들과
소통하며 살아간다. 다양한 인문학 강의를 듣고 학우들의 진솔한
사연과 세월 속에 쌓은 연륜을 느끼고 배운다. 앞으로도 결석하지
않는 성실한 학우로 남고 싶다.

이런 대학이 또 있을까요???

한태희

꽃잎이 떨어져 발밑에 쌓이길래 무슨 바람인가 했더니 지나온
세월이었어요.

어느덧 72년, 내 삶의 발자국도 녹록지 않네요. 생각해 보면 자
욱마다 그리움과 아쉬움 가득하지만 선영대에 등교하면서 많은 학
우님들과 따뜻하게 소통함이 기쁨입니다. 서로에게 위로가 되고

다정함으로 사랑을 나누니 행복합니다.

　댓글로 달아주는 글을 읽다 보면 눈물겨운 감동도 있고 감사함이 나뭇잎처럼 쌓여갑니다. 특히 질병과 아픔을 치유받은 분들의 이야기는 듣고 또 들어도 신비롭고 대단합니다.

　댓글을 한 권의 짧은 책으로 비유하여 도서관에 쌓아 놓았으니 언제든지 읽어볼 수 있답니다. 많은 사연들은 나에게 희망과 감사와 배려로 다가옵니다.

　내 인생에 선한 영향력으로 한 곳만 바라보며 걸으렵니다.

반가운 안부

할미꽃

　방송국장님, 안부 문자 주셨던데 어제야 봤어요. 깜짝 놀라게 반가웠지만, 하루를 놓치는 바람에 저는 방송 보면서 잘 계시다는 것을 확인합니다.

　더위도 막바지로 달려가고 있네요. 건강 조심하세요.

두 발 뻗고 자자

함수민

　저는 TV 시청을 즐기지 않는 편인데 코로나19로 인해 온 세상 사람들이 힘들어할 때, 〈천상재회〉라는 노래를 부르는 호중님을 발견하고 너무 감동해서 가슴이 미어지는 듯했지요.

순간 팬심이 발동하여 제 삶에 활력소가 되었어요. 여러 방송 프로그램에 출연하여 최고의 가창력으로 온 국민을 즐겁게 해주던 때를 우리는 잊지 못하지요. 팬미팅이 열렸으나 표를 구하지 못해 행사 장소에 가지 못했지만, TV로 미팅 장면을 보고 영화관에 가서 화면으로 보면서 천재 가수의 가슴 아픈 이야기를 보았지요.

'그의 사생활부터 공적 생활까지 이렇게 훌륭한 가수를 지켜 주지 못했구나' 하는 생각에 가슴이 심히 아팠지요. VOD로 본 팬미팅 영상에서 가수가 한 말이 가슴에 와닿았습니다. "저의 할머니 말씀대로 저의 원칙은 두 발 뻗고 자자입니다. 저는 두 발 뻗고 안 잔적이 없습니다."이 한 마디가 그동안 모든 악성 댓글에 대한 명답이었습니다.

잘 익은 과일

> 항상 행복

마음이 갈기갈기 찢어질 듯 아픈 심정이 느껴지는 건 저만이 아닐 것입니다. 잘 익은 과일에 달려드는 새들과 곤충이 많은 것처럼 울 별님이 정말 최고의 가수가 되어가고 있는가 봅니다. 울 별님은 앞으로 더더욱 비상하며 높게 나아갈 수 있을 것이라 믿습니다.

제가 지금 알 수 없는 눈물이 흐르는 건 울 별님의 아픔을 씻어 주기 위함일 것입니다. 사랑하는 별님 어느 누구도 별님의 앞날에 태클을 걸 수 있는 사람은 아무도 없습니다. 이제는 별님은 혼자가 아니라는 거 꼭 기억해 주세요.

날마다 칠갑산을 오르며

해율천

마스크가 사라지는 날이 오면 이렇게 하렵니다.

충남 청양 소재의 칠갑산에 가서, 콩밭 매는 화전민 과부 아낙네와 부잣집 민며느리로 시집간 여남은 살 어린 딸의 한 맺힌 눈물을 김호중 가수의 칠갑산으로 닦아주고 오겠습니다.

1979년 칠갑산으로 데뷔했으나 〈카스바의 여인〉으로 유명해졌던, 그러나 긴 투병 끝에 4년 전 하늘나라로 떠나신 윤희상 선생님께도 김호중 가수가 부르는 칠갑산을 들려 드리고 싶습니다.

관록의 주병선 님은 컬래버로 제게 한 약속을 꼭 지켜주시리라 믿습니다.

어떤 노래든 자신만의 색채로 그려내는 음률의 마술사, 음색의 연금술사(鍊金術師)인 김호중 가수는 모든 장르를 전공자, 아니 그 이상으로 노래합니다.

애절한 가사를 그에 어울리게 작곡하여 간절한 마음으로 부르는 〈칠갑산〉에 빠져서 저는 날마다 칠갑산을 오르내립니다.

힐링치유 즐거운 시간

현순임

오늘 방송 정말 감사합니다. 잘 듣고 힐링치유 즐거운 시간이 됐어요. 저도 호중 테너 목소리 용광로를 거쳐서 나오는 힘차고 가슴으로 부르는 목소리에 완전 매료됩니다.

노래가 최고의 무기

댓글 봉사하시는 박영호 원장님과 아리따운 따님 직접 뵙게 되어 반갑습니다. 박 원장님 가족과 호중님의 오랜 인연, 커피믹스의 이야기 재미나게 들었습니다. 호중님은 그냥 노래하는 사람으로 불리고 싶다 했으니 예능도 잘하지만, 신이 허락하신 천상의 목소리로 좋은 노래 들려주면 젊은이들도 좋아하게 될 것으로 생각합니다. 노래가 최고의 무기라고 생각합니다.

날마다 감사하며

84세 이모부님은 청도 각북, 74세 이미 고인이 되신 외숙모님은 청도 이서, 하나뿐인 올케는 청도 화양, 저는 청도랑 인연이 깊지요. 강의 들으면 고인이 되신 외숙모님 생각. 홀로 남겨지신 외숙부님 생각이 떠나지 않아요. 제가 할 수 있는 일은 엄마 면회 가면서 외숙부님 반찬 만들어 갖다 드리고 영양제 마스크 등등 챙겨드리는 일이라고 생각해요. 수업 들으며 어른들에게 착한 조카, 지녀 노릇을 할 수 있게 기회를 주셔서 고맙습니다.

우리 가수 팬층은 인텔리층이 많다는 것, 그분들과 같이 소통하고 응원하면서 저도 말 한마디, 글 한 줄 조심해서 쓰게 됩니다. 덧붙여 제가 느낀 것은 성격도 맑은 분들이 많아 더욱더 좋습니다. 나날이 배우고 느끼고 감사함으로 살아갑니다.

출석 도장을 쾅!

홍기자

아침에 힘들어도 규칙적인 시간에 보게 되니 저절로 부지런해져서 좋은데요. 일어나자마자 유튜브를 찾아 방송을 듣습니다. 오늘은 또 어떤 재미있는 얘길 해 주실까? 기대하면서요. 가끔은 늦게 켜서 지각해도 출석 도장을 쾅! 자유로운 선영대학 등교는 항상 즐겁습니다.

햇살처럼 온화하게

홍동환

한 가수를 응원하면서 한 마음이 되었고, 한 편이 되었습니다.

따뜻한 댓글을 읽으며 제 마음도 햇살처럼 온화하게 데워졌습니다.

사랑합니다

홍명희

가수 김호중의 선한 영향력은 끝이 없네요. 오늘 운동 갔더니 친구가 울 가수의 〈고맙소〉 노래를 흥얼거리며 운동을 하길래 정말 귀가 번쩍했어요. 친구랑 두 시간을 호중씨 얘기를 하다 보니 고구마 줄기처럼 이야기가 자꾸 나오더라고요.

다음에 다시 또 얘기하자고 했답니다. 소통할 수 있는 친구를 만나니 속이 뻥 뚫렸답니다. 얼마나 기분이 좋은지 울 가수가 카페지기로 있는 공식 카페도 가입을 한답니다.

가수 김호중을 사랑합니다.

큰 힘이 될 응원

홍숙희

한 주의 시작인 월요일, 오늘 총장님의 강의 듣고 더욱더 활기차고 기쁘게 하루를 시작할 수 있겠네요.

앞으로의 일들을 생각하면 마음이 설레고 기대가 많이 됩니다. 총장님을 비롯하여 우리 학우님들 대단들 하십니다.

우리 가수님 분명 기뻐하고 큰 힘이 되리라는 생각이 듭니다.

응원의 방법은 저마다 다르겠지만 마음은 한 방향으로 한 곳으로 나아간다고 믿으니까요.

보호자 김호중 씨?

홍씨

제가 입원한 지 두 달이 다 되어갑니다. 다음 주쯤에 퇴원할 예정입니다.

그저께 검사한다고 보호자 이름을 써야 하는데 저도 모르게 '김호중'을 썼어요.

검사가 끝나고 결과를 기다리고 있었어요.

"김호중 보호자님 오세요." 하는 소리에 깜짝 놀라서 혹시 '김호중이 다쳐서 병원에 왔나?' 두리번거렸어요.

계속 김호중 보호자님 방송을 해도 대답이 없어서 그때 제 이름을 부르면서 "홍씨 어머님의 아드님 어디 있어요?" 간호사가 묻길래 "저 아들 없습니다."

보호자 이름에 김호중이라고 되어 있어서 불렀다고 합니다.

"죄송합니다. 따님 이름입니까?"

저는 간호사에게 김호중이 딸이 아니라고 사실을 고백해야 할까요?

팬미팅에서 별님이 읽어 준 아들의 사연

홍정희

팬미팅에서 아들의 사연이 당첨되어 호중씨가 직접 읽어준 영광에 웃기도 울기도 하셨지요.

그 덕분에 사인까지 해주신 자서전도 선물 받는 영광을 누리고 멋진 공연도 보며 울고 웃고 행복한 시간을 보냈답니다. 책을 읽고는 이제 호중씨 땜에 맘 조이며 애간장 태우며 잠을 설치는 일은 안 해도 될 것 같았어요. 무엇보다 강한 정신도 책임감도 의지도 보여 절대 그 어떤 것에도 굴하지 않으리라 믿게 되었어요.

별님이 제 글을 공개하며 읽을 줄이야. 전 그날의 감동을 잊을 수가 없습니다. 그 많은 사연 중에 제가 뽑혔다니 참으로 운 좋은 팬이죠?

별님에게 빠졌어요.

홍현자

몇 년 전부터 인물화를 배우기 시작해서 유명 배우나 가족들을 그려 온 집안에 남편, 손자와 아들, 딸 그림을 액자에 넣어 사방에 걸어 놓았어요. 그런데 우리 호중님을 만나자마자 그려보고 싶었어요.

호중씨의 트레이드마크인 보라색 티셔츠 입고 오른손 내민 사진을 그려서 소속사로 가져다 드렸어요. 또 할무니 뮤비 표지 손숙님을 업고 찍으신 사진이 너무 좋아, 팬미팅 현장에서 직접 전해 드리고 싶었지만 그럴 수 없어 소속사로 가져갔었어요. 마침 행사로 소속사 사무실이 비어 있어 직원에게 전화를 걸었더니 현관에 두고 가라고 해서 불안했지만 두고 왔어요. 주변에 계시던 분들이 CCTV가 있어 괜찮다고 하셔서 보라색 보자기에 싼 그림을 소속사 현관 앞에 두고 왔었지요. 같이 간 친구의 선물이랑 놓고 왔어요.

이제 우리 별님 소집 해제가 꼭 1년 남았네요. 365일 금방 지나갑니다. 친구들과 별님 이야기로 날 새는 줄 모르는 이 할무니. 우리 동네 친구들은 경이롭게 쳐다보지요. 우리 손자들도 "할머니는 김호중을 할아버지보다 더 좋아한다"고 할아버지에게 놀리지요.

4개월 전에 위암 판정받고 수술한 남편 돌보느라 힘들 때도 우리 호중님 클래식 노래 멜론으로 헤드폰 쓰고 들으며 음식 만들면서 정말 힘든 줄 몰랐어요. 우리 남편이 많이 이해해 주셔서 그것도 감사하지요. 나의 사랑, 나의 가수 김호중, 빈체로~

대박 나세요

황귀자

기대 됩니다. 별들의 이야기 대박 나세요. 빈체로~

너무 재미있어서 시간이 될 때마다

황문자

초청 강사님들의 이야기도 너무 재미있어서 시간이 될 때마다 시청합니다. 선영대학 아리스님 존경하고 최고입니다. 호중님 노래와 함께 공유하는 사슴같은 팬~~

〈동무생각〉을 들으며

황보rosa

오늘 대구에서의 수업, 박태준 님의 〈동무 생각〉의 가사 '봄의 교향악이 울려 퍼지는 청라 언덕 위에 백합 필 적에' 노랫말을 들려주어 옛 생각이 나서 참 좋았어요. 총장님의 막내동생 분을 보면서 지금은 계시지 않는 나의 오라버니들이 그립네요. 다음에 총장님께서 연주하실 때 〈오빠 생각〉을 꼭 한번 들려주시길 간곡히 부탁드려요.

비 오는 뜰에 나갔다가 출석이 늦었어요. 황혼의 나이임에도 〈오빠 생각〉 노래를 들으니 펑펑 눈물이 납니다.

스타킹 때부터 좋아한 김호중

황새봄

나는 스타킹 시절부터 김호중을 좋아했어요.

어린 학생이 노래도 잘하지만 왠지 짠하고 안쓰러운 생각이 들었어요.

유학 간다는 소식 듣고 그저 막연히 밥 굶지 말고 건강하게 잘 있다 오라고 매일같이 밥 한 그릇 떠 놓고 기도했지요. 저의 아들도 군에 몸담고 있던 시절이라 더욱 마음이 안쓰러웠던 것 같습니다.

밥 두 그릇은 다음날 제가 점심 저녁으로 먹곤 했지요. 지금은 김호중이 큰 스타가 되어 우리 곁에 와 주었으니 얼마나 감사한지 모릅니다.

두려움 없는 사랑

황선이

남편의 77세 생신이다. 해마다 '내년 꽃 피는 것을 보며 봄날의 생일'을 맞을 수 있을까? 마음 졸이며 살았던 세월이지만, 내가 정한 남편의 희망 수명은 85세다.

남편은 32년간 투병 생활을 했다. 그동안 나는 며느리, 아내, 엄마, 간병인, 家長이란 5개의 등짐을 짊어지고 쉬지 않고 걸어왔다. 소망은 오로지 '살아만 주신다면!'이었다. 남편은 고혈압에 당뇨가 심했고, 간장이 안 좋았다. 더욱이 신장도 점점 나빠지고 있었다. 이식이 마지막 방법일 때, 나는 가족의 반대를 무릅쓰고 수술대에 올랐다. 이식받은 남편의 크리아틴수치는 정상으로 돌아왔지만, 나는 불면증과 위염으로 힘들었다. 항생제 부작용으로 물 한 모금 마실 수 없었고 나트륨 부족 상태로 사경을 헤맸다. 그 와중에 남편은 5번의 심장 스텐트 시술 등 지리한 투병을 계속했다. 이식 7년 뒤, 다시 혈관을 뚫는 8시간의 대수술을 받았다. 관상동맥우회술은 엄청난 출혈로 성공을 장담할 수 없다는 걱정을 딛고 기적적으로 남편은 깨어났다.

그렇다고 투병 생활이 결코 불행했던 것만은 아니었다. 그 속에서 행복을 찾으려 노력했고 자식들은 잘 자라주었다. 곁에 앉아 다정한 눈길을 보내는 내 남편, 어떤 아내를 만나도 대접받았을 인품 좋은 내 남편을 사랑한다.

저 7학년입니다

황정순

오래전 성악을 전공하고 싶었으나 그 길을 못 가서인지 지금도 노래에 대한 미련으로 성가대에서 찬양하며 마음을 달래고 있어요. 세상은 살아볼 만하다는 생각을 자주 하게 되네요. 학우들과 소통하며 잊혀져간 아스라한 기억을 더듬기도 합니다.

이 나이 되어도 노래를 부르고 또 노래를 들으며 행복을 느낄 수 있으니 감사하지요. 나이는 숫자, 갈망하는 마음이 진짜인 것을 믿으니까요.

사랑을 실천하는 별님팬

황홍숙

감동이 있는 아침입니다. 부산에서 택시 운전을 하시는 이숙이 님의 삶에 용기를 얻었습니다. 오명희 님의 선한 마음이 전해져 이숙이 기사님의 목소리가 너무 밝아서 듣기 좋았습니다. 이 기사님의 관련 방송을 듣지 못했는데 언제쯤 방송한 것인지요? 그 방송이 보고 싶네요. 별님의 팬들은 다들 선한 영향력을 갖고 계십니다.

찾아보기

찾아보기

437

차

카

이 책의 존재 이유

이 책은, 유튜브 '종로선글tv' 구독자들이 선영(선한 영향력) 대학이란 랜선 모임에서, 날마다 달리는 댓글(1,500개 내외)을 뽑아 자체적으로 만든, 한 가수를 응원하는 글 모음집이다.

2020년 3월 29일(개교)부터 2021년 6월 10일까지의 댓글 중에서 발췌하여 엮었다.

스스로를 學友라 칭하며 배우고, 소통하고, 위로하고, 감사하며 사랑과 배려를 나누고 있다.

이 모든 일은 학우들이 기안, 기획, 편집위원 추대, 댓글 찾기, 교정, 편집, 제목 설정, 책값 책정, 삽화, 광고, 홍보, 마케팅까지 진행했다. 모두가 아마추어이므로 실수와 부족함이 있음도 고백한다.

여기에 실린 글은 '댓글팀' 편집위원이 발췌한 2,000개 이상의 댓글에서 선별하였나.

2021년 3월부터 6개월간 도서 발간을 위해 함께 행복하고 즐거워하며 기꺼이 동참했다.

백서를 따로 만들어 두었으므로, 추후 출간을 희망하는 외부인에게 언제든지 자료를 제공할 수 있다. (편집국장 보관)

우리의 선한 영향력은 한 가수를 사랑하고 응원하는 순수 팬심에서 이루어졌음을 밝힌다.

편집위원 명단

- **도서관장**: 이경숙(아름뜰)
- **미술관장(삽화)**: 예삐
- **입학처장**: 박영호
- **편집국장(총괄)**: 남외경
- **교정팀장**: 솔향
- **댓글팀장**: 작은할매(백인숙)
- **홍보팀장**: 배연자
- **편집위원**

  댓글팀: 권신조, 김명숙(그대 그리워), 김옥임, 남인순,
  반희선, 신동금, 윤순덕, 이학순(라벤더향),
  조종순, 크리스탈정(승향희),

  교정팀: 니케(나순용), 문성혜, 민트향, 박종녀, 박종숙,
  반디나비, 백남심, 산타곽, 서수자, 아비가일(서금주),
  윤종순, 이숙영, 임혜경(샤론애플)

  홍보팀: 글뜰, 김희숙, 남지숙, 달님홍, 장일선일선, 장흥서울,
  한태희